JN319679

新潮文庫

閻魔の世直し

善人長屋

西條奈加著

新潮社版

10346

閻魔の世直し

善人長屋

一

湯呑《ゆのみ》の中で、大きく茶が波立った。

ひやりとした拍子に、盆が傾いたのだ。幸い、茶にも茶請けにも障《さわ》りはない。

お縫《ぬい》はほうっと息をつき、声のした方をかるくにらんだ。

「で、どうだったんだい、首尾は？」

玄関を出たところで、耳にとび込んできたのはその声だった。

長屋の木戸を入ってすぐ、表店《おもてだな》にあたる狸髪結《たぬきかみゆい》の裏手に、長い腰掛けが据えてある。端に座った聞き手は、期待に満ちた眼差《まなざ》しでこたえを待っていたが、

「どうもこうも」

真ん中に陣取った話し手は、ため息とともに両の肩を落とした。

「何だい、また駄目だったのかい？」

残念そうな声が、いささか大げさに響く。つい黙っていられず、声をひそめて文句

を言った。

「裏の仕事の話を、そんな大きな声でするもんじゃないわ。往来にも近いのに、誰かにきかれたりしたら……」

腰かけにならんだふたりは、一瞬ぽかんとお縫を見上げ、それからけらけらと笑い出した。

「いやだね、お縫ちゃん。そんな滅多な話を、外で漏らすわけがないじゃないか」

「だって、首尾《と》がどうとかって……」

笑いを止めないおせきに向かい、お縫が口を尖《とが》らせる。おせきは下駄《げた》売りの女房で、五人の子持ちの割には、所帯やつれの目立たない快活な女だ。

狸髪結の女房おかるが、やはり笑顔で続く。

「あれはね、加助《かすけ》さんの見合いの話さ」

なあんだ、とお縫は、おかるの横に腰をおろした。

そろそろ立夏を迎える時分となって、陽光は日を追うごとに夏めいてくる。昨日はあいにくと終日強い雨が降り続いたが、今日は一転して上天気となった。梅雨前のこの時期は、もっとも過ごしやすい季節だ。誰もが喜んで戸外に出てきたが、いまどきの陽射《ひざ》しは、じりじりと照りつける盛夏とは違って、まるで刺すように鋭い。

井戸端で顔を合わせた三人は、その陽射しを避けて狸髪結の裏手に腰を据えていた。

午後もだいぶまわり、髪結の客もひと段落した時分だ。下駄屋の女房のおせきはといえば、上のふたりの娘はすでに片付いて、長男と双子の末娘は遊びに出ている。戻るまでのわずかなあいだ、女同士のおしゃべりに興じるのを何よりの楽しみとしていた。

お縫はいただきものの羊羹《ようかん》があったことを思い出し、いったん家に戻ったが、中座していたあいだに、話題は同じ長屋に住まう加助の見合い話に移っていたようだ。

「たしか相手の人は、嫁《とつ》いだためしがないのよね。行かず後家《ごけ》とはいえ、しとやかで感じのいい人だって、おとっつぁんも褒めてたわ。今度こそ、うまくいくと思ってたのに」

加助の見合いは三日前、富岡八幡宮《とみおかはちまんぐう》で有名な永代寺《えいたいじ》の境内で行われた。見合いといっても、境内の茶店で隣り合って座っただけだ。しかも挨拶《あいさつ》に余念がないのは、付添い人や仲人《なこうど》ばかりで、当の男女はちらりと相手を窺《うかが》うだけで、ろくに口もきかない。

お縫の父の儀右衛門《ぎえもん》は、この千七《せんしち》長屋の差配《さはい》を務めている。加助の親代わりとしてつきそっていったのだが、見合いの采配《さいはい》をふるったのはおかるである。

丸顔に似合いの角のない気性だが、一日中客の相手をする商売だけあって、人を見る目に長《た》けている。おかるがこれとにらんだ男女は、まるで霊験《れいげん》あらたかな鳥もちでも塗りつけたように、驚くほどよくくっつき、そして保《も》ちもいい。

その手腕は縁結びの神が降りているとまで噂《うわさ》されるほどで、この千七長屋のある山《やま》本町《もとちょう》は言うにおよばず、深川《ふかがわ》のあちらこちらからお呼びがかかり、川を二本越えた本《ほん》所《じょ》からも頼み人がやってくる。

そんなおかるをもってしても、こと加助に関しては、どういうわけかうまくいかない。

加助はひと月前、初の見合いにいどんだが、先方から色良い返事はもらえなかった。今回もやはり同じ顚末《てんまつ》に至り、今日の昼間、相手の女の雇い人たる店の主人から、断られてしまったという。話をきいたおせきは、羊羹を口に入れたまま首をひねった。

「相手は二十五なんだろ？　三十過ぎの男なら歳《とし》まわりもちょうどいい。まじめで働き者、錠前屋《じょうまえや》としての腕も申し分ない。いったい、何が気に入らなかったんだろうね？」

「……ひょっとしたら、あれじゃないかしら」

お縫はいくぶん声をひそめ、ことさらに眉根《まゆね》を寄せた。

「あれっていうと……」

「やっぱり、あれかい？」

おかるとおせきが交互に口を開き、三人が顔を見合わせて深くうなずく。

「もはや道楽みたいなものだからねえ、たしかに厄介かもしれないが」

「酒や女、博奕《ばくち》にくらべたら、よほどましに思えるがね。先様には、とり立てて伝えてないし」

「過ぎたるは何とかだわよ、おかるおばさん。女房そっちのけで毎日かかずらうようじゃ、気も揉《も》めるというものよ」

「加助さんの噂なら、深川中に知れわたっているからねえ」

思わず三人一緒にため息がもれる。いっとき落ちた沈黙に、頃合よく子供の泣き声が割って入った。ひとりふたりならめずらしくもないが、いくつもの甲高《かんだか》い声が重なり合って、それはしだいに近づいてくる。

本当なら、何事かと表通りにとび出すところだが、三人は目顔を寄せ合うだけで動こうとしない。嫌な予感に、ひしひしと襲われていたからだ。

「おや、皆さんおそろいで。今日は良いお日和《ひより》ですね」

にこやかに木戸を潜《くぐ》ってきたのは、案に違《たが》わず加助であった。だが、通り一遍の挨拵には、まるきりそぐわない格好だ。

お縫とふたりの女房が、その姿に、あんぐりと口をあけた。

「いったいぜんたい、どうしたの、加助さん」

両手にはそれぞれ五つ前後の男の子が、背中にはさらに小さな女の子がしがみつき、いずれも怒った猿のような、赤い顔をゆがめて涙をふりこぼしている。

「どうもこうも」

加助の後ろに従っていた若い男が、おかると同じ文句をこぼす。

「おやまあ、文《ぶん》さんまで。いったい、何人いるんだい」

「六人だ」

むっつりとこたえた文吉《ぶんきち》は、加助とまったく同じ格好で、こちらは女の子三人を連れている。年嵩《としかさ》らしいふたりは、くすんくすんと鼻をすするに留めているが、背に負った子は、まるでこの世の不幸をすべて被《こうむ》ったかのように、盛大に泣き叫んでいる。

文吉の仏頂面《ぶっちょうづら》の横で、加助はにこにこと菩薩《ぼさつ》顔をほころばせた。

「ちょいと騒々しいが、なに、おせきさんのところより、ひとり多いだけでさ」

「……そりゃ、そうだがね」

五人の子持ちのおせきだが、それより他にこたえようがない。狐《きつね》につままれたように、目をぱちぱちさせて加助をながめる。

「菊川《きくかわ》橋の上で泣いていてね。姉弟《きょうだい》皆でおとっつぁんを探しにきて、迷っちまったらしいんだ。心細くてならないんだろ、どうしても泣きやまなくてね」

「一昨日《おととい》の朝に商いに出たきり、父親が戻らねんだとよ」

ふたりの話で、自分たちの哀れな境遇を思い出したのか、文吉の両手をにぎる女の子ふたりが、また涙をこぼしはじめる。

「ったく、このガキどもときたら……これじゃあ、こっちが人さらいみてえじゃねえか」

運の悪いことに文吉は、商売の帰りに巻き込まれてしまったようだ。

「お腹《なか》がすいてるんじゃなくて？」

と、お縫は、文吉の背にいた女の子を抱きとった。身なりは悪くないのだが、爪《つめ》は伸び放題で、髪にも櫛《くし》が当てられていない。母親がいないというから、世話が行き届かないのだろう。

「橋のたもとの飯屋で、しこたま食わしてやったよ。こいつら三杯ずつも代わりを頼みやがって。なのに満腹したとたん、またびいびい泣き出してよ」

「あら、唐《とう》さんはどうしたの？　一緒に苗売りに出たわよね？」

「兄貴の野郎は、逃げやがったんだ」

文吉は日頃から、加助の道楽を面白がっている節がある。たいして嫌そうな顔もせずつき合ってやるのだが、機嫌が悪いのはそのためだろう。唐吉《とうきち》と文吉の兄弟は季物売りで、夏のはじめのいま時分は、花や野菜の苗を売り歩いていた。朝顔、へちま、なすや唐辛子などの苗は、誰もが買い求め、陽あたりの悪い裏長屋の露地なぞに植えられた。

「唐さんには、神田までひとっ走りしてもらったんだ。この子たちの長屋は、筋違御《すじかいご》門《もん》の近くにあるそうでね。もしかするとおとっつぁんが帰っているかもしれないし、きっと長屋の衆も、いなくなったこの子らを案じているだろうからね」

迷子を見つけたら自身番屋へ届けるのが相場であって、親切で暇な者なら神田まで送り届けるかもしれない。だが、この人のいい錠前職人は、親が戻るまで六人の子供の面倒を見るつもりでいるようだ。おせきがおそるおそる切り出した。

「そのう、加助さん、もし父親《てておや》が戻らなかったら……」

「もちろん、一人前になるまで、ずうっとおれが世話をするさ」

あたりまえのように胸を張った。困っている者を見ると、放ってはおけない。己の暮らしも周囲の迷惑も考えず、ただ人助けに邁進《まいしん》する。加助の過ぎた親切は、もはや道楽を通り越し、病《やまい》じみた域に達していた。

ただ今回ばかりは、当の子供たちにその気はないようだ。いったん納まった声を、ふたたび張り上げはじめる。しかし運良く、救いの神が現れた。

「なんだよ、騒々しいな。おまえら、なに泣いてんだ？」

おせきの真ん中の息子、耕治《こうじ》が、双子の妹とともに帰ってきた。自分たちより多少年嵩の男の子と、何より同じ顔をした姉妹がめずらしいのだろう。嘘《うそ》のように泣くのをやめて、さらに耕治が手にした魚籠《びく》と桶《おけ》を覗《のぞ》き込み、歓声をあげた。魚籠の中には小さな沢蟹《さわがに》が十匹ほど、わさわさと重なって、手つきの桶にはメダカが泳いでいた。

「また親方の酔狂か。仕方ねえなあ、弟子のおれが黙って見ているわけにもいかねえ」

耕治は加助の長屋に出入りしては、よく錠前をいじっている。すでにいっぱしの弟子のつもりでいるようで、加助の方も十二の耕治がかわいくてならない。親方と呼ばれるたびに、だらしなく目尻《めじり》を下げている。

耕治が相手を買って出て、大人たちはやれ助かったと胸をなでおろしたが、三人増えたことで、まるで深川中の犬猫を集めたような騒ぎとなって、表通りにまで筒抜けだ。

「ずいぶんとにぎやかだな。手習所でもはじめるつもりかい」

通りがかりの近所の隠居が足を止め、木戸の外から声をかけた。

「そうじゃないのよ、また加助さんがね」

お縫が木戸をまたいでわけを話すと、からからと隠居が笑う。

「さすがに善人長屋でいちばんの、善人だけはある。加助さんが入って、長屋の評判もいっそう安泰になったな」

足腰は達者だが、多少耳が遠い。場違いなほどに大きな声が通りに響きわたり、お縫はばつが悪そうに身を縮めた。

「ご隠居さんたら、そのふたつ名はやめてほしいわ。恥ずかしいもの」

「謙遜《けんそん》、謙遜。この長屋の衆は、あんたのおとっつぁんをはじめ、良い人ばかりじゃないか。もっと自慢にしたって罰は当たらんよ、お縫ちゃん」

隠居の調子はさらに上がり、逆にお縫は、いっそう肩をすぼめた。

決して謙遜ではない。千七長屋についたふたつ名を、素直に喜べない理由《わけ》がある。

これから句会だという隠居を見送って、お縫はほうっと息をついた。

「自慢になぞしたら、あの世で閻魔《えんま》さまに舌を抜かれちまうわ」

口の中で呟《つぶや》いて、ふいにぎくりとなった。こちらを見据える視線に、気がついたからだ。

「善人長屋というのは、ここか」

お縫と目が合うと、男は素っ気なくたずねた。お縫が小さな声で、はい、と返す。

隠居の声が呼び水になり、足を止めさせたのだろう。

中肉中背で、そう目立つ顔立ちではないが、妙に印象に残る。こちらに向けられたまなざしに、あまりに遠慮がないからだ。そのくせ口許《くちもと》は、頑迷《がんめい》そうに結ばれている。

他人の詮索《せんさく》をしながら、己の腹の内は見せない。仕事柄とはいえ、こうも露骨な手合いはそういない。無遠慮な目が、からだに刺さる。ちくちくと針先が肌に触れるような不快さを堪《こら》えながら、お縫はどうにか頭を下げた。

「お役目、ご苦労さまにございます」

縞《しま》の着流しに巻羽織。ひと目でわかる定廻同心《じょうまわりどうしん》の出立《いでた》ちだが、初めて見る顔だった。

「差配も店子《たなこ》も善人ばかり、芳《かんば》しい評判には事欠かないそうだな」

「恐れ入ります」

「どうやら噂だけではないらしいな……きいたときには疑っていたのだが」

町方の役人相手に、よけいな口をきいてはいけない。わかっていたはずなのに、同心の物言いが引っかかった。

「疑うとは、何をですか？」

「善人を気取る者ほど、胡散《うさん》くさい。そうは思わぬか」

若い同心は、にこりともしない。射すくめられたように、返す言葉を失っていた。

「どうしたい、お縫坊」

背中から馴染《なじ》んだ声がかけられて、張り詰めていたものがふいにゆるんだ。

「文さん」

木戸から半身を伸ばすようにして、文吉はこちらを覗き、同心に気づいたのだろう、ぺこりと頭を下げた。

「お見廻り、ご苦労さまです。なんぞあっしらの長屋に、御用ですかい？」

日頃の鼻っ柱の強さなど、おくびにも出さない。御上に連なる者たちとは、面倒を起こしてはならない。この長屋で身につけた、習性のようなものだ。

「いや……邪魔をしたな」

黒羽織の姿がゆっくりと遠ざかる。同心にはめずらしく、岡《おか》ッ引《ぴき》や小者《こもの》を連れてはいなかった。

「あの同心、何なんだ」

「何でもないのよ……ただ、初顔のお役人だったから」

ざわざわと鳴る心の内を隠すように、お縫は胸の前で拳《こぶし》を握った。

「ふうん」

面白くなさそうに、鼻で相槌《あいづち》を打つ。

定廻に目をつけられでもしたら、厄介極まりない。黒羽織が遠くなっても、用心はなかなか解けず、どちらも木戸の前に突っ立っていたが、

「ふたりして、毛の逆立った猫みてえになってるぞ」

見送っていた方角とは、反対の方から声がかかった。

「兄貴」

「唐さん、おかえりなさい」

文吉の三つ上の兄、唐吉は、日焼けた顔に白い歯を見せた。

「葬式だとお？　下手な嘘つきやがって、一度ならず二度までも逃げを打つつもりかよ」

文吉が、食ってかかる。精悍《せいかん》な兄にくらべ、弟は華奢《きやしや》なからだつきだ。子供が駄々をこねているようなもので、唐吉は歯牙《しが》にもかけない。

「葬式じゃねえ、通夜《つや》だ。辻屋《つじや》の親分ときいちゃ、顔くれえ出さねえとまずかろう」

「辻屋か往来屋か知らねえが、おれたちには何の関わりもねえじゃねえか」

「たしかに、直《じか》に世話になったことはねえがな。季物商いをしている以上、まわりまわってどっかで繋《つな》がるはずだ。なにせ香具師《やし》の元締《もとじめ》としちゃ、江戸いちばんの大物だからな」

幸い、子供たちの父親は無事に見つかった。商いの途中で足を痛めて帰れなかったらしく、いま近所の者が迎えにいっている。おっつけ長屋に戻るだろうと、唐吉は加助に使いの首尾を伝えた。六人の子供たちは、加助と文吉が送り届けることになり、何よりそれが納得いかないのだろう、へそを曲げたままの弟に唐吉は言った。

「ちょいと、気になることもあってな」

「気になることって？」と、お縫がたずねた。

三人は、急に広くなった長屋の路地で立ち話をしていた。

子供たちの住まいは筋違御門に近い神田平永町で、この深川山本町からは子供の足なら結構な道程《みちのり》になる。何か腹に入れておいた方がよかろうと、耕治がひとっ走りして、饅頭《まんじゅう》やら駄菓子やらを買ってきて、お縫の家で食べさせていた。菓子のとりあいでもはじめたのか騒々しさはひとしおで、遠慮なく外に響いてくるが、内緒話をするにはかえって都合がいい。

「辻屋の親分は、表向き急な病ということになっちゃいるが、どうも違うらしいんだ」

筋違御門を、三丁ほど東に向かうと辻屋がある。唐吉は通りがかりに辻屋の不幸を知ったのだが、抱えの的屋《てきや》たちが、ひどく殺気立っていたという。

縁日や祭礼などで、芸をしながら人を集め、商売するのが的屋であり、香具師とも呼ぶ。辻屋の親分は多くの的屋を抱えて一家をなし、そのとりまとめ役を担《にな》っていた。押し出しの良い頑健そうなからだつきで、病なぞにはまるで無縁だったと唐吉が語る。

「病じゃねえとすると、ひょっとして……」

「ああ、どうやら誰かに殺《や》られたらしい」

弟に向かって、唐吉がうなずいた。

「誰かって、誰なの？」

「同業同士の諍《いさか》いじゃねえのか？　所詮はやくざ者と変わらねえような連中だからな」

てんでに口を開いたお縫と文吉に、いや、と唐吉は首を横にふった。

「あの親分は、香具師の元締としちゃ、とび抜けて力が大きい。縄張り争いから、いっとき血なまぐさい騒動が絶えなかった市中の的屋を、見事に押さえたのが辻屋の親分なんだ」

香具師はもとをたどれば、薬売りである。客寄せのために芸を見せたのがはじまりで、時代が下るにつれて扱う品も増え、縁日や祭礼で顔を利《き》かせるようになった。いまでは実に種々雑多な売り物に関わっており、兄弟がたずさわる季節物も例外ではない。唐吉も品を仕入れるために、二、三の香具師の世話になっていた。

「それじゃあ、いったい誰が……物取りの辻斬《つじぎ》りかしら」

「辻屋が辻斬りたあ、洒落《しやれ》にもならねえ」

文吉は混ぜっ返したが、唐吉は表情をゆるめることをしなかった。

「あの親分がいなけりゃ、的屋商売は戦国乱世に逆戻りだ。どっちにしろ厄介な話だ」

唐吉は先行きを案じる顔をした。詳しい話を拾っておけば、少しはこうむる害も少なかろうと、その腹でいるようだ。

「また加助のおっさんと、ガキ六人か」

はああ、と文吉は、これみよがしのため息を吐いた。

「仕方ないわね。あたしも一緒に行ってあげるわ」

「お、そうか！　やっぱりこういうことは、女手がねえとな」

くるりと宙返りでもするように、文吉の表情が一変する。あまりの現金さに、お縫が鼻白《はなじろ》んだ。

「すまねえな、お縫ちゃん。面倒かけちまって」

「いやね、唐さん。いまさらそんな他人行儀な」

唐吉にまともに頭を下げられて、お縫がどぎまぎする。唐吉の前でだけ、妙にしおらしくなってしまう。よく知っている文吉は、にやりとした。

「そうだよなあ。そのうち他人じゃなくなるかもしれねえしな」

「文さん！」

お縫がふりあげた拳を、ひょいと文吉がよける真似《まね》をする。

「こいつの子守りは難儀だろうが、ひとつ頼まあ」

「子守りしてんのはおれじゃねえか。兄貴はとっとと抹香《まっこう》あげに行きやがれ」

弟に笑い返して、唐吉は背中を向けた。

「兄貴の野郎、通夜はやっぱり逃げ口上だったんじゃねえか？」

妙に足取りの軽い後ろ姿を、文吉は疑わしげな目付きで見送った。

「川風が気持ちいいねえ。舟遊びにはもってこいの頃合だ。これも皆と、儀右衛門の旦那《だんな》のおかげだねえ」

上機嫌なのは加助だけで、お縫と文吉は、子供たちが落ちやしないかと、舟の上にいるあいだひやひやし通しだった。

子供の足では、神田まで相応のときがかかる。日が傾いてきたこともあり、長屋の差配を務めるお縫の父は、舟を一艘《そう》雇ってくれた。粗末な乗り合い舟を船頭ごと借り受けたものだが、深川山本町に近い仙台堀から大川を遡上《そじょう》して、両国橋たもとから神田川にはいる。子連れで陸を行くよりは、よほど楽だった。

「こら、そんなに身を乗り出すな。頭っから落ちちまうだろうが」文吉が男の子の帯をつかみ、

「あら、お魚がいたの？　そう、そんなに大きかったの」お縫は女の子に相槌を打つ。

おせきの息子の耕治も、つきそいを買って出てくれて、十歳の長女と、船尾に並んで話し込んでいた。

お縫が文吉と出会ったのも、ちょうど同じころだ。文吉は十三だったから、いまの耕治よりひとつ上だが、柄が小さかったせいか幼く見えた。お縫が十歳のときだった。

昔の自分たちを見るようで、お縫はほほえましくながめていたが、子守りに飽いていた文吉は、格好のからかい種を見つけたとばかりに声を放った。

「お、耕坊、お安くねえな。さっそくいい仲になったのか」

「およしなさいよ、文さん」

お縫は止めたが、文吉はにやにやしている。だが、生意気盛りの耕治には藪蛇《やぶへび》だったようだ。

「文兄こそ、さっさとしねえと、お縫姉ちゃんは他所《よそ》に嫁に行っちまうぞ」

「何だっておれが、こんな向こうっ気の強えちんくしゃと」

「誰がちんくしゃですって！」

「ちんくしゃって、なあに？」

「狆《ちん》ていう犬が、くしゃみをした顔ってことだよ。狆ていうのは、面白い顔をしてていてね」

「ひどい、加助さんまで！」

「いや、お縫ちゃんのことを言ったわけじゃ……」

子供そっちのけの大人三人に、耕治はやれやれといった顔をする。

橋の上から人が目を止めるほどに、にぎやかな舟は、神田川をゆっくりと西へ向かった。

甘辛く味つけた油揚げとささげの煮物に、冷奴《ひややっこ》が添えてある。

静けさをとり戻した座敷で、一家三人は夕餉《ゆうげ》の膳《ぜん》を囲んでいた。

「まるで家ん中が嵐《あらし》のような有様だったよ。六人ともなると、半鐘《はんしょう》よりけたたましいねえ」

さすがに疲れたらしく、お俊《しゅん》が肩を押さえて首をまわす。

歳に似合わぬ色艶《いろつや》をのこす母親が、こんな年寄くさい真似をすることはあまりない。ご苦労さま、とねぎらいながら、お縫は熱い味噌汁《みそしる》の椀《わん》を両親の膳においた。

「それにしても、父親から知らせがあったのは不幸中の幸いだったな。子捨てではないかと、長屋内でも囁《ささや》かれていたんだろ？」

新茄子《しんなす》のみそ汁をすすり、儀右衛門が口を開いた。

「まる二日も音沙汰《おとさた》なしじゃ、無理もないわ。角兵衛《かくべえ》さんも、とんだ災難だったわね」

子供たちの父親は、角兵衛という焼接屋《やきつぎや》だった。

欠けたり割れたりした瀬戸物を、白玉粉を用いて修繕して歩く商売で、棒手振《ぼてふ》りとそう変わらない。なのに住んでいる長屋は二階建ての立派な造作だった。

「あの子たちのお母さんは、三月前に亡《な》くなっていてね、そのおかみさんの稼ぎが良かったんですって」

「へええ、めずらしい話だね」と、お俊が感心する。

角兵衛の女房は、腕のいい組紐師《くみひもし》だった。いくつもの組玉を交差させながら、糸を縒《よ》り締めていくもので、家の二階を仕事場にして、子供の面倒も見ていたという。武具や茶道具の飾り、あるいは羽織の紐などに重宝され、角兵衛の女房は、絹を使った高価な品を組んでいた。

その稼ぎ頭を三月前に失って、一家はたちまち暮らしに詰まった。

少しでも稼ぎを増やそうと、一昨日、角兵衛は商売気を出して、いつもとは違う方角に行ってみた。それが運の尽きで、人気のない切り通しにさしかかった折に、誤って急な斜面をすべり落ち、足をくじいて動けなくなった。

「何とも運の悪いお人だねえ」と、お俊があきれてみせる。

夜になれば、人っ子ひとり通らない寂しい場所だ。落ちたのは日暮れ時だというが、その日は夜まで気を失って、ひと晩を崖下《がけした》で過ごし、さらに翌日は雨天のおかげで難儀した。大木の枝葉のおかげでどうにか雨は凌《しの》げたものの、強い雨音は助けを呼ぶ声をはばみ、丸二日経《た》った今日の昼前になって、ようやく通りすがりの者に気づいてもらえたという。

唐吉が最初に平永町の長屋を訪ねたときには、知らせを受けた近所の者たちが、父親を迎えに出た後だった。

「振り売りが足をやられては、商売にさしつかえる。怪我《けが》がひどくなけりゃいいがな」

「おとっつぁんからのお見舞いは、ちゃんと渡してきたわよ」

お縫の父の儀右衛門は、表店で質屋『千鳥屋《ちどりや》』を営んでいる。千七長屋の名はそこから来ているが、最近ではふたつ名の方がよほど通りがよくなった。唐吉から事のしだいをきいた儀右衛門は、いかにも善人長屋の差配らしく、少々多過ぎる見舞金を娘に託した。

どこから見ても温厚実直、長屋の店子はもちろん、近隣の誰からも篤《あつ》く信頼されている。父親の善人ぶりは、決してうわっつらだけのものではない。

よく承知しているのに、もやもやとしたものが、お縫の胸にわだかまっていた。

昼間に会った、見慣れぬ同心のせいだ。

――善人を気取る者ほど、胡散くさい。

抑揚に欠ける声と、探るような目が、どうしても消えてくれない。

「どうしたんだい、お縫。何か気になることでもあるのかい？」

お俊がめざとく勘づいて、儀右衛門も娘に首をまわした。

「おまえの勘働きは、馬鹿《ばか》にならないからな。あの子たちの何が、気にかかるんだい」

「あの子たちのことじゃないのよ、おとっつぁん。……今日ね、木戸の前で、定廻の旦那に会ったのだけれど、知らない顔だったのよ」

「新顔ってことかい？」

お縫が父に向かってうなずくと、お俊がたずねた。

「若いのかい？」

「ええ。二十歳を、ふたつ三つ過ぎたあたりかしら」

「それなら見習いだろ。二十歳過ぎなら、見習いにしちゃ多少とうが立っているが、大方、同じ定廻の倅《せがれ》だろうね」

町方の役人は一代きりとの建前だが、実のところは世襲に近い。ことに吟味方《ぎんみかた》や定廻など、経験が何よりものをいう役目ならなおさら、十代の頃から見習いとして奉行所に入り、父親のもとでじっくりと仕込まれるのが常だった。

「北かい、南かい？　名はきかなかったのかい？」

矢継ぎ早に問う母親に、お縫はしかめ面を返した。

「そんなの、きく気になれなかったわ。すごく感じの悪い人だったもの」

「感じが悪いって……つまりは、人でなしに見えるってことかい？」

儀右衛門の口調には、含みがあった。お縫には、出会った相手が善人か悪人か、ひと目で見分ける癖がある。ただの当てずっぽうに過ぎないはずが、これが実によく当たる。娘の眼力を信用しているからこそ、儀右衛門もお縫の勘を笑いとばしたりしなかった。

役人にもさまざまいる。その新顔の同心は、阿漕《あこぎ》な真似をしそうな輩《やから》なのか。父にそう問われ、お縫ははたと思い至った。

「決して悪人に見えたわけではないのよ……かと言って、善人てわけでもなさそうだし」

「なんだい、頼りねえな」

「嫌だわ、どうしてぴたりと来ないのかしら。こんなこと、初めてだわ」

お縫がにわかにおろおろしだすと、儀右衛門は鷹揚《おうよう》になだめにかかった。

「別に初めてってわけでもなかろう。前には野州屋《やしゆうや》の旦那を見て、善悪がつかないとこぼしていたじゃねえか」

若いころは盗人《ぬすっと》をしていたが、いまは堅気《かたぎ》になっている男の名を、儀右衛門は出した。たしかに野州屋の主人を初めて見たとき、判別がつかず慌《あわ》てたことがある。

「でも、あのときとは、何か違うのよ……」

見分けがつかない、その不安だけではなしに、何かよけいなものが判断の邪魔をしている。それが何なのかわからなくて、お縫はひどく当惑した。

お俊はそんな娘を黙って見ていたが、いつものさばさばとした口調で言った。

「いいじゃないか。どうせ人の善悪なんて、頼りないものさ。どんなまっとうな人間も、何かの拍子に悪い方へと逸《そ》れる。逆にどんな悪党だって、たまには善行を施すもんさ。おまえだって、ようやくそのあたりが呑み込めてきたんだろ、お縫」

「それはそうだけど、おっかさん」

話がうまくすり替えられたような気がして、お縫が不満げに頰をぷくりとさせる。

「おまえから見りゃ、おれや長屋の衆は、どっちに見えるんだい」

飯を終えた儀右衛門が、一服つけて冗談を口にする。

「もちろん、おとっつぁんも長屋の皆も、ちゃあんと悪党に見えるわよ。加助さんを、別にしてね」

「そうか、やっぱりお縫の目はごまかせねえか」

楽しそうに笑う父親の声に、胸の内のもやもやがいくぶん軽くなる。

同心のことばが応《こた》えたのは、後ろ暗いことがあるからだ。

この千七長屋は、加助を除いたすべての者が、裏稼業《うらかぎょう》を持つ悪党だった。

＊

「あら、庄《しょう》おじさん、お帰りなさい。今日はずいぶんと早いのね」

井戸端にいたお縫が、声をかけた。おせきの亭主、下駄売りの庄治《しょうじ》だった。

その後ろに、つい最近見覚えた顔をみつけ、お縫は思わず叫んでいた。

「まあ、角兵衛さん、わざわざ訪ねてきて下さったんですか？」

挨拶すると、相手はびっくりしたようすで、お縫の顔をまじまじと見詰めた。五日前に、己の子供を送り届けてくれた娘だと知ると、今度は滑稽《こっけい》なほどに慌て出す。

「何ともはや、面目ねえ。子供らが世話になった上に、こんな体《てい》たらくを見せちまって」

穴があったら入りたいとばかりに、角兵衛はひたすら小さくなる。

「お縫ちゃん、この男を知っているのかい？」

「ええ。庄おじさんも、知り合いだったの？」

倅の耕治とは、あまり似ていない。目鼻立ちのあっさりした顔を、庄治はしかめた。

「とんでもねえ、行きがかりとはいえ、見ちまったからな。ふてえ野郎だと頭にきて、説教するつもりで連れてきたんだ」

「見ちまったって、何を？」

「この野郎は、他人《ひと》さまの留守を狙《ねら》って、盗みを働いたんだ」

「おじさん……」

当の庄治の裏稼業が、他でもない泥棒である。威張れる話ではなかろうにと、お縫のこめかみのあたりがひくひくする。角兵衛はそんなこと、夢にも思っていないのだろう。

「すみません、つい、出来心で」

泣きそうな顔で、ぺこぺこと頭を下げた。

「耕ちゃんから、きいていると思うけど」お縫が角兵衛との経緯を語ると、

「ああ、そういや、嬶《かかあ》や耕治が、そんな話をしていたな」と、庄治も思い出した。

「でも、角兵衛さん、どうしてそんな真似を……」

「焼接ぎの稼ぎだけじゃ、店賃《たなちん》どころか米にも事欠くありさまで……つい、思いあまって」

うなだれる男に代わり、庄治が説明を買って出た。

「小名木川《おなぎがわ》沿いにある妾宅《しょうたく》なんだがね、ちょうど女中と出掛けていった姿を見たよう

で、塀じゃあなく生垣だからこいつは穴をこさえて忍び込んだ。中を荒らして出てきたところを、ふん摑《づか》まえてやったのさ」

金は見つけられず、高価そうな着物を数枚くすねてきたが、庄治にこっぴどく叱《しか》られて、風呂敷《ふろしき》ごと生垣の中に放り込んできたという。

「じゃあ、何も盗んではいないというわけね」

お縫がほっと息をつき、へい、と角兵衛も神妙にこたえる。失《う》せ物がなければ、生垣の穴くらいは大目に見てくれるだろう。

初めての盗みを他人に見られたのが、よほど応えているようだ。ひどく怯《おび》えている。

おそらく角兵衛は、金輪際盗みを働くことはない。お縫はそう確信した。

質屋の奥に場所を移して、今度はこんこんと、加助の説教がはじまったからだ。

「いけねえ、いけねえよ、角兵衛さん。どんなに暮らしがきつかろうとも、あの子たちを裏切るような真似はしちゃいけねえ。あんなにおとっつぁんを、慕っているじゃあねえか」

加助の説教はとにかく長い。長い上に浪花節《なにわぶし》だ。傍できくだけでもうんざりするが、角兵衛は殊勝にもこくこくとうなずいている。

「まったく、その通りで……なのにあっしは、一度ならず二度までも、あいつらを裏切ろうとしちまった」

「まさか、二度も盗みに入ったのかい」

「いやいや、そうじゃねえんでさ」

血相を変えた加助の前で、角兵衛はあわてて両手を広げた。

「実はこの前、あの切り通しに行った日は、何もかも嫌になっちまいやしてね。嬶が死んで、あいつらとおれだけが残されて、暮らしの目処《めど》も立たねえ。このままあいつらを置いて、逃げちまおうかなんて……そんな出来心がわいちまって」

いつもとは違う方角へ行ったのは、商売のためではなく、ふらふらと彷徨《さまよ》っているうちに、あの場所へ出てしまったと角兵衛は白状した。

「おかげであんな目に遭っちまって……きっとあいつらを捨てようとした、罰が当たったんでさ」

崖下で動けぬあいだ、とっくりと反省し、また、ひとりになってみると子供たちの顔ばかりが浮かんだ。どんなことをしても、六人の子供とともに生きていこうと考え直したという。

「だからといって、盗人になり下がっちゃいけねえよ。いくら空き家の盗みは罪が軽いとは言っても、悪いことには変わりはねえ」

昼間の空巣狙いは、人に危害を与えないという理由で、十両以上盗んでも死罪にならない。逆に家人が眠っている隙《すき》に侵入する夜盗や、ぶったくりと呼ばれる強盗は、十両で首がとぶ。

隣座敷に控えた庄治には、耳の痛い話のはずが、この本職の盗人はどこ吹く風だ。同じ立場の者が、この家にはもうひとりいる。

「相変わらず加助さんの説教は、身につまされるな」

苦笑しながら庄治の横に来たのは、質屋の主《あるじ》、儀右衛門だった。

儀右衛門は質屋の傍ら、盗品をあつかう故買屋《こばいや》をしている。庄治のような、空巣狙いやこそ泥から、一家をなす大盗賊まで、それなりに顧客は多い。まっとうな加助の言い分を耳にするたびに、罪の意識が頭をもたげてくるようだ。

「庄おじさんも、少しは肝に銘じてはどう？　だいたい盗人が盗人を捕まえるなんて、いったいどういう了見なのよ」

お縫が小声で苦言を呈しても、庄治はまったく悪びれるようすがない。

「盗人だからこそ、我慢ができなかったんだよ」

「どういうこと？」

「あの野郎の汚ねえ仕事ときたら……まるで鼠《ねずみ》が百匹も入り込んだような有様で、箪《たん》笥《す》の引き出しから押入の行李《こうり》まで、片っ端からぶちまけた上に片付けもしねえんでさ」

「……たしかおじさんは、家の外に出てきた角兵衛さんと、鉢合わせしたんじゃ……」

「いや、実はあの妾宅は、おれもかねがね目をつけていてね。下調べに出向いてみたら、あいつに出くわした。生垣に大穴をあけるなんてえ、無様なやり口にまず頭にきてね」

角兵衛の後から忍び込み、盗みの一部始終を目にしたという。

「盗人てのはね、お縫ちゃん、入られた当人が三日は気づかないような、きれいな仕事が身上なんだ。月天《がってん》の頭《かしら》を見なせえ、何千両も奪っておきながら、金蔵を確かめるまで誰も気づきもしねえ。あれは盗人の鑑《かがみ》だねえ」

江戸いちばんと謳《うた》われる、大盗賊の名を出して、庄治が悦に入る。

「何よりおれの持ち場で、あんな小汚ねえ仕事をされちゃあ、黙ってはおけねえ。それこそ説教してやるつもりで、ここに連れてきたんだよ」

ひたすら呆《あき》れるお縫の前で、儀右衛門が笑いを噛《か》み殺す。

「なるほど、そのお株を、加助さんに奪われちまったというわけか」

「ま、あいつも出来心だったというし、今度ばかりは勘弁してやりまさあ」

庄治がふんぞり返ったとき、ようやく隣座敷もひと段落ついたようだ。加助は錠前問屋に出向かなければいけないと、先に暇《いとま》を告げて、庄治もそれを汐《しお》に長屋に戻った。

お縫は角兵衛にもう一杯茶を勧め、儀右衛門も客の前に座り直した。

「角兵衛さん、足の怪我の具合はどう？」

「へい、もうすっかり」

「それにしちゃ、顔色が悪いな。からだを壊してはもとも子もない。あまり無理をしちゃいけないよ」

儀右衛門の労《いた》わりに、有り難そうに頭を下げる。

「からだは丈夫なんですが、崖から落ちたあの日以来、悪い夢を見るようになって……よく眠れねえんです」

「悪い夢って、どんな？」

あの日のことが、くり返し夢に出てくると、角兵衛はこたえた。

「毎晩、崖から落とされるんじゃ、おちおち寝てられやしないわね」

「いや、そうじゃねえんで……」

人の夢まで詮索するつもりはないが、屈託のある表情が気にかかった。父親も、同じことに気づいたようだ。

「無理にとは言わないが、毎夜うなされるというのはよほどのことだ。口にするだけで、案外気が楽になるものだからな、話してみちゃどうだい」

「旦那……」

角兵衛も内心、吐き出したくてならなかったのだろう。こっくりとうなずいて話し出した。

「実は、あっしが崖を落ちたのは、うっかりのためじゃねえんです」

何もかもが嫌になって、あてどもなくふらふらと彷徨い歩いているうちに、いつしか上野の山の切り通しに出ていた。

さっき加助の前で語ったことを、角兵衛はもう一度口にした。

午後をだいぶまわった頃合で、疲れきった角兵衛は、道端の木の根方に腰を下ろした。両側はうっそうとした木に覆《おお》われて、日もろくに差さない。昼間でも薄暗い場所だから、人っ子ひとり通らない。

そのままどのくらいそうしていたろうか。やがて道の右手から、足音が近づいてきた。

足音と、とぎれとぎれにきこえる声から、男のふたり連れだと察したが、ぼそぼそと低く交わされる話の中身はわからない。

道はゆるく弧《こ》を描いていて、相手の姿は見えない。動くのも面倒で、角兵衛はその場でじっとしていたが、足音がだいぶ迫ったとき、唐突にその声がとび込んできた。

「仕掛けるのは明晩、料亭『竹むら』。必ず奴《やつ》の、息の根を止めてくださいよ」

「案ずるな。我らにとっても、いわば事はじめ。仕損じたりはせぬわ」

きいたとたん、それこそ自分の息の方が止まりそうになったと、角兵衛は語った。

あたふたと腰を上げた拍子に、足許の草が大きな音を立て、足音と声がぴたりとやんだ。そのまま道にとび出して、角兵衛は初めて相手の姿を認めた。

浪人と思われる若い侍がひとり、町屋の下男《げなん》といった風体の男がひとり。

ふたりの男と角兵衛は、はたと一瞬、にらみ合う格好になった。

角兵衛の表情から、相手は事の次第を察したようだ。

「いまの話、きいてやがったのか」

町人風体の男の目が、ぎらりと光った。ただの下男なぞではないと、角兵衛はその瞬間、はっきりと悟った。

「旦那、生かしておくわけにはいきやせん。せっかくの旦那方の事はじめが、台無しになりかねねえ」

それでも気が進まぬようで、若い侍はためらっている。

「大を為《な》す前の小でさ。こっちの顔を知られたんだ。番所にたれ込まれでもしたら、全《すべ》てが水の泡ですぜ」

「致しかたない」

侍が、刀に手をかけた。紛《まご》うかたなく全身が総毛立ち、叫ぶことすら忘れて向きを変え、角兵衛は逃げた。

「野郎、待ちやがれっ」

町人の怒声より、ひたひたと背中に迫る無言の足音に、角兵衛は何より恐怖した。駆けるたびに、背中に負った道具箱が、がちゃがちゃと音を立てる。中には白玉粉と、焼接ぎに使う欠けた瀬戸物が詰まっている。逃げるには重過ぎる代物《しろもの》だが、捨てる暇さえない。だが、後になって考えてみると、そのおかげで命拾いをした。

背後の気配がひときわ大きくふくらんだとき、目の前から道が消えた。道が大きく、くの字に折れている場所に出たのだ。角兵衛は迷うことなく、そのまままっすぐ突き進んだ。

「それで、崖から落ちたというわけね」

息を詰めてきき入っていたお縫が、話の継ぎ目で息をついた。

角兵衛が思っていた以上に、斜面はきつく、底も深かった。それきり気を失ってしまったが、向こうも下まで降りて探すことはしなかったようだ。

「いま思えば、こいつが楯《たて》になって、あっしを守ってくれやした」

大事そうに、傍らの道具箱を撫《な》でた。

「こいつがなけりゃあ、背中をばっさりやられていた。あの侍が放っていたのは……あれは間違いなく、殺気ってやつでさ」

よほど怖かったのだろう。角兵衛がぶるりと身をふるわせた。殺されかけたこと以上に、その侍が発していた禍々《まがまが》しいものに、いわば当てられたのかもしれない。毎夜、同じ侍に、追われる夢を見るようになった。

「それなら、相手の顔を、覚えているということかい？」

話の途中から、じっと考え込んでいた儀右衛門がたずねた。

「いや、それが……」と、角兵衛はことばをにごした。「顔を合わせたと言っても、けっこう離れていやしたし……後で思い返しても、どういうわけかさっぱり……」

いささか頼りない返答だが、よくあることだと儀右衛門が口を添える。

「九死に一生を得るような目に遭うと、そのときのことがすっぽりと、頭から抜け落ちてしまうことがあるそうだ」

おそらくはそのたぐいだろうと、娘に言った。

「覚えているのは、大まかな歳《とし》格好くれえで」

町人風の男は三十くらいで、侍はそれよりかなり若かった。二十歳を過ぎた頃合で、そのせいか浪人にしては身ぎれいに見えたという。

「話の中身も険呑《けんのん》だが、角兵衛さんの口を問答無用で封じようとするところからしても、人を殺す算段をしていたのは間違いなかろう……連中が誰を狙っていたのかは、わからないんだね？」

「それは皆目……」

ききとれたのは、決行の日取りと場所だけだと、情けない顔をする。

「あっしも気にはなったんですが、肝心の明晩は過ぎちまってたし」

藪蛇になるのを恐れ、竹むらという料亭を探すこともしなかったという。

「角兵衛さんはこの話、誰にもしていないのよね。番屋にも届けてないのね？」

「とんでもねえ。よけいな真似をして、あの連中の怨《うら》みを買いたかねえですからね」

番屋に届け、人の口の端にのぼれば、角兵衛の正体が相手に伝わる恐れがある。六人の子供たちのこともあり、角兵衛は何よりもそれを案じたようだ。

「それは正しい了見だよ、角兵衛さん。子を守るのが、親の何よりの務めだからね」

「旦那……」

「たまたま往来で、擦れ違ったに等しい相手だ。気をつけるに越したことはないが、いつも通る道でなけりゃ、まずふたたび会うこともなかろう」

今夜からは枕《まくら》を高くして眠れるよう、少しでも角兵衛の怯えをとり除いてやろうというのだろう。儀右衛門は温厚な笑顔を向けた。

「そうよ。それに角兵衛さんには、霊験《れいげん》あらたかなお守りがあるじゃない」

「お守りってえと？」

「その道具箱と、お子さんたちよ。浪人者に斬られることもなかったし、今日だってほら、庄おじさんに出くわしたおかげで、盗人にならずに済んだわ」

儀右衛門がうんうんと、娘の台詞《せりふ》に相槌を打つ。

「大丈夫、角兵衛さんは、運がいいわ」

「そうか……言われてみれば、そうかもしれねえ」

明るいものが、ようやく角兵衛の頬にさした。

その日、夜が更《ふ》けると、儀右衛門はお縫に言って、唐吉を迎えにやらせた。

すぐに行くとの返事をもらい、お縫はひと足先に戻ったが、やがて顔を見せた唐吉は、ひとりではなかった。

「あら、半《はん》おじさんも一緒だったの」

「こんばんは、お縫ちゃん。ちょいと邪魔するよ」

狸髪結《たぬきかみゆい》の半造《はんぞう》だった。

ずず黒い丸顔と、目の下の半月型の隈《くま》が、狸を彷彿《ほうふつ》とさせる。どこもかしこも丸いせいか、人の好《よ》さそうな手合いに見えるが、小さな目は、常に油断なく光っている。

互いに晩飯を済ませた時分だ。お縫は父と客の前に、酒と肴《さかな》を乗せた盆をはこんだ。

まずは儀右衛門が、昼間、角兵衛からきいた話を披露する。

「角兵衛さんの言った明晩は、数えてみると辻屋の元締が亡くなった日にあたる。おれのうがち過ぎかもしれねえが、どうも気になってな」

「いや、旦那。おそらくそいつらは、辻屋を殺した下手人に間違いねえでさ」

盃《さかずき》に手もつけず、半造は即座に応じた。

「こいつは表沙汰にされてねえが、辻屋の旦那は、行きつけの料亭の離れで襲われたそうなんで」

「それじゃあ、やっぱり……」

「店の名は『竹むら』。辻屋の番頭から、あっしが直にききやした」

「辻屋の番頭だと？　じゃあ、ひょっとして半さんに」

儀右衛門の問いに半造は、二重顎《あご》に隠れた猪首《いくび》をうなずかせた。

「へい。下手人の手がかりが欲しい、何とか尻尾《しっぽ》をつかんでくれと頼まれやした」

昨日になって辻屋の側から、半造に話を持ちかけてきたという。

「元締は、特に目をかけていた的屋衆三人を呼んで、働きを労《ねぎら》っていたそうなんですが、その四人ともがやられちまったそうで」

半造の裏の生業《なりわい》は、情報屋《ねたもと》だった。集めた話種《はなしだね》を裏社会の者たちに流し、あるいは辻屋のように、相手の頼みに応じて調べることもある。髪結床は風呂屋とともに、噂《うわさ》種《だね》にはこと欠かず、また半造の息子や娘婿《むすめむこ》もひと役買っていた。

半造は他にもあちこちに蔓をもち、ときにはこの長屋の者たちに探らせることも少なくない。今回は、辻屋に関わっていたこともあり、唐吉が依頼を受けたようだ。報酬も出るから、唐吉にとっても否《いな》やはない。

「念を入れて、まずは竹むらをあたらせたんですが、同じ話を摑んできやした」

半造に目だけで促され、唐吉は口を開いた。

「辻屋からの達しで、竹むらの連中も口をつぐんでいやす。それでもかまをかけてみたところ、下足番が吐きやしてね。そいつは事が起きた後、離れの後片付けをした。

そりゃ、ひでえ有様だったと、思い出すだけで青くなってやした」

竹むらのその離れは、広い庭の外れにあって、母屋《おもや》とは離れている上に、縁は川に面している。静かで涼しいという理由から、辻屋は定席にしていた。

膳をあらかた運び終えて、しばらくは手酌でいいからと、仲居も下がらせた。いつものことなので、店の者も誰も気にしなかったが、襲われたのはその後のようだ。

「仲居がふたたび離れに足を向けたときには、座敷は血の海で……四人ともに事切れていたそうです。いまも血のにおいが鼻について消えてくれねえと、下足番はぼやいてやした」

襖《ふすま》をあけたとなり座敷で、母親と膝《ひざ》をならべていたお縫が、思わず身震いする。

母屋から離れている上に、店は混んでいた。客の歓声や芸者の三味線にかき消され、店の者たちは、叫び声ひとつきいていなかった。

「御上に知れて、痛くない腹をつつかれるのも割に合わねえ。竹むらの連中は金で黙らせ、ひとまず辻屋は、急な病と称して葬式を出したそうなんで」

「巻き添えを食った三人の的屋は、どう始末をつけたんだい」

儀右衛門が気がかりなようすでたずねると、これには半造がこたえた。

「的屋商売は、もともと身内の縁が薄い。江戸に親兄弟がいるのはひとりだけでしてね、たっぷりと香典をはずんで、やはり病で通させたようで」

あとのふたりは田舎出で、勘当されたり仔細《しさい》があったりで、とうに縁が切れている。辻屋の方で内々で弔《とむら》いを済ませたらしい。

「だが、四人も殺されたとあっちゃ、下手人をあげずば辻屋も顔が立たない。まず疑ってかかるのは同業の香具師連中だが、これもどうもぴんと来ない。辻屋あっての商いだと、誰もが承知してやすからね」

先日、通夜の前に、唐吉が語っていたとおりのことを、半造も口にした。

「その角兵衛とかいう男の話からすると、手をくだしたのはその浪人者に間違いありやせんね」

「仏はすべて、ほぼ一太刀でやられていたそうでさ。かなりの手練《てだれ》かもしれやせん」

半造と唐吉がてんでに言って、儀右衛門がもうひとつつけ足した。

「しかも、旦那方というからには、下手人はひとりではなかろうな」

儀右衛門は、とりわけ念を入れてたずねたが、たしかにそう言っていたと角兵衛は請け合った。あまり多くとも人目に立つ。三、四人ではないかと、儀右衛門が己の見当を告げた。

「あとは雇った側の方だが……町人てえだけじゃ埒《らち》があかねえ」

半造の目が、底光りした。情報屋の名にかけて、必ず探り出してみせる腹づもりなのだろう。だが、儀右衛門は、別のことが気になるようだ。

「角兵衛さんがきいた、『事はじめ』というのが、どうにも引っかかってね」

「そいつは、たしかに……」と、半造も小さな目を差配《さはい》に向けた。

「まさか、香具師仲間が、また襲われるなんてことは」

唐吉も気がかりなようすを見せたが、儀右衛門もいまのところは皆目見当がつかない。

「ただ、これがはじまりというなら、何とも嫌な雲行きだ」

儀右衛門は、嵐を前にしたかのように、憂《うれ》いのしわを深く刻んだ。

二

深川富岡八幡の永代寺は、牡丹《ぼたん》が有名だった。いま時分になると、大勢の花見客が詰めかける。三日ほど、花見日和《びより》の上天気が続いたが、その日は雨になった。

店番をしていると、笠《かさ》をかぶった黒羽織の侍が、声もなく敷居をまたいだ。

一瞬、びくりとしたが、笠の下から覗《のぞ》いたのは、馴染《なじ》み客の御家人《ごけにん》だった。とはいえ、決して満面の笑みで、客を歓迎する商売ではない。いつもご贔屓《ひいき》に、の常套句《じょうとうく》でさえ皮肉となる。

裏長屋住まいの者ですら、質屋だけは五町は離れた店を使う見栄《みえ》っ張りがいるほどだ。ましてや武士ともなれば、あつかいには気を遣わねばならない。目の前の中年の侍もまた、最初に姿を見せた頃には、妙にふんぞりかえっていた。質屋へ出入りするなど、体裁がわるい。侮《あなど》られまいと、ことさら居丈高にふるまって、せめてもの威厳を保とうとする。

それでも通い続けるうちに、肩の力も抜けてくる。せいぜい天気の話くらいしかできないが、けっこうな降りだと告げながら、客はお縫のさし出した手拭《てぬぐい》を受けとった。

「少々、お待ちくださいまし」

茶を勧めてから、蔵の整理をしている父親を呼びにいく。裏口を出たところで、お縫はほっと息をついた。

「黒羽織にいちいちびくつくようじゃ、お話にならないわ」

初顔の定廻同心《じょうまわりどうしん》を見かけてから、十日ほども経つ。あれ以来、一度も姿を現していないが、どういうわけかそれはそれで妙に落ち着かない。

「やっぱりきちんと確かめないことには。半おじさんに、繋《つな》ぎをつけてもらおうかしら」

町奉行所のあれこれをたずねるなら、格好の人物がいる。お縫は蔵へ行ったその足で、千鳥屋とは木戸をはさんで隣に立つ、狸髪結へと出かけた。

「たぶん、今日、明日にでも顔を見せると思うけどね。旦那が急ぎなら、すぐにでも呼びにやらせるよ」

愛想よく応じたおかるに、それほどのことでもないと、あわてて断りを入れた。それでも気働きのいいおかるは、使いを頼んでくれたようだ。

待ちかねていた相手が長屋を訪れたのは、同じ日の午後だった。

「こんにちは、お縫ちゃん」

番傘を閉じ、三和土《たたき》の隅に立てかけると、肩についた雨粒を手拭でざっと拭う。

顎は丸いが面長で、目尻《めじり》はなだらかに下がっている。両親のどちらにも似ていないが、柔和な風情《ふぜい》は母親ゆずりだ。半造とおかるの息子、巳助《みすけ》だった。

「いらっしゃい、巳助兄さん。どうぞ、あがってくださいな」

子供の頃からの慣《なら》いで、お縫はそう呼んでいた。

仕事は両親と同じだが、床は持っていない。出床《でどこ》と呼ばれる、いわゆる廻り髪結いで、何軒かの得意先をまわって歩く。いつも手にしている道具箱は、実家の髪結床に置いてきたようだ。空手かと思ったら、座敷に通ると、巳助は懐《ふところ》から包みをとり出した。

「あら、生姜糖《しょうがとう》ね。おっかさんの好物だわ」

「そいつはよかった。お客からのもらいものだが、うちのやつが持っていけと言ってね」

「どうぞよろしく伝えてね。そういえばおかるおばさんからきいたけれど、お嬢ちゃんは手習いをはじめたそうね」

「隣町に、良い女師匠を見つけてね。上の子が通い出した。下の妹はそれが不服でね、何でも姉と同じにしたがる。おかげでこのところ機嫌が悪い」

巳助は三十に届かぬ歳で、女房とのあいだに娘がふたりいた。一家四人で、八丁堀《はっちょうぼり》に近い京橋南に住んでいる。他にも得意先はあるものの、毎朝かかさず通うのは八丁堀で、巳助はここに、二軒の客を抱えていた。

八丁堀には町奉行所に勤める与力同心の組屋敷が固まっていて、毎朝、決まった廻り髪結いが訪れる。日髪日剃《ひがみひぞり》といって、月代《さかやき》をあたらせ結髪をさせるあいだ、髪結いに町中の噂や目新しい事物を語らせて、探索の役に立てるのである。

巳助もまた、市中のあれこれを口にしながら、同時に役人から仕入れた御上や町奉行所の情報を集め、月に三度ほど千七長屋を訪れては、父親の半造に知らせていた。

「儀右衛門の旦那《だんな》が、何かおれに用があるときいたんだが」

「本当は、おとっつぁんじゃなく、あたしなの」

あいにくと、儀右衛門は午後から町内の集まりに出ていて、お俊は店で客の相手をしている。

お縫は巳助に茶を出すと、自ら先日の同心について語った。

差配ではなく若い娘の用事だときいても、巳助は態度を変えることもなく、きちんと耳を傾けて、

「そいつはおそらく、白坂《しらさか》さまの倅だろう」

お縫の見込みを裏切らず、即座にこたえた。

「白坂源太夫《げんだゆう》という、南町の定廻同心だ。ちょうど五十くらいの歳まわりで、その白坂さまの倅が、見習いとして出仕するようになった」

ふた月ほど前からだと言い添えた。陰では役人を侮って、汚い口を利《き》く町人も多いが、商売柄もあってか、巳助は常にていねいな物言いを忘れない。

「歳は二十三、白坂長門《ながと》という名でね」

「白坂長門……」

口の中で、噛みしめるようにくり返す。

「ただ、それより他は、おれもわからねえんだ」情けなさそうに、頭をかく。

「わからないって、どうして？　八丁堀に通っているなら、人柄とか評判とか少しはつかめるものじゃない？」

「長門さまは、八丁堀育ちじゃないんだ。白坂家のご養子でね、源太夫の旦那とは、血の繋がりはないそうだ」

そうだったの、とお縫が、ちょっとびっくりする。

「じゃあ、どういう経緯《いきさつ》で、養子になったのかしら」

「詳しくはわからねえが……なにせ南の同心仲間ですら、寝耳に水だと驚いていた。実の息子に先立たれたから、無理もねえが」

白坂源太夫には、養子と同じ年頃の倅がひとりいた。すでに見習いとして、十代の頃から南町に出仕していたが、去年の秋口から病を得て、歳が明けた二月に亡くなったという。

「もっとも二月というのは建前で、本当は一月に身罷《みまか》られていたそうだがな」

源太夫の妻は何年か前に他界して、息子は白坂家のひと粒種だった。

跡継ぎがいなければ、家は途絶える。実子が死んだ届けを遅らせて、その前に養子をとった形にするのは、武家にはよくあることだった。

養子の長門は、急遽《きゆうきよ》据えられた跡取りのようだ。

「それじゃあ、人柄も何も、とらえようがないわね」と、お縫が小さなため息をこぼす。

「おれも一、二度、すれ違ったくらいだが、お縫ちゃんが気になるというなら、少し身を入れて探ってみるよ」

巳助もまた、お縫の勘のよさを買っているのだが、お縫はあわててつけ足した。

「気になるというほどじゃあないのよ。ただ、お役人に、ああもあからさまな目を向けられたのは、初めてなものだから」

「善人を気取る者ほど、胡散《うさん》臭いか……たしかに言い得て妙だ」

懐から煙管《きせる》をとり出して、煙草盆《たばこぼん》を引き寄せる。巳助が一服つけて煙を吐き出すのを、お縫はしばし見守っていた。

「ねえ、巳助兄さん……巳助兄さんは、辛《つら》くないの？」

うん？　と巳助が、改めて首をまわす。

「その……廻り処《どころ》のお役人と、半おじさんと、両方から話を拾って、両方に告げているのでしょ。それって、なかなかにしんどい役目じゃなくて?」

いわば巳助は、二重に隠密《おんみつ》を働いているようなものだ。

かつては父親の半造も、同じだった。廻り髪結いをしながら、八丁堀で得た話を裏の世界に流していた。

——御上と裏の世界、両方を手玉にとっているような。

半造はその快感に浸り、足許《あしもと》をすくわれた。大きな盗人一味を御上に売ったと疑われ、半殺しの目に遭った。

父親から、よくよく戒められてもいるのだろうが、巳助にはそういう奢《おご》りは見当たらない。傍目《はため》には淡々とこなしているように見えるが、板ばさみになって迷うこともあるはずだ。抜き差しならない羽目に陥って、櫛《くし》を持つ手がすべったことはないのだろうか。

恬淡《てんたん》とした巳助をながめるにつけ、お縫はかねがね気になっていた。

戸の隙間からそっと探るようにして、そのあたりを切り出すと、巳助は屈託のない笑顔を浮かべ、煙管の灰を、とん、と落とした。

「お縫ちゃん、この仕事の勘所はな、嘘《うそ》をつかないことさ」

意外なこたえに、お縫が目を丸くした。

「嘘を、つかない……巳助兄さんは、八丁堀の旦那方にも、嘘をついていないという の？」

ああ、と短く応じ、茶をひと口すする。

ほんの些細《ささい》なことでも、偽りはほころびを生む。小さな嘘が、やがてめぐりめぐって、大きな穴となって己の前に口をあける。のっぴきならない状況に陥るのは、このためだ。あつかう話種《ねたもと》の多い情報屋となればなおさら、たとえ方便でも、嘘がもたらす災難は計り知れない。巳助は静かな調子でそう語った。

「だからおれは、決して嘘は口にしない。偽りではないから、相手を欺《あざむ》いているという罪深さも感じなくて済む」

「それでもやっぱり、言えないことだってあるでしょ？」

「言えないことは言わない。黙っておく。ただ、それだけさ」

己の胸の内に留めるのもやはり、辛いことではなかろうか。お縫にはそうも思えたが、巳助はとうに、その折り合いをつけているようにも見えた。

「それにおれの場合は、親父《おやじ》がいるからな。八丁堀の旦那衆に、何を告げて何を告げるべきではないか、すべて親父が指図をくれる」

「半おじさんが、そこまで……」

「おれは誰に何を話したか、それさえ覚えておくだけでいい」

覚えるだけでも至難の業に思えるが、楽な役目だと巳助は笑う。

お縫は思わず、ほうっと大きなため息をついていた。

「あたしもいつか、そのくらい悟りを開けるかしら」

「大げさだな」と、巳助はまた笑ったが、その後にちょっと真面目《まじめ》な顔をした。

「お縫ちゃんは、裏商いにはかかわってないだろ。嫁に行けば、この長屋とも縁が切れる。ちょうどお縫ちゃんの、姉さんや兄さんのようにな」

「それはそうだけど……縁が切れるなんて、何だか寂しいじゃない」

「お縫ちゃんはそんなだから、なかなか心安く暮らせない。同心の軽口ひとつで慌てちまうのも、切って捨てることができないからだろう」

褒めているのか誹《そし》られているのか、どちらともとれないが、巳助の言いようは的を射ていた。

「あたまではね、わかっているのよ。ここの人たちは、悪事に手を染めてはいても、悪党じゃない。だって加助さんの人助けを、手伝ってくれるもの。世の中には、もっと不親切で、情けない人がいくらでもいるわ」

巳助は、うんうんと首だけで相槌《あいづち》を打つ。

「ただね、お天道《てんと》さまの下を、大手をふって歩けない。時々それが、嫌になるの」

この長屋の者たちは、あきらかに法に背いている。越えてしまった大きな一線の向こう側には、固い地面はない。いまにも割れそうな薄氷だけが広がっていた。どうぞ割れませんようにと祈りながら、そろりと爪先《つまさき》を差し出すような、自《おの》ずと身についた歩き方が、時折ひどく疎《うと》ましく思えるときがある。

「見知らぬお役人に、いちいちびくつくこともない、そんな暮らしがうらやましくなるの」

「そうだね……それはよくわかるよ」

巳助は言って、冷めた茶を飲み干した。

「ただね、お縫ちゃん。役人や岡ッ引にびくつくのは、何もおれたちみたいな者ばかりじゃないんだよ」

「そう、なのかしら」

「たいがいの者はね、避けようとする」

「たちの悪い手合いも多いから。からまれたりしたら厄介だわよね」

己のうさを晴らすように、いちゃもんをつけたり小銭をせびったり、そういう輩《やから》は少なくない。だが巳助は、別の理由をあげた。

「法度《はっと》に一度も触れたことがない者なんて、そうそういるはずがない。あれは駄目、これはこうしろと、御上の触れは細かいだろ？　一から十まで守っている奴なんていやしない」

「言われてみれば、そうだわね」

華美な着物はいけないだの、初物の値を下げろだの、町人の贅沢《ぜいたく》を戒める禁令はくり返し出されているが、たびたび触れが回されるのは、直っていない証《あか》しのようなものだ。博奕場《ばくち》も非公認の色街も、たまに大がかりな取り締まりはあるものの、やがては雨後の筍《たけのこ》のようにあちこちに生えるものだから、まるきりいたちごっこに等しい。

「何よりも、心に闇《やみ》を抱えているのは、おれたち裏稼業持ちばかりじゃない」

「闇……？」

「誰だって、人に言えないことのひとつやふたつはある。それがあたりまえの、まっ、とうな人間てやつだ」

そうかもしれないと、ひどくすんなりと得心がいった。

「だから御上の手先を見ると、ついびくついちまう。己の闇が、暴《あば》かれるんじゃないかとな」

頭の中に、ぽかりと浮かんだのは加助の顔だ。加助の度の過ぎた親切は、根っこの

ところに過去に犯した罪がある。お縫は父親から、そうきいていた。子供の頃の過《あやま》ち
であり、咎《とが》を受けるたぐいでもないが、それは加助の心に、未《いま》だに大きな闇として巣
くっている。だからこそ加助は、必死ともとれるほどの施しをやめようとしない。
板状の生姜糖を、巳助がぱきりと割った。かけらのひとつをお縫に差し出し、己の
口にも放り込む。お縫が幼いころ、巳助はよくそうやって菓子を分けてくれた。
さわやかな生姜の香りは、鼻の奥にすうっと抜けた。

「それじゃあ、お縫ちゃん、また」
亀久橋《かめひさ》のたもとから、西に向かう姿を見送る。
寄合から戻った儀右衛門と、半刻《はんとき》ほど話をして巳助は腰を上げた。ちょうどいっと
き雨がやんでいたこともあり、お縫は買物がてら見送りに出て、巳助とは亀久橋のた
もとで別れた。
蠟燭屋《ろうそくや》と煙草屋に寄るつもりで、堀沿いの道を辿《たど》る。だが、いくらも行かぬうちに
文吉に出くわした。
「お縫坊、いいところに！　長屋まで、迎えに行くつもりだったんだ」
昼前は雨脚が強かったから、兄弟は苗売り商いを休んでいた。てんでに遊びに出た

ようだが、文吉は出先でとんでもないものを目にしたという。

「江戸中の読売屋が、ひっくり返るくれえの話種だ」

「大げさねえ。生まれたての赤ん坊が、いきなり走り出したなんて話じゃないでしょうね」

「それはそれでびっくりだろうが、それよりももっとすげえ。なんと、加助のおっさんがよ……」

声をひそめて文吉が告げる。

「何ですって！　文さん、それ本当なの？」

「あたりめえだろ。お縫坊にも見せてやろうと思ってよ、わざわざ迎えに……うわっ、引っ張るなって」

「だって、加助さんの一大事じゃない。見損なったりしたら、一生悔やむことになるわ」

どっちが大げさだかとぼやきながらも、文吉が案内に立つ。向かった先は、舟番所に近い、深川西町だった。お縫もいく度か来たことのある甘味屋《かんみや》だ。

「本当にここに加助さんが？」

「間違いねえよ、さっき入ったばかりだから、出ちゃあいねえはずだ。抜かりなく、ちゃんと見張りもつけてある」

文吉の言った見張りとは、店の茶汲《ちゃく》み女だった。わけ知り顔で、すぐに奥へと案内する。

「さっき、心づけを渡しておいたんだ」

廊下を行きながら、こそりと文吉は告げたが、利いたのはそればかりではなさそうだ。時折女がちらりと向ける流し目に、お縫が鼻白む。本人は不本意なようだが、文吉は年増《としま》女には日頃から受けがいい。

「あいにくと両隣の座敷は塞《ふさ》がってますがね、ようすを窺《うかが》うなら、ここがいっとう良い場所ですよ」

ふたりを座敷に通すと、茶汲み女は、あけ放された障子の向こうを目で示した。

この甘味屋は表の茶店とは別に、中庭を囲むようにして、襖で仕切ったいくつもの小座敷がならぶ。席料は相応に高いが、内緒話や男女の密会などにも重宝されていた。

「そういえば、あたしたちも逢引《あいびき》なんぞに見えるのじゃなくて？」

茶汲み女が出ていくと、いま気づいたように、お縫は妙な心配をしはじめたが、文吉はあっさりと言った。

「さっきの茶汲み女には、妹ということにしてあるし、何より女には見えねえからよ」

「女に見えなかったら、何だっていうのよ。だいたい、お縫坊はやめてよね。あたしはもう十八なんだから」

「番茶も出花だな」

「それって、器量がよくなくとも、娘盛りはましだってたとえじゃない」

「んなことより、ほら、見てみろよ。加助のおっさんだ」

文吉は障子に張りついて、外をうかがっている。お縫もそれに倣《なら》い、頭の上半分だけを、障子から覗かせて、庭越しにならぶ向かい座敷に目をやった。お縫たちの場所からは、ちょうどはす向かいにあたる小部屋に、目当ての姿があった。

「やだ、本当に加助さんだわ。向かい側の女の人は……見たことがないわね」

四畳半ほどの狭い座敷に、加助が若い女と向かい合っている。歳のころは二十代半ばくらいか、身なりからすると、裕福な商家の女中に見える。ふたりはひどく深刻な顔で、何事か話し合っていた。

「あれって……本当に逢引なの？　いつもどおりのただのおせっかいで、あの人の身の上相談に乗っているだけじゃなくて？」

互いをさえぎる目的か、軒にかかるほどの庭木が植えられて、目隠しになっている。向こうに知られる恐れはなさそうだと、お縫は少しばかり気を抜いた。

「それならよ、何だっていつもどおり、長屋に連れてこないんだ？　込みいった話ならなおさら、儀右衛門の旦那に助太刀を頼むのが、おっさんの常じゃねえか」

「あら、言われてみれば、そうだわね」

「商売女には見えねえし、いったいどこで見知ったのかな」

話の中身は届かぬから、それ以上は推測のしようもない。使いの途中なのかもしれない。そう長居はせず、女は腰を上げた。

「おれは女の後をつけるから、お縫坊はおっさんを頼まあ。それとなく探りを入れてくれ」

「それとなくって言ったって……」

お縫が文句をつける暇もなく、文吉は身軽く座敷を出ていって、お縫もあわてて後に続く。加助と女は甘味屋の前で別れ、それぞれ南と西に方角を変えた。

「加助さん、いま帰り？」
三、四町ほど行ったところで、なにくわぬ顔で声をかけた。
「ああ、お縫ちゃんか」

ふり向いた加助は、いつになく呆《ほう》けて見えた。つい、その顔を覗き込んだとき、ぽつりと小さな雨粒が頰に落ちた。

「また降り出してきたみたい。急がないと、雨に追いつかれちまうわ」

お縫が促しても、加助は切なそうに空を仰いでいる。

「加助さん、どうしたの？」

「いや、人も空模様も、ままならねえもんだと思ってな」

らしくない台詞《せりふ》に、目を見張る。

かなり遅れて長屋に戻った文吉に、お縫は勢い込んで断言した。

「あれは間違いなく、恋患《こいわずら》いよ！」

「だとすると、おっさんもかわいそうに」

「どういうことよ。まさかとんでもない女に、引っかかったんじゃないでしょうね」

ある意味そうかもしれないと、文吉の表情は冴《さ》えない。

「相手の女はな、神田多町《たちょう》にある若狭屋《わかさや》って煙草店に入ってった。そこで女中をしているそうで、名はおふじ」

「あら、それってどこかできいたような……」

「おれもお縫坊も、狸髪結のおかるさんからきいたんだよ」

ああっ、と、思い出したお縫が大声で叫ぶ。

「もしかして、加助さんの……」

「そう。向こうさんに断られたってえ、見合いの相手だよ」

文吉は、大きな大きなため息を吐いた。

「やっぱり、やめておいた方がいいんじゃねえか」

および腰の文吉を、お縫が横目でにらむ。

「日本橋《ここ》まで来て、なに言ってるのよ」

すったもんだの揚句、お縫と文吉は、おふじに会ってみることにした。

神田多町の若狭屋は、大店《おおだな》とまではいかないが、決して小さな煙草屋ではない。通りの角に面しているためもあろうが、客足は途絶えることがなく、かなり繁盛《はんじょう》しているようだ。

「だがなあ……人の恋路を邪魔する奴は、馬に蹴《け》られて何とやらだぜ」

「邪魔じゃあなく、後押しでしょ。あ、来たわ」

裏の潜戸《くぐりど》があいて、小柄な女が顔を出す。お縫が小さく頭を下げると、不思議そうに首をかしげながらも、こちらへやってきた。昔馴染みだとだけ小僧に告げて、店の外まで呼び出してもらったのである。

「あの、私に、何か御用でしょうか」

物腰がやわらかく、口ぶりはていねいだ。なるほどと、思わずうなずきそうになる。大方の商店は、店の表を男衆が、住まいにあたる奥を女衆が仕切っている。おふじは二十五という年齢にもかかわらず、若狭屋の奥向きを任されていた。

「錠前屋の、加助さんをご存知ですね」

少しばかり驚いた表情で、はい、とおふじは首肯した。加助と同じ長屋に住まう者だと、ふたりが名乗る。

「あたしたち、加助さんとはつきあいが長くて」

「二年も経《た》ってねえから、長いってほどじゃ……」

よけいな茶々に肘鉄《ひじてつ》を食らわして、お縫はひと息に言った。

「加助さんとのこと、もういっぺん考え直していただけませんか！」

「考え、なおすというと……」

「お見合いの話です。加助さんはたしかに、見てくれもぱっとしませんし、人助けより他に能のないような人ですけれど……」

「けなしてどうすんだよ、お縫坊。おっさんは、鈍くさいし、とろい上に涙もろくて」

「文さんこそ、褒めてないじゃないの」

「黙ってろよ、こっからが正念場だろうが。けど、気持ちだけはまっさらで、汚え根性なぞみじんもねえんでさ」

「ええ、本当に本当に良い人なんです。おかみさんのことも、うんと大事にするはずです」

ふたりの真剣な訴えにしばし耳をかたむけて、おふじは口許をゆるめた。

「はい、加助さんのお人柄は、私もよく存じあげています」

「だったら見合いの返事を、くつがえしてもらえねえか。おっさんはたぶん、あんたに岡惚《おかぼ》れしてるんだ」

目を丸く見開いて文吉を見詰め、次いで堪《こら》えきれぬようにおふじが笑い出した。

「何をどう勘違いされたのかわかりませんが、見合い話を断ってほしいと言ってきたのは、加助さんの方なのですよ」

えっ、とまったく同じ表情で固まったふたりに、おふじはまた楽しそうな笑い声を立てた。

「お縫坊、生きてるか？」

永代橋が見えてきたところで、文吉が声をかけた。神田多町を出てからここまで、お縫はずっと黙りこくったままだった。

「おっさんの色恋話かと思いきや、まるで見当が違ったからな。がっかりするのも無理はねえが」

文吉も、やはり毒気を抜かれたらしく、行きの張り切りようは失《う》せていた。

「別にそういうわけじゃ……ああ、でも、がっかりもしてるわね」

「どっちだよ」

「がっかりなのは加助さんにじゃなく、あたしによ」

「まあ、お縫坊がいろいろがっかりなのは、先刻承知だが」

「文さんにだけは、言われたかないわ」

しょげていた気持ちなぞたちまちふっとんで、ぷい、と横を向く。

「そう怒るなって……お、見てみろよ、お縫坊。あれ、安《やっ》さんじゃねえか」

「その手には乗りません」

「本当だって。ほら、いま橋に足がかかった」

顔を戻すと、たしかに文吉が示す道の先に、小間物売りの姿があった。

腰から頭を越える高さまで、藍《あい》の風呂敷《ふろしき》包みにふさがれてはいるが、捌《さば》きがよく無駄のない足運びに覚えがあった。ちんぴららしき風体の男とすれ違いざま、縦に長い荷がかすかによろめいて、だがぶつかることはなくゆっくりと遠ざかる。

「安《やす》おじさん、いま帰り？」

橋を渡りきったところでようやく追いついて、お縫は声をかけた。いきなり猫にとびつかれでもしたように、その肩がびくびくんとはねて、見当通りの顔がそろりとふり向いた。

「な、なんだ、お縫ちゃんか。脅かしっこなしだぜ」

「別に脅かしたつもりはないのだけれど」

「いや、ちょうど仕事をした矢先だったから、焦《あせ》っちまってよ」

「仕事って、安さん……小間物売りじゃなく、あっちの方かい？」

文吉が、右の人差し指を鉤型《かぎがた》に曲げる。往来でやめてくれと言わんばかりに、安太郎《やすたろう》が顔をしかめる。

「ああ、いましがたすれ違った野郎から、こいつをな」

と、それまで袖《そで》の中にあった右手を覗かせる。縞柄《しまがら》の財布が握られていた。お縫も目にしたちんぴらふうの男から、掠《かす》めとったという。

「ずっと見ていたけれど、まるで気づかなかったわ」

「そりゃ、素人《しろうと》の目につくようなら、話にならねえよ」

安太郎は、歳のころは加助と同じ。腕のいい掏摸《すり》だときいてはいたが、裏の仕事ぶりを目にしたのは初めてだった。

「大川の向こうでしか、こっちの仕事はしないんじゃなかったの？」

「いや、面目ねえ。悪いことはできねえな」

「仕方ないわね。佐原屋の永代団子で、勘弁してあげるわ」

永代橋の西詰では、橋の名にちなんだ団子が売られていて、隣には葭簀張《よしずば》りの茶店もある。お縫のちゃっかりした申し出に、安太郎は苦笑いで応じた。

「じゃあ、安おじさんは、あのならず者に意趣返しをしたというわけ？」

橋をまた西へ戻り、茶店に落ち着くと、安太郎は先刻の経緯を語った。

安太郎が男を認めたのは、永代寺門前町だった。牡丹の見物客は未だに途切れず、それを当て込んだ露店も数多く立ちならんでいる。男は女や年寄りが立つ店をえらんでは難癖《なんくせ》をつけ、銭を巻き上げていた。

「このまま深川から返しちゃあ、八幡《はちまん》さまにすまねえように思えてよ」

男が門前町を出たことを確かめて、先まわりをしたという。

「それで橋の上という、半端《はんぱ》な場所になったのね」

へへ、と安太郎は首をすくめる。悪いことをしているというのに、どうも憎めない。長屋の者たちは、そろってこのたぐいだ。ある意味、もっとも始末がわるい。

「ふたりは、今日は何だい。儀右衛門の旦那の御用かい？」

「いいや、それがしまらねえ話でよ」と、文吉が先に話し出す。「加助のおっさんの、見合い話はきいたろう？」

「たしか、ひと月くれえ前だったか」

「それは一度目のほうよ。十日ほど前に、二度目があってね」

へえ、と安太郎は、やや驚いた顔をする。三十半ばでひとり住まいのせいか、長屋の噂には疎い方だ。ふたりは加助の見合いの顚末《てんまつ》と、若狭屋のおふじの話をした。

「それじゃあ、見合い話を断ったのは、互いに示し合わせてということかい。加助の野郎は、何でまた」

「前の女房が忘れられないから、そちらさんから断ってほしいって。見合いの日取りが決まってすぐに、向こうさまを訪ねたのですって」

安太郎が、わずかに目を見張る。それからゆっくりと茶をすすった。

「まあ、それだけは、ちょいとわかる気もするな」

おせっかい極まりない加助を安太郎は煙たがっており、さしてそりが合うとは言えないが、歳の他にもうひとつ、ふたりには通じるものがあった。

「安おじさんも、おばさんを亡《な》くして、ずいぶん経つものね」

安太郎は九年前に女房に先立たれていたが、未だにひとり身を通している。やはり思いを残しているのだろうと、お縫はちょっとしんみりした。

「あたしやっぱり、加助さんに悪いことをしたわ。お多津《たつ》さんと別れて、まだ半年も経ってないってのに」

「去年の暮だったから、まだ四月《よつき》そこそこか」

「なのに見合い話を、無理に進めようとしたりして」

「無理を頼むのは、いつもあいつの方だ。たまにはいいんじゃねえのかい」

そう気に病むことはないと、団子を頬張る。お縫はその顔を、ちらりと窺った。

「安おじさんも、そろそろどうかねえって、おかるおばさんが言ってたけれど」

とたんに団子を呑《の》み込みそこね、げほんごほんと激しく咳《せ》き込む。あわてて茶を流し込み、ようやく安太郎がひと心地つくと、文吉が言った。

「あのおっさん、きっと最初の見合いでも、同じことをやらかしたに違いねえよ」

「そうだろうな……だが、何だってそのふたりが、甘味屋なんぞで逢引してたんだい」

「それがね、きいてちょうだいな、安おじさん」

お縫が目をきらきらさせて身を乗り出し、逆に安太郎が後ろにのけぞる。

「おふじさんにもね、言い交わした相手がいたのですって。ね、ね、誰だと思う？」

「いや、おれにはさっぱり……」

「若狭屋の若旦那なのよ！　身分違いの主従の恋、まるで芝居みたいでしょ」

返答に困った安太郎は、お縫の向こう側に助けを求めたが、文吉は無言で片手をひらひらさせる。おふじから話をきいているあいだ、ずっとこんな調子だったから、いい加減飽いているのだ。

「若旦那が、そのおふじって女中に手をつけたのか？」

「違うわよ、安おじさん。互いに気持ちを言い交わしただけで、指一本触れ合っていないのですって」

「その年増女の、夢見がちな勘違いじゃねえのかい？　二十五といや、行き遅れもいいところだ」

婚期を逃したのは、長患いの母親のためだと、お縫が弁明にまわる。おふじは病人の世話をしながら、近所の長屋から若狭屋に通っていたが、その母親も去年亡くなった。若狭屋の主人夫婦が見合いを勧めたのには、そのような経緯もあったようだ。

おふじは己をよくわきまえている。親や親族を説得するからとの若旦那の言い分も、話半分にしかきいておらず、はなから叶《かな》うはずはないと諦《あきら》めていた。そんな折、加助との見合い話がもち上がった。

若旦那はちょうど、商用で江戸を留守にしていた。息子との仲を知った主人夫婦が、自分を遠ざけるために仕組んだことではないか。そんな邪推にまで囚《とら》われて、半ば捨て鉢な気分で見合いを承諾した。だが、加助の申し出により、おふじもまた、改めて己の思いに気がついた。

元女房を思う加助の気持ちに触れたためだろう。若旦那との経緯を洗いざらい話したところ、加助はこう言ったという。

『互いに思い思われる。そんな相手にめぐり会えるのは、滅多にあるもんじゃない。せっかくの気持ちを大事にしなせえ』

加助の台詞をそのまま口にして、おふじは涙ぐんでいた。

ひとまず若旦那の帰りを待つことにして、そして結果は吉と出た。二日前、旅先から戻った若旦那は、見合い話に仰天し、ぜひおふじと一緒になりたいと両親にねじ込んだのだ。

「もともと気立ての良さは、ご主人もお内儀《ないぎ》も、高く買っていたそうなの。おかるおばさんが、そう言っていたわ」

だからこそ若狭屋の主人夫婦は、ふたりの仲を認めてくれたのに違いないと、お縫は力説した。

「加助の野郎の節介も、たまには役に立つということか」

安太郎は機嫌よく言って、茶代を置いた。さっき見た縞柄の財布ではなく、ちゃんと自分の巾着《きんちゃく》から払っていることだけは、お縫はしっかりと確かめた。

ぽかぽかと、のどかな日和だった。

店番をしながらも、ついまぶたが重くなる。膝《ひざ》の上に開いていた絵草紙がすべり落ち、その音で目が覚めた。

「山東京伝《さんとうきょうでん》か、懐《なつ》かしいな」

半分寝ぼけていたためか、目の前の姿が現《うつつ》か幻か、判じるのに間が要った。

白坂長門という定廻だった。いつ現れるかと、ずっと構えていたはずなのに、ふいを突かれた格好で、お縫はただ面喰っていた。

「出入りの貸本屋から、こっそり回してもらっていたが、親に見つかってしまってな。くだらぬものだと止められてしもうた」

怖い相手だと、そう思っていたからこそ、侍姿を見るたびにびくびくしていた。だが、挨拶《あいさつ》も抜きに絵草紙の話をする同心は、この前とは趣が違う。定廻は町人言葉を使うものだが、まだふた月というから、武家言葉が抜けないのだろう。

「読物が、お好きなんですか」

「ああ、荒唐無稽《こうとうむけい》な筋立てが面白うてな。京伝だの馬琴《ばきん》だのは、殊《こと》に好んだ」

「あたしは、『浮世床《うきよどこ》』とか『膝栗毛《ひざくりげ》』とかが大好きです」

「滑稽本《こっけいぼん》が、好きなのか。女子《おなご》にしてはめずらしいな」

言われたとたん、急に恥ずかしくなった。若い娘のあいだでは、駆け落ち道中や心中ものなど、色恋の物語に人気が集まる。文吉にもたびたび、からかいの種にされていたが気にもとめていなかった。なのに、この同心の口から告げられると、女らしくないふるまいを咎められでもしたように、かっと頭に血がのぼった。

「あの、今日は何の御用でしょうか」

下を向き、固い調子でたずねた。

「見廻りだ。ここはこの長屋の、差配《さはい》の家であろう」

何か変わったことはないかと、定廻が長屋の差配を訪ねるのは仕事のうちだ。あたりまえのことなのに、何故《なぜ》だか拍子抜けする思いがした。

「未だ善人長屋の差配の顔を、拝んではいなかったからな」

「うちは千七長屋です！」

白坂が、びっくりしたように目を見張った。驚いているのはお縫の方だ。どうしてそんなにむきになったのか、自分でもよくわからない。

「そのふたつ名は、いつからか勝手につけられて……あたしたちは決して、本意ではなくて」

「そうか」

しどろもどろの言い訳は、短くさえぎられた。

「いま、父を呼んでまいります」

目を合わすことが、どうしてもできなかった。お縫は一礼して、そそくさと奥に引っ込んだ。

その日はつきたての餅《もち》のような粘っこさで、いつまでも白坂とのやりとりが気にかかっていたが、夕刻になるとそれもちぎれた。

蒼白《そうはく》になった半造が、驚天動地の知らせをもたらしたからだ。

「どうした、半さん」

儀右衛門も同じだが、半造も滅多なことで慌《あわ》てたりしない。だが、明らかに色を失い、丸い顎《あご》がわなわなと震えるほどに泡を食っている。

「月天《がってん》の頭《かしら》が、闇討ちに遭った！」

「何だと……」

儀右衛門は口をあいたまま、しばし言葉を失った。

座敷に上がると、狸《たぬき》に似たずず黒い顔をこわばらせながら、半造は仔細《しさい》を説いた。

「それじゃあ、未だに頭の生き死にすら、わからねえというのかい？」

儀右衛門の問いに、二重顎に隠れた猪首《いくび》をうなずかせる。

「深手を負った頭を、どうにかその場から逃がしはしたらしいんですが……ひでえもんでさ、そのために九人もの手下が、斬《き》り殺されたってんですからね」

「そんなに……」

お縫がぶるりと身を震わせる。

月天の丁兵衛《ちょうべえ》といえば、江戸いちばんの大盗人《ぬすっと》だ。大勢の手下を率いて大金をもち去る鮮やかな手並みもさることながら、名声の理由はもうひとつある。

月天が仕掛ける店は限られている。いずれも西国に本店を持つ大店で、江戸の金蔵を空にしたくらいではびくともしない。さらに店の内証、評判、使用人のしつけから主《あるじ》の心得まで、文句のつけようのない手堅い店で、それだけ隙《すき》を突くのも難しい。本来なら盗人が避けてしかるべき店なのだが、そこをあえて狙《ねら》うところに月天の矜持《きょうじ》があった。

『月天の押し入り先は、一流店に限られる』

そんな噂《うわさ》すらあるものだから、皮肉なことに盗みに入られた店はいっそう評判を上げる。客足も売り上げも面白いように伸び、盗まれた金高分は一年のうちに回収できると、真偽のほどはわからないが、そんなまことしやかな流言までがとびかっていた。

お縫は月天の丁兵衛とは面識がない。故買屋《こばいや》を営む父ですら、日頃顔を合わせるのは下っ端がせいぜいで、頭の顔なぞ拝む機会もないのだが、儀右衛門は半年前、あることをきっかけに丁兵衛の世話になっていた。

その恩義を儀右衛門は、未だに有難く思っている。己が身内のことのように、心配の色を濃くした。

「神仏に祈るくれえしかできねえが、何とか命だけはとりとめて欲しいものだ。本当なら、真っ先に駆けつけてえところだが……」

「迂闊《うかつ》な真似《まね》をして、また隠れ家を相手に知られちゃ、もとも子もねえですからね」

半造の物言いに、お縫の隣にいたお俊が、おや、という顔をする。

「またってことは、半さん。もしや月天のお頭は、隠れ家にいたところを襲われたのかい？」

「おかみさん、そのまさかなんでさ」

「月天の丁兵衛の塒《ねぐら》を襲うなんて……町方《まちかた》や火盗改《かとうあらた》めでもない限り、そんな真似なぞするはずが……」

お俊がひとたび絶句する。お縫が代わって、性急にたずねた。

「おじさん、相手はお役人ではないのよね？　いったい誰が、お頭を襲ったの？」

「それが……」

と、半造は丸い小さな目を、困ったようにしばたたかせた。目の下をふちどる弓型の皺《しわ》と相まって、いっそう狸を彷彿《ほうふつ》させる。

「三人組らしいんだが……」

「三人ですって？」

「たったそれだけで、手下五十人とも言われる、月天の頭の塒に押し入ったっていうのか？」

お縫が頓狂《とんきょう》な声をあげ、儀右衛門が後に続く。

「いや、そのとき頭と一緒にいたのは、せいぜい十人ばかりですがね」

盗みを働くときですら、集められる手下は多くて三十人。残りの者たちは、引き込みや繋《つな》ぎ、船頭や、隠れ家の番などをしていると、半造が説いた。夜盗の連中にしても、日頃は江戸のあちこちに散っているのだが、そのうちの十二人は巣鴨《すがも》で駕籠《かご》かきとして働いていた。

店の主人は月天の片腕と称される男だが、あとは手に職のない若い者ばかりのようだ。この辺りは王子稲荷《いなり》をはじめとする名勝が多く、参詣《さんけい》人を当て込んで辻《つじ》駕籠をさせていたが、店は表通りから少し外れた田畑の中にある。夜となれば真っ暗闇で、人目につくこともない。丁兵衛はいくつかの隠れ家を転々としているが、ここ数日は、巣鴨の駕籠屋に逗留《とうりゅう》していた。

「月天の頭は、用心深いお人だ。行き先なんざ、あっしですら皆目わからねえ。頭の居所を突き止めた揚句、十人もの手下がいると知った上で襲うなんざ、正気の沙汰《さた》じゃねえ」

半造は裏の情報屋としては、それなりに名が売れている。その半造ですら、やすやすとつかめぬ丁兵衛の居場所を見つけ、たった三人でその命を狙う。

「まともな悪党なら、決してしねえ無茶苦茶なやりようでさ」

半造は妙な言いまわしをしたが、聞き手の三人も、てんでに首をうなずかせた。

大怪我《おおけが》を負った丁兵衛を連れて、どうにか逃げ果《おお》せたのは下っ端にあたる若い三人だけで、そのうちひとりはやはり傷が深く、助からなかったと半造が語る。

「いちどきに、十人もの身内を、失《な》くしちまったってことかい……」

お俊が気の毒そうに目を伏せたのは、配下の者たちへの丁兵衛の扱いを知っていたからだ。

悪行は、綱渡りだ。些細な間違いひとつで、そろって谷底にころがり落ちる。それ故《ゆえ》、仕込みは厳しいが、一方で丁兵衛は、ひとりひとりの子分に、身内に対するような細やかな情愛を注ぐ。若い時分、丁松《ちょうまつ》と呼ばれていた頃、丁兵衛は七天《しちてん》という盗賊一味にいた。七天がやはりそういう男だったからこそ、その恩を忘れずにいて、同じように己の手下をあつかった。

子分たちもまた、ろくに親の情など知らずに育った者がほとんどだ。月天こそが己の親だと、誰もが口をそろえている。月天一味の一糸乱れぬ仕事ぶりは、その固い結束があってこそのものだった。

半造は、一味の何人かの潜み先は知っていた。その連中がいっせいに不穏なようすを呈したことから、今回の惨事を知ったという。

「片腕だった男もやられちまって……曲がりなりにも駕籠屋の主を務めていたような奴《やつ》だ、見かけは穏やかだが、腕っぷしはかなりのものだときいていた。それがあっさり斬られちまったそうでさ」

しゅん、と半造が、丸い肩を落とす。

「半さん、襲った三人組ってのは、それほどの手練《てだれ》なのかい？　いったい、どういう奴らなんだい」

頬のあたりを引き締めて、儀右衛門が身を乗り出した。

「わかっているのはひとつだけ、三人ともに侍でさ」

「侍だって？」

儀右衛門がひとたび息を呑み、ふたたび口を開いた。

「まさか、辻屋を襲った連中と、同じってことかい？」

「そいつは、まだ何とも……ただ、まったく出目がねえというわけでも、ないかもしれやせん」

情報の玄人《くろうと》だからこそ、仔細が明らかにならぬうちは、滅多なことは口にしない。

半造は用心深く告げたが、言外にひそむにおいに儀右衛門は気づいたようだ。

「辻屋と月天の頭、双方に繋がる糸が見つかりそうなのか？」

「いや、そいつはまったく。あいだには蜘蛛《くも》の糸一本だって、張りついてなさそうですが」

裏社会に顔が利《き》き、大きな一家の束ね役だという以外には、何の接点もないと請け合ったが、半造は別に気になるネタをつかんでいた。

「実はね、旦那《だんな》……もう一件、出てきたんでさ」

「もう一件、というと……まさか」

儀右衛門が、はっと目を見開いて、お縫は思わず叫ぶようにたずねていた。

「襲われたのは、辻屋の元締と月天のお頭だけじゃないってこと？」

死んだのは確かだが、と小さな目をぱちぱちさせる。つかんだ話種が不明瞭《ふめいりよう》なときの、半造の癖だった。

「そいつをいま、安に頼んで探らせているところだ」

「安おじさんに？　もしかして、おじさんの裏仕事に関わる人なの？」

「ああ、石火《いしび》の伝造《でんぞう》って言ってな、巾着切りの大きな一家の元締だ。安の野郎は、石火とは関わりはねえがな」

名前だけは威勢がいいが、すでに喜寿を過ぎた年寄りで、おまけに一年も前から寝ついているという。亡くなったのは七日前、辻屋の事件の五日後にあたる。もちろん半造のもとにも届いていたが、葬式に出向いた誰もが、大往生だと言い合っていたくらいだ。殺されたなどとは、夢にも思っていなかった。

だが、昨日になって半造は、妙な話をききつけた。

「石火は妾宅《しようたく》で亡くなったんですがね、その当の妾《めかけ》も死んだっていうんでさ」

妻にはとうに先立たれているから、伝造は病を得てからは、妾の家に世話になっていた。妾の親が深川にいることから、半造の耳に入ったようだ。

「それで安おじさんに……でもおじさんは、昔仲間とは関わりを絶っているのでしょ？」

安太郎ももとは、大きな掏摸一味にいた。仲間を抜けた経緯《いきさつ》がわけありであったから、いまではほとんど、同業とはつきあいがないはずだった。

「それでも、餅は餅屋だよ、お縫ちゃん」

いまは安太郎の報告待ちだと半造は告げたが、もしも三件続いたとなると、ただ事ではない。儀右衛門は、眉間《みけん》の皺を深くした。

「石火の元締も同じ下手人なら、わずか十日そこそこで、三人もの大物が襲われたということになる……いったい、何が狙いなんだ」

「そいつばかりは皆目……」

と、半造の丸顔が、申し訳なさそうにひしゃげる。

「ただ、襲った相手を皆殺しにする。その腹積もりだけは確かなところでさ。なにせ連中は、刀をそれぞれ三本も、手挟《たばさ》んでたっていいやすからね」

「三本て、どういうこと、おじさん。お侍は、二本差しが相場でしょ？」

父親の横から、ついお縫が口を出した。

「いやね、お縫ちゃん。並みのお武家みたいな刀と脇差《わきざし》じゃなく、太刀《たち》を三本携えてたってんだ」

「長い刀を、三本てこと？　どうして、そんなに……」

娘の呟《つぶや》きに、儀右衛門の双眸《そうぼう》がにわかに鋭くなった。

「お縫、どんな剣豪でも、一本の刀では限りがある。人を斬れば歯こぼれもするし、血や脂《あぶら》が刀にこびりつき切れ味が失せる」

刀一本ではふたりか三人が限度で、続けざまの人斬りはできないと、儀右衛門は噛《か》みしめるように説いた。

「その三人組は、はじめから何人も斬り殺すつもりだったたってことだ」

さわやかな初夏の宵が、一瞬で凍りついたように、お縫には思えた。

安太郎の探索は思いのほか早く、翌日の晩には目鼻がついた。

「髪結いの旦那がにらんだとおり、石火の元締は殺されてやした」

「やはり、そうか」

儀右衛門が、唸《うな》るように応じた。ふたりの前に酒肴《しゅこう》を運んできたお縫と母も、気づかわしげに表情を曇らせる。まず狸髪結で報告を済ませ、安太郎は千鳥屋にも顔を出した。儀右衛門がひどく気にかけていたと、半造からきき知って、足を向けてくれたようだ。

「浜屋《はまや》の旦那が、石火一家ともつきあいがありやしてね。おかげで石火の若頭から、話をきくことができやした」

浜屋の旦那とは、安太郎と同じ掏摸一味にいた男だが、いまは堅気に落ち着いて小さな塩物問屋を営んでいた。一味の中でそれなりの地位にいた浜屋は、他の掏摸一家とも顔を合わせることがあり、石火配下の者にも伝手《つて》があった。

「こっちから水を向けたところ、白状したんですがね、まるでこの世の地獄のようだったと、話しながら震えてやした」

黒板塀にさえぎられた家の中は、まさに血の海だった。殺されたのは、伝造と妾だけではない。住み込みの下男と女中、さらには護衛代わりの若い者まで、都合五人が皆殺しにされていた。

「馴染《なじ》みの寺に頼み込んで、妾を含めた他の四人も手厚く葬《ほうむ》ってやったそうですが……どの仏も、腹やら胸やらかっさばかれて、そりゃひでえものだったそうで。何より酷《むご》いのが、断末魔の叫びをあげてでもいるような形相で……目を閉じてやることすらできなかったってんでさ」

あまりに凄惨《せいさん》な様相に、親子三人が色を失った互いの顔を見合わせる。

伝造は、四十年も前に一線からは退いて、子飼いの巾着切りから掏《す》りとる金の何分かをせしめ、一家を成している。どこの掏摸一家も同様だが、伝造はそれほど儲《もう》けにうるさい方ではなく、巳や浜屋のいた一味の方がよほどぴんはねは阿漕《あこぎ》だったと、安太郎がつけ加えた。

「女癖だけは若いころから悪かったそうですが、まあ、さすがに歳《とし》がいってからはひとりに落ち着いて、それが一緒に仏にされた女ですがね。他にはこれといって、怨《うら》みを買うようなお人じゃなかったと……こいつは若頭だけじゃなく、伝造のまわりではどこでも同じこたえが返ってきやした」

配下はもちろん、同業を含めた裏社会の者とも、悶着《もんちゃく》の種は一切見つからなかったという。お俊が、安太郎ではなく、亭主に向かって口にした。

「じゃあ、殺されたのを世間に黙っていたのも……」

「おそらくは、辻屋と同じだろう。殺しとなると町方の調べがはいる。石火一家なら、つつけば辻屋以上の埃《ほこり》が立つからな」

そのとおりだと、安太郎が大きくうなずいた。

「他には、何かわからねえのかい?」

「へい……傷の具合から見ると、相手は侍らしいってことだけで」

傷はいずれも深く、鮮やかなまでの斬り口だった。さらには五人ともに、ほぼ一太刀で斬り殺されていたという。

「やはり、それも同じか」

と、儀右衛門が難しい顔で、腕を組む。考え込むときの、父親の癖だった。

「いったい、何が起きているのかしら、おっかさん」

「わからないけれど……せめてこの辺りで、納まってくれるといいけどね」

お俊は何よりもそれを、憂《うれ》いているようだ。お縫も同じ思いで、胸の前で祈るように両手を握った。だが、その思いは通じなかった。

『事はじめ』だと、以前、角兵衛がきいたとおり、三件の襲撃は序文《はじまり》に過ぎなかった。

三

安太郎の報告から二日が過ぎて、昼にはまだ間のある時分だった。

丸に千鳥を染め抜いた暖簾《のれん》の陰から、若い侍が顔を覗《のぞ》かせた。

「あら、新九郎《しんくろう》さま、もうお出かけですか？　ずいぶんとお早いんですね」

長屋の住人、梶《かじ》新九郎だった。上野《こうずけ》の浪人で、いまは代書屋をしている。そろそろ三十に手が届こうかという歳だが、端整な容貌《ようぼう》のせいか、ふたつ三つ若く見える。

「いや、実は、いま帰ったところでな」

「……お泊まり先は、お茶屋ですか？」

「茶屋に泊まったことなぞ、一度もないぞ」

「そうでした。新九郎さまはお金なぞ払わなくとも、女子の群れが寄ってきますものね」

たっぷりと皮肉を籠《こ》めても、涼やかな目許《めもと》は少しも翳《かげ》らない。

見目がよく、物腰には品があり、さらに扱いがやさしい。女からの誘いは絶えず、ひとり身の気安さで、ほいほいと応じて出かけていく。

「夜にひとりでは怖いと、ひき止められてしまってな。高橋《たかばし》に近い一軒家にいた」

「まさかお相手は、お妾さんではないでしょうね。この前のような騒ぎは、一度きりにしてほしいわ」

「ひとり住まいの後家だから大丈夫だ。あの折には迷惑をかけたな」

殊勝に詫《わ》びたが、だからと言って、女遊びを改めるつもりはなさそうだ。困ったものだと言いたげに、お縫はわざとらしく肩を落とした。

己の妾に手を出したと、とある商家の主人が怒鳴り込んできたのは先月のことだ。訴えられでもしたら一大事だから、差配の儀右衛門ともどもていねいに詫びを入れ、どうにか事なきを得たが、お縫は後になって母親から裏話をきいた。

「あのお妾さんも、かわいそうな人でさ。旦那《だんな》が別の若い妾に入れあげて、一年近くも放ったらかしにした揚句、手当てもろくすっぽ出さなかったそうなんだ。だからこそ新九郎さまも情けをかけたんだろうが、向こうがたちまちやいのやいのと言ってきてね」

こうなるとお俊は容赦がない。がさつで吝嗇《りんしょく》な男では、新九郎とはまさに月とすっぽんだと、散々にこき下ろした。関わる女は星の数ほどいるが、その割には、このような悶着はほとんどない。それも人徳だと、両親は新九郎の素行を大目に見ている節があった。

「そういえば、新九郎さま、どうして店の方から？　質入れの御用でもあるんですか？」

差配に用があるときは、長屋の衆はたいてい木戸の内にある玄関を使う。新九郎も同様で、店の側から訪ねることなぞ滅多になかった。

「ああ、どうにも気が急《せ》いてしまってな。差配殿に、早うこれを見せねばと」

さして慌てているようにも見えないのは、この侍の育ちの良さだ。懐《ふところ》から一枚の紙を出し、お縫の前に広げてみせた。

刷りが粗く、あまり達者ではない絵の周囲を、細かな文字がびっしりと埋めている。

「読売ですか」

火事や大水、あるいは心中や刃傷沙汰《にんじょうざた》など、市井《しせい》のさまざまな事件を刷りものにして、さわりを口上で述べながら売り歩く。

「後家の家を出た折に、呼び込みがきこえてな。知った名が叫ばれていたから、買《こ》うてみた」

一枚刷りの読売には、役者のように見栄《みえ》を切る、三人の侍が描かれていた。まず、その絵に目がいった。絵の下には、大きく三つの文字が躍っている。

「何かしら、これ……まさか、芝居の話じゃないでしょうね」

「そうではない。中身を読んでみろ。見知った名が書かれている」

言われるままに、やや見辛《みづら》い細かな文字に目を落とし、お縫もすぐに気がついた。

「盗賊……月天の丁兵衛……」

「そうだ。月天ばかりでなく、辻屋と石火の名も出ている」

滅多にきかない険呑《けんのん》な口調で、梶新九郎が告げた。

「三人の悪党に、天誅《てんちゅう》を与えたり……我らは閻魔《えんま》の僕《しもべ》、『閻魔組』なり……」

お縫の声が途切れ、はたと新九郎と目を合わせた。

「おとっつぁん、大変よ！」

大きな声で父を呼びながら、お縫は店の奥へと走り込んだ。

「話種《はなしだね》は、わざわざ読売屋に、投げ込まれたものでやした」

読売は、儀右衛門から半造へ渡り、よほど仰天したに違いない。髪結床《かみゆいどこ》を女房に任せ、すぐさま半造は出掛けていった。当の読売屋に人をやり、話の出所を確かめたようだ。

そのあいだ、ほんの一刻《いっとき》ばかり、昼過ぎには詳しい話を仕入れてきた。

「自ら閻魔組と名乗り、辻屋、石火、月天、それぞれの悪行を見過ごせず、閻魔に代わって成敗したと、長々と吹聴《ふいちょう》されていたそうで」

真偽のほどはともかく、人気を集めそうな格好のネタだ。それでも読売屋を営むふたりの男は、一応、裏をとる慎重さはもち合わせていた。投げ文には、三人を襲った日取りも書き込まれていた。姿を消した月天はともかく、辻屋と石火は間違いなく直後に葬式が出されている。

もともとが、石ころを宝珠のごとく飾り立てる商売だ。江戸の闇《やみ》を払う、正義の味方が現れたと、ことさら大げさに書き立てていた。

「わざわざてめえらで名乗るなんざ、胡散《うさん》臭いにもほどがある。ご覧なせえ、ひとりひとりに仰々しい名をつけるってえ念の入りようだ」

半造は、狸面《たぬきづら》をことさらにしかめた。

「東浄之進《あずまじょうのしん》、中山玻多之助《なかやまはたのすけ》、奥田瑠璃丸《おくだるりまる》か……ふざけているな」

いまどきの時節にぴったりな、さわやかな佇《たたず》まいの新九郎が、めずらしく不快を露《あら》わにした。加助を除いた長屋の衆には、月天たちの災難は知らされている。だからこそ新九郎も、読売を手に、儀右衛門のもとに急いだのである。

「どういうことですか、新九郎さま」と、お縫がたずねた。

「名のひと文字目を、繋げてみるとわかる。奥田だけは、ふた文字目だが」

「えっと……浄、玻と璃……？」

「なるほど、浄玻璃の鏡か」と、儀右衛門が膝を打った。

浄玻璃の鏡とは、亡者《もうじゃ》の善悪を映し出すという鏡で、地獄で閻魔が裁きに使うとされる。儀右衛門が娘に説いて、平家物語にもあると、新九郎がつけ加えた。

「苗字《みようじ》もやはり、閻魔にかけているのであろう。どれも街道にちなんでいるからな」

「あら、本当！　東海道に中山道《なかせん》、奥州街道《おうしゆう》ね。でも、閻魔さまと、どう関わるの？」

「江戸六地蔵だよ、お縫」

父親に言われ、ああ、とお縫も気がついた。

閻魔は地蔵菩薩《ぼさつ》の化身とされる。江戸の出入口六ヶ所に据えられた像は、六地蔵と呼ばれ、そのうち三ヶ所は、たしかにお縫が口にした街道の始点にあたる。

「てめえらを、神仏の化身だとでも言いてえのか。思い上がりにもほどがある」

半造が、苦々しげに吐き捨てた。

「でも、わざわざ下手人が名乗りをあげるなんて、どういう了見なのかしら」

「こやつらは、己の所業を誇示したいのであろう。だが、いずれも内々に片付けられて、表沙汰にはならなかった」

しびれを切らして、自ら世間に名乗り出たのだろうと、新九郎は憶測を語った。

「けっ、何ともお粗末なやりようだ。どうせくだらん熱に浮かされた、若造の仕業だろうが」

「だが、半さん、何より心配なのは、ここんところだ」

と、儀右衛門が、読売の終《しま》いの辺りを指で示した。お縫が、声に出して読む。

「『江戸の悪党どもは、すべて閻魔組が始末する。首を洗って待っていろ』。これって……」

「この先も続くと、そういうことであろうな」

お縫の不安に、新九郎が低くこたえた。

＊

読売の終いの文句は、単なる脅しではなかった。

それからわずか半月のあいだに、さらに四人が襲われた。月天には及ばぬが、やはり一家を成していた盗賊の頭がふたり、江戸の地廻りとしては羽振りの良いやくざ者、さらには浅草界隈《かいわい》の岡場所を仕切っていた元締と、いずれも裏社会では名が知られた男たちだ。

このうちやくざ者だけは、たまたま他出していて難を逃れたが、八人の子分たちが皆殺しになった。同様に巻き添えを食らって命を落とした者は、実に二十人、最初の辻屋から数えると、標的の七人を除いても三十七という数に達する。

己もいつ、同じ憂《う》き目に遭うかわからない。裏社会に関わる者たちは、誰もが戦々恐々とし、日頃から高くはない枕《まくら》が、より嵩《かさ》を落とすような寝苦しさを味わっていた。

それは千七長屋にも見えない影を落とし、誰より気を揉《も》んだのはお縫だった。

「えっと、安おじさんと庄おじさん、唐さんと文さんは帰ってきたし、あとは……どうしよう、菊松《きくまつ》おじさんとお竹《たけ》おばさんを見てないわ」

「しっかりおしよ、お縫。あの夫婦はひと月前から、物見遊山《ものみゆさん》に出ているじゃないか」

「あ、ああ、そうだったわね。いやだ、あたしったら……」

やれやれと、儀右衛門とお俊が、帳場の内と外で目顔をかわす。

「閻魔組が動くのは、夜中と相場が決まっている。昼間からやきもきしても仕方ないだろう」

「だって、おとっつぁん、皆の顔を確かめないと、どうにも落ち着かなくて」

暮れ時になると、丸に千鳥の暖簾の前で、皆の帰りを待ちわびるのがお縫の日課となりつつあった。

「そういや、新さんがまだ戻ってねえようだが……」

「あの旦那なら、いつものとおり朝帰りじゃないのかい」

うっかりと亭主がすべらせた口を、女房がすばやく封じにかかったが、遅かった。

「よく考えたら、新九郎さまがいちばん危ないわ。女絡《がら》みであちこち出歩いているんですもの。どこかで閻魔組と鉢合わせして、ばっさり、なんてことも……」

不安が先に立つと、じっとしていられない。下駄《げた》をつっかけて外に出た。

表通りから東の堀に出て、短い堀端を行ったり来たりする。

「どうした、何かあったのか」

背中から声をかけられ、ふり向くと、無遠慮な眼差《まなざ》しとぶつかった。

「白坂、さま……」

それまで抱えていた不安が、炎天下の打ち水のごとく霧散して、代わりに別の何かが忍び寄る。不安によく似ていたが、どこか違う。白坂長門に遭うたびに、同じ思いにかられたが、お縫はその正体を未《いま》だに見極められずにいた。

当の定廻《じようまわり》は、お縫のこたえを待たずに、重ねてたずねた。

「もしや、迷子でも出たのではあるまいな。それなら、すぐに探させるが」

と、少し離れて立っている、ふたりの男を目で示した。

手先を務める岡ッ引だろう。片方は結構な年寄りだが、目つきも顔つきもしっかりしている。若い方は、その配下に見えた。

「いえ、子供ではありません。長屋の者がひとり、帰りが遅いだけで……このところ物騒な人殺しが続いているから、妙に案じられて……」

「……閻魔組のことか？」

一拍おいて白坂が言い、お縫がうなずいた。

「成敗されるのは、悪人ばかりだ。世間の者たちは、大方がやんやと褒めそやしているが……おまえは違うようだな」

しまったと、思わずからだが固くなる。顔を上げることすらできないが、探るようにこちらに注がれた視線は、痛いほど感じる。

「我ら閻魔の使い！　悪業を映す浄玻璃の鏡！」

ふいに往来にその声が響き、びくりとからだが揺れた。堀端で遊ぶ子供たちが、棒切れや枝を手に、その文句を叫んでいた。

閻魔組の活躍は、二日後には仔細漏らさず読売に書かれ、市中の隅々に伝えられた。己の存在を誇示するように、あれ以来、閻魔組自らが、己の犯行をつぶさに明かした紙片を、いくつかの読売屋に投げ込むからだ。

いまや閻魔組は、武勇伝の主人公のようなあつかいで、役者に匹敵するほどの人気を誇っていた。閻魔組と触れるだけで読売はとぶように売れ、三人の侍を描いた錦絵《にしきえ》が出されるらしいと、そんな噂まである。

子供たちが叫んでいるのは、その読売に毎度のように載せられる謳《うた》い文句であった。

閻魔組を真似て、悪党をやっつける。子供はその遊びに興じ、大人も喝采《かっさい》を送る。目に、耳にするたびに、お縫は胸に大きな石をぶつけられたような、痛みと息苦しさを味わった。

「月天の丁兵衛、召し捕ったりぃ」

「違わい、お縄じゃなく、斬り捨てだい」

月天の消息は未だにわからず、生死すらも定かではない。誰もがその無事を願っているが、長屋の外では、それを口にすることさえはばかられる。

日頃、押さえつけていた理不尽な怒りが、ふつふつと胸の内にわいてくる。

「悪党なら、死んでも構わないんですか……殺されても、文句すら言えないんですか」

同心が、わずかに目を見張った。よりによって、町方役人の前で何を口走っているのか。頭ではわかっていたが、何故だかまわる舌を止められない。

「そりゃ、ひどい人はいます。目を覆《おお》うような非道を働いて、何べん地獄に落ちても済まないような極悪人は確かにいます。だけど、殺された人すべてが、そんな人でなしではないはずです。たまたまそこに居合わせたり、巻き添えを食ったりした者だって……」

「だが、そうやって一緒に殺された者たちもまた、何らかの形で、悪党からの恩恵に与《あずか》っていたのだろう。いわば同罪だ」

言下に返されて、ようやく気がついた。お縫はただ、この同心に向かって、言い訳がしたかっただけなのだ。自分たちは閻魔組に始末される手合いとは一線を画すと、どうしてだかこの新参の同心に、わかってほしかっただけなのだ。

だが、白坂が言ったとおり、所詮《しょせん》は同じ穴のむじなだ。

お縫自身が故買に手を染めていなくとも、その儲けは享受《きょうじゅ》している。お縫が着ている着物も、つっかけている下駄も、その金で贖《あがな》われたものだった。仮に父の悪事が露見すれば、お俊もお縫も咎《とが》を受ける。

「企《たく》みを手伝うのはむろん、目の前の悪事を見逃したとて罪になる。死んだ者たちが仮に捕縛されたとしても、やはり一網打尽にされるだろう」

「そう、ですね」

喘《あえ》ぐように、そう応《こた》えた。

「とはいえ、このままでは済まぬだろうが……閻魔組を野放しにせず、一刻も早く捕えるようにとの命が、我ら町方にも下されたからな」

こうまで世間を騒がせた上に、不甲斐《ふがい》ない町奉行所に代わって、悪を一掃してくれるとたいそうなもてはやされようだ。御上にとっては、はなはだ沽券《こけん》にかかわる。公儀をないがしろにする不届者を捕えよと、老中や奉行から下知されているという。

「町方のお役人も、迷惑されているのですか……」

「まあ、面目を潰《つぶ》されて、腹に据えかねている御仁は多いが」

新参の白坂にとっては、与力同心の誰もが先輩にあたる。そのような言い方をしたが、蔑《さげす》むような色合いが、ちらりと目の中にまたたいた。

「世のため人のために為《な》しているなら、閻魔組を是としてやりたいとの気持ちはある。多少、小面憎《こづらにく》いところはあっても、やっていることは我ら役人と変わらぬからな」

え、とお縫は、白坂を仰いだ。同心はお縫ではなく、堀に顔を向けていた。

この辺りは木場と呼ばれ、いくつもの木置場がある。この短い堀の東側もそのひとつで、少し先で仙台堀と合流する。同心は、その手前にかかる吉岡橋をながめていた。

「仮におれが縄をかけたとしても、最後は同じだろう。奉行の裁きがあるかないかの違いであって、おそらくほとんどの者が死罪は免れぬ。牢《ろう》入りだの引き回しだの、よけいな手間をかけるより、よほど……」

「旦那」と、しわがれた声が割って入った。

連れていた年配の手先に目で示されて、同心がようやく目の前の娘の異変に気がついた。

お縫は黙ったまま、ぽろぽろと涙をこぼしていた。

「おい……」

と、同心はとまどったように声をかけたが、後が続かない。

気づけば周囲の者たちの目が、お縫と白坂に注がれていた。近所の者たちは、誰もがお縫を知っている。傍《はた》から見れば、新参の同心が、若い娘に難癖をつけて泣かせているようにしか見えない。

「何が、気に障《さわ》ったんだ」

怒ったような顔で、まともにきいてくる。あまり気の利く男ではないようだ。老いた岡ッ引が、やれやれと言いたそうな顔をする。

何が悲しいのか、お縫にもわからない。同心の立つ場所と、自分たちの居る場所は、明らかに違う。ちょうど堀端の固い地面に白坂は立っていて、お縫や父は、堀に浮かんだ丸太の上で、いまにも滑り落ちそうになりながら、危うい均衡を辛うじて保っている。それがはっきりとわかって、それが無性に悲しかった。

こぼれる涙がいっそう増えて、同心の眉間のしわが、いっそう深くなった。

「どうしたい、お縫ちゃん」

同心の肩越しに、柳の葉のような目をした、馴染みの顔が覗き込んでいた。

「……加助さん」

言ったとたん、ぼろぼろっと、また大量の涙がこぼれ落ちた。加助が懐から手拭《てぬぐい》を出し、渡してくれる。それから行儀よく、白坂に向かって腰を折った。

「何かあったんですかい。あっしは、錠前屋の加助ってもんで」

「ああ、おまえか……善人長屋でいちばんの善人というのは」

加助の名は、深川中の自身番屋に知れている。初めてまともに顔を合わせたようで、白坂はじろじろとながめまわした。加助は気を悪くしたふうもなく、菩薩顔をほころばせる。

「滅相もねえ。あっしなぞ、いつも長屋の衆に助けてもらってばかりで。何より差配さんが、また殊のほか良い人で。このお縫ちゃんの親父《おやじ》さまですがね」

一点の曇りも見当たらない、そんな笑顔をまともに向けられて、白坂は多少とまどった顔をした。初見の役人を前にすれば、まずようすを窺《うかが》うものだが、人を疑うことをしない加助には無用の用心だ。

「旦那、そろそろお戻りになられた方が……」

老練な手先が、水を向けた。いつのまにか見物人が増えていて、遠巻きにされている。具合が悪いと判断したのだろうが、それ以上に加助を警戒しているようだ。この男の傍に長居をすると、ろくなことにはならない。要らぬ面倒に巻き込まれるのが落ちだと、噂にさとい岡ッ引はよく承知しているようだ。

白坂は、ちらとお縫をふり向いたが、何も言わず手先を連れてその場を去った。加助の手拭から目だけを出した格好で、お縫はその姿を見送った。

「大丈夫かい、お縫ちゃん」

ぐすぐすと鼻をすすりながら、お縫はこっくりとうなずいた。

「ありがとう……加助さんがうちの長屋にいてくれて、本当によかったわ」

閻魔組に襲われる心配もなく、役人を前にしてもびくつく必要もない。

千七長屋でただひとりの善人に向かい、お縫は心を込めてそう告げた。

両親とは襖《ふすま》を隔てた寝間で、お縫はまんじりともできず何度も寝返りを打っていた。

結局、梶新九郎は戻らず、お縫はたいそう気を揉んだが、寝床に入ると、別の顔が頭を占めた。愛想も遠慮もない、ぶつかればたちまち火花が散りそうな、あの視線が消えない。

「何だってあんな人の前で、子供みたいに泣いちまったのかしら」

思い出すだけで恥ずかしく、いたたまれない心地がする。お縫は頭から布団《ふとん》をかぶり、同心の顔を追い払おうとした。

何かきこえたように思えたのは、そのときだった。

「新九郎さま、じゃないわよね」

お縫は布団から頭を出した。怒鳴るような人声が、遠くから響いたような気がしたが、梶新九郎は、声を荒げることなどまずしない男だ。

気のせいだったかと、布団をかぶりなおしたとき、さっきよりはっきりと声が届いた。

遠くの往来ではなく、ごく近い。おそらくは千七長屋の内だ。お縫は布団をはね上げて、隣室の両親に声をかけた。

「おとっつぁん、おっかさん、起きて。外から妙な声がきこえるの」

「妙な声って、猫じゃないのかい?」

すでに寝入っていたらしく、やや眠そうなお俊の声が襖越しに返る。

「違うわ、男の声よ。押し込みじゃないかしら」

「うちの長屋が押し込みに遭っちゃあ、面目が立たねえだろうが」

冗談混じりで言いながら、儀右衛門が寝間から出てきた。寝巻の上から半纏《はんてん》を引っかけている。窓をあけて、外を窺っていたお俊が、いく分押さえた声で言った。

「たしかに男の声がするね。どうやら、半さんのところのようだ」

「こんな遅くに、客が来てるということか？」

「お客にしては、いささか険呑過ぎる。押し込みというのも、あながち間違いじゃないかもしれないね」

儀右衛門は、妻と娘をその場に留め、ひとりでようすを見に行った。

お縫は寝間のある二階の窓の隙間から、外のようすをのぞき見た。父は狸髪結の裏手の辺りをしばしうろうろし、板壁の一枚に耳をつけた。お俊が言ったとおり、たしかに声がするのは半造の家からだ。中身まではききとれないが、時折大きな怒鳴り声が届く。

やがて儀右衛門は、板壁から耳を離すと、狸髪結の裏口にまわった。差配をしている手前、千鳥屋は店とは別に玄関があるが、半造のところは勝手口にあたる潜戸《くぐりど》だけだ。

儀右衛門はそれをたたき、中に声をかけた。

「おとっつぁんたら、ひとりで踏み込むつもりかしら。どうしよう、おっかさん、誰か助っ人を頼んだ方がいいかしら」

「およしな、お縫。ひとりで行きなさったということは、少なくとも話のできそうな相手だと、そういうことだよ」

「でも……」

「まあ、あたしも眠れそうにないからね、お茶でも淹《い》れようか」

ひとまず階下に降りて、長火鉢に炭を熾《おこ》して鉄瓶をかけた。ふたりで一杯ずつお茶を飲み終わったとき、隣の狸髪結から、人の出てくる物音がした。居間からは見通せないが、ほどなく儀右衛門は、半造を伴って戻ってきた。

「よかった、半おじさん、無事だったのね」

「騒がせちまって、すまなかったな。案じてくれてありがとうよ」

厄介な客であったことは、間違いないようだ。目の下の隈《くま》さえ張りをなくしたような、ひどく疲れた顔をしていた。

「半さんと少し話があってね、そのあいだ、お俊、髪結店で留守番を頼めないか。おかるさんひとりじゃ、不用心だからな」

儀右衛門には、何か含みがあるようだ。お俊はすぐに察したようで、お縫に後を任せて出て行った。

「茶もいいが、酒にしてくれないか。今夜はちょいと冷えるからな、燗《かん》で頼むよ」

五月なのだから、冷えるというほどでもない。それでも、温かいものが欲しかったのだろう。冷えているのは、父と半造の胸の中なのかもしれないと、銚子《ちょうし》に酒を注ぎながらお縫は思った。

鉄瓶でわかした湯を、長火鉢の銅壺《どうこ》に注ぎ、銚子を二本ならべた。父はややぬるめが好きで、半造の銚子より先にあげた。夜半だから肴《さかな》は要らないと、儀右衛門は断った。

燗の世話をするには、居た方がいいのだろうが、何となくきいてはいけない話のようにも思える。いったん二階に上がろうかと、腰を浮かせたとき、半造が口を開いた。

「前に、お縫ちゃんにも話したことがあったろう。おれが旦那と、近しくなった経緯をさ」

ええ、とこたえて、お縫はまた尻《しり》を落とした。

「あれと同じことが、また起きてね」

「同じこと？」

問いながら、半造からきいた話を反芻《はんすう》する。あのとき隣には、文吉もいた。

「たしか、おとっつぁんとふたりで、大坂に行ったのよね？」

「ああ、大坂へ上ったのは、あらぬ疑いを持たれたからだ……それと同じ羽目になったということさ」

あ、とお縫は、小さく声をあげていた。

「まさか、おじさん……」

「そうだ。半さんはな、閻魔組に関わっているんじゃねえかと疑いをもたれたんだ」

儀右衛門は、陰鬱《いんうつ》な声で告げ、煙草盆《たばこぼん》を引き寄せた。

髪結店を訪れたのは、ふたりの男だった。いずれも盗人《ぬすっと》で、この半月のあいだに殺された盗賊の手下だった。

「辻屋から数えて、襲われた頭衆は七人。そのすべての塒《ねぐら》やら潜み先やらを押さえているとなると、よほどの情報屋《ねたもと》が後ろに控えていると、誰でも察しがつく」

「それで半おじさんが、疑われたのね」

塒ばかりでなく、辻屋は行きつけの料理屋で、石火は妾宅で危難に遭った。七人にはことさら親しいつきあいはなく、たまの繋《つな》がりはあっても、七人をひとからげにできるほど太い綱は見当たらない。

裏社会の者たちは、躍起になって閻魔組の正体を暴《あば》こうとしているが、それこそ半造ですら何もつかめていないのだ。誰もが疑心暗鬼に陥って、その火種があっちにもこっちにも飛び火する。

「まあ、矛先をおれに向けたなら、まだ物事を筋道立てて考えているってことだ。頭に来ちまって、要らぬ殺し合いをしている輩《やから》も多いからな」

半造は冷静に語り、煙管《きせる》に火をつけた。一服、大きく吸い、長い煙を吐く。

もともとが血の気の多い連中で、存外気の小さい手合いも多い。次は己の番かと怖《おじ》気《け》づいた揚句に、日頃から癪《しゃく》にさわったり、角突き合わせている相手と悶着を起こす。刃傷沙汰になったものだけでも、すでに十件を越え、三人が死んでいると半造は告げた。

初めてきいたお縫が、ぶるっと震えて、寝巻の襟をかき合わせた。

儀右衛門が、女房を隣に行かせたのは、おかるのためだ。情報屋のつれあいなら、そのあたりの物騒な話も耳に入っている。おかるは表向き、とり乱すことなどまずないが、夜分に険呑な連中に踏み込まれたとあっては心穏やかではないはずだ。

「さっき訪ねてきたふたりも、おじさんに乱暴しようとしたの？」

「いや、酔ってはいたが、そこまでじゃねえ。呑《の》んでいるうちにおれの名が出て、酒の勢いでここまで来ちまったようだがな」

「あそこの一家は、半さんの客でな。千鳥屋《うち》にも二度ほど、品を捌《さば》きにきたことがある」

半造からは押し込み先などの情報を得て、盗んだ品を儀右衛門のもとにもち込んでもいた。

「旦那が来てくれて助かった。連中にきっちり説いてくれてね」

「ちょうど酒が覚めてきた頃合だったんだろう、おとなしく耳を傾けてくれた。だが何よりも、ふたりを納得させたのは、長年培《つちか》った半さんの信用だ」

「昔と違うのは、そこだけですがね。歳を食うのも悪くねえと、いまさらながらに思いやしたよ」

狸面に初めて明るいものがさし、煙管で叩《たた》かれた灰吹きが、こん、と案外かるい音を立てる。

半造は情報屋の玄人として、二十五年以上も間違いのない仕事ぶりを見せてきた。また儀右衛門の人となりも知っている。怒鳴り込んできたふたりの盗人も、頭が冷えるとそれを思い出したようだが、おとなしく引き上げていったのにはもうひとつ理由《わけ》がある。

「何より、頭衆を倒したところで、半さんには一文の得にもならない」

「たしかに、そうね」

「得になるどころか大損だ。大事な得意先が、何軒もあったからな」

「ね、おとっつぁん、いまの話で思い出したのだけれど」

　昔、儀右衛門は、まったく同じことを口にした。半造に利がないのなら、疑いは濡《ぬ》れ衣《ぎぬ》に違いない。半造からきいた昔語りを、お縫がそのとおりになぞる。

「ということは、江戸の頭衆がいなくなって、得をする誰かがいるってことじゃないかしら」

「まあ、そう考えられりゃいいんだが」

　と、儀右衛門は、銚子をかるくふった。気づいたお縫が、用意してあった二本の銚子を銅壺に落とす。半造が、したり顔で後を引きとった。

「閻魔組はいわば、世直しを吹聴する、頭のおかしな連中だからな。大方、禄《ろく》のない食い詰め浪人が、自棄《やけ》でも起こしたんだろうが」

「でも、おじさん、ただの浪人者なら、頭衆の塒だってつかみようがないわ」

　まあ、そうだなと、半造が表情だけでこたえる。

「裏に誰かがいるのは間違いがないが……」と、儀右衛門が続けた。「ほら、焼接屋《やきつぎや》の角兵衛さんの話にもあったろう。浪人と一緒に、町人風の男がいたと」

　これだけ大掛かりな襲撃だ。裏で関わっているのは、ひとりだけではないだろうと、儀右衛門は己の見当を述べた。一方で角兵衛は、その男はただの町人には見えなかったと言っていた。襲う標的のあれこれを、浪人たちに伝えているのがその連中だとして、それが堅気ではないのなら、単なる世直しという説は鵜呑《うの》みにできなくなる。

「いったい、何が目当てなのかしら」

「もしかすると、江戸の裏の切絵図を、描き直すつもりなのかもしれない」

半造が、思いついたように顔を上げた。

七人の頭衆はいずれも、江戸の裏社会をまとめるためには欠かせぬ楔《くさび》だった。その楔がいっせいに引き抜かれ、裏の世界そのものが音を立てて崩れようとしている。後に残るのは、閻魔組が理想にかかげる清らかな世界などではない。足の踏み場もないほどの瓦礫《がれき》の山と、そこにたかる鼠《ねずみ》やハエだった。

「昔、あっしが嵌《は》められたときがそうだった。江戸の盗人が立て続けにお縄にされて、そこへ他所者《よそもの》がなだれ込んだ」

半造の推測を裏打ちするように、儀右衛門もうなずいた。

「水は所詮、低いところに流れる。江戸や大坂は、どこよりも窪《くぼ》んで、濁りの強い溜《た》まりなんだ」

「そこに堰《せき》を築いていたのが、頭衆だったのね」

お縫が納得顔になると、半造はまた、煙管に刻みを詰めた。

「昔の二の舞に、ならなければいいが」

儀右衛門の呟きを、丑《うし》の刻を告げる、陰鬱な鐘が呑み込んだ。

*

「お縫、おまえにお客さんだよ」

お針の稽古《けいこ》から戻ると、玄関に出てきた母親が告げた。

誰かとたずねると、「おまえも、妙な見知りが増えたねえ」と笑う。

客は座敷には上がらず、縁に腰かけてお縫を待っていた。一瞬、どこで会ったのかわからなかったが、帯に差した十手で思い出した。白坂長門についていた岡ッ引だった。

「急に押しかけてすまねえな。今日は旦那の使いで来たんだよ」

着流しの裾《すそ》をからげ、下は紺股引《ももひき》。歳は儀右衛門よりも上だろう、白髪の勝った小さな髷《まげ》が、申し訳なさそうに頭に載っていた。

「そういや、まだ名乗っちゃいなかったな。おれは橋五郎《はしごろう》、見てのとおり白坂の旦那の御用を務めている」

「あの、御用聞きの親分さんが、あたしに何か……」

御用聞きとは、岡ッ引の敬称だ。たちの悪いのに引っかかると役人より厄介だから、精一杯ていねいにたずねたが、不安が強く顔に現れていたのだろう。お縫の顔の前にかかった雲を払うように、橋五郎は人なつこい笑顔をつくった。

「いやね、今日はこいつを届けにきただけなんだ」

と、竹皮の包みをお縫の前にすべらせた。

「これは？」

「長門の旦那から、届けるよう頼まれてな。この前、ちょいと悶着しちまったから、ま、見舞いとでも思ってくんな」

はっきりと口にはしなかったが、どうやら詫びのつもりらしい。先日の子供じみたふるまいを思い出し、たちまち頬に血がのぼる。

「いえ、あれはあたしが勝手に……泣いただけで……」蚊のなくような声で告げた。

「口ぶりに遠慮がないのは、あの旦那もわかっていてね。おかげであちこちで、こつんこつんとよくぶつかる」

お縫との一件も、こつんのひとつなのだろう。橋五郎が苦笑いをこぼす。

「それでも、あんたのことは気になすっていた」

「そう、ですか……」

穿《うが》った意味は含んでいない。そうとわかってはいても、気恥ずかしさが増した。

「どうせならもうちっと、洒落《しゃれ》た土産が良かったんだろうが、あいにくとおれも旦那も疎《うと》くてな。それでもこいつは、長門の旦那の何よりの好物なんだ」

と、竹皮の包みをさし示す。開いてみると、香ばしく炙《あぶ》った焼きまんじゅうだった。

詫びなら折詰めの菓子か、もっと気の利《き》いた者なら、若い娘が好みそうな流行《はや》りの甘味などを届けさせるところだが、白坂長門はそういうことには気がまわらない男のようだ。

「甘いもの、お好きなんですか」

「とてもそうは見えねえがな」

橋五郎が冗談めかし、お縫もついつい笑ってしまった。

「八丁堀に近い、小さな菓子屋の饅頭《まんじゆう》だが、旦那は三日にあげず通ってなさる。江戸の食い物はどうも口に合わねえようだが、こいつだけは別でね」

岡ッ引に勧められ、ひとつを手にとった。ほんのりとしたぬくもりが、指先から伝わってくる。

「あったかい……」

「焼き立てを、旦那自ら買いに行かれてね。ここにも足を運ぶつもりでいたようだが」

急な御用の筋で、奉行所に出掛けたと、言い訳のように口にした。

温かいうちにと勧められ、ひと口かじる。ぱりっとした焼き目を通して、香ばしさが口いっぱいに広がって鼻に抜けた。餅《もち》の中には、まだ熱い餡《あん》がはち切れんばかりに詰まっていた。

「おいしい……お世辞じゃあなく、とってもおいしいわ」

橋五郎が、顔中のしわを深くした。わざわざ饅頭持参で詫びに来るなど、話がうま過ぎる。白坂の命で、長屋を探りにきたのではなかろうか。そう疑ってもいたのだが、案外、気の利かぬ同心に見舞いなどと進言したのは、この老練な小者の方かもしれない。

橋五郎は茶碗《ちゃわん》を手に、嬉《うれ》しそうにうなずいた。

「そうだろう。なにせ子供のころからの、長門の旦那の好物だからな」

「子供のころ？」

ついたずねてしまい、急いで口をつぐんだ。話の出所が、廻り髪結いの巳助であったことを思い出したからだ。だが、長門の出自《しゅつじ》は、八丁堀ではすでに大っぴらにされているのだろう。三月前に養子に来たことを、まったく屈託なく橋五郎は口にした。

「だが、長門の旦那は、生まれは八丁堀でね。実のお父上も、町方の定廻だったんだ」

「そう、だったんですか」

意外な話に、驚きがそのまま顔に出ていた。

「長門の旦那が八つのときに、お父上が身罷《みまか》られてな。以来、八丁堀とは縁遠くなっちまったそうだ」

母親は、さる藩の家臣の娘で、長門と末の妹を連れて遠江《とおとうみ》の実家に帰り、二年後、縁あって再婚した。ただ婚家には、長門より年上の跡取りがいたために家督は継げず、養子の口を探していた矢先に白坂源太夫から誘いがあった。

長門の実父と源太夫は、同じ南町の定廻というだけでなく、気心の知れた間柄だったようだ。互いの妻同士も仲がよく、頻々《ひんぴん》と文を交わし、近況などを仔細《しさい》に知らせ合っていた。源太夫の妻は二年前に他界して、今年の初めには息子も後を追うように亡《な》くなった。長門の実母は、ふたりの死を誰よりも悲しんでくれたひとりだったと、岡ッ引は語った。

「だが、源太夫の旦那はまず、長門さまの剣術の腕を買ったんだ。在所の道場の門下でも、とび抜けた腕前だときいてね、源太夫の旦那は、そこを気にいられたんだろう」

「源太夫さまも、やはり剣に優れているのですか？」

「いや、あの旦那《だんな》はそっちの方はいまひとつでな」と、そこだけは声をひそめる。

「だからこそ倅《せがれ》には、幼いころからみっちりと修行させた」

「幼いころからというと……」

「ああ、実の倅の祐史郎《ゆうしろう》さまだ。生まれつき才もあったんだろう、十九で道場から免許皆伝を受けた。ちょうど同じころ、同心見習いにもなられてな。源太夫の旦那は、喜びではちきれそうになっていた」

と、懐《なつ》かしそうに昔語りをしていた顔が、ふっと翳《かげ》った。

「まさか三年も経《た》たずに、あんなことになるとはな……」

源太夫の実子は病を得、半年ほど寝ついて今年の二月に亡くなったと、やはり巳助からきいていた。橋五郎も、そのままを口にする。

「自慢の息子さんなら、さぞ気落ちなされたでしょうね」

「まあな。それでも長門さまがいらしてからは、少しは励みも出たようだ。長門さまは、祐史郎さまに似ているからな」

「そう、なのですか」

「顔形でなしに、剣の上手と、何よりも気性がな」橋五郎が苦笑いをこぼす。「ひと言でいえばクソ真面目《まじめ》でな。真《ま》っ直《つ》ぐなのはいいんだが、曲がりがねえというのも何かと難儀だ」

と、橋五郎は、ひと月前の騒動を明かした。

「白坂のお屋敷には、他にも小者が十人を越えるほどもいたんだが、ある日、長門の旦那が癇癪《かんしゃく》を起こされてな。ただ飯を食らってごろごろしている連中なぞ置いとけねえと、おれともうひとりを除いて、みんな追い出しちまった。あれにはさすがにたまげたね」

残ったのが橋五郎と、この前一緒にいた若い小者だと明かした。

八丁堀の与力同心の屋敷には、小者を名乗る者が始終たむろして居ついてしまう輩も多い。たまには役に立つからと、たいがいは大目に見ているのだが、暇さえあれば博奕《ばくち》に現《うつつ》を抜かし、銭が入れば岡場所に出掛ける。身持ちの悪さと怠け癖に、田舎育ちの長門は我慢ができなかったようだ。

「そういうところは、やっぱり祐史郎さまと違う。あの坊ちゃんは、どちらかといや線の細い、そのぶん気のやさしいお子でな」

孫を失《な》くした年寄りのように、橋五郎が急に老《ふ》けて見えた。祐史郎の死は、この岡ッ引にとっても、痛手だったに違いない。つい漏らしてしまった愚痴をとり繕うように、あわてて言った。

「いや、だからって、長門さまがどうこうってんじゃねえんだぜ。あの肝の太さは、定廻にはむしろ向いていると、源の旦那も褒めてなさるくれえだ」

「肝が太いというより……ふてぶてしいというか、図々《ずうずう》しいというか」

「そりゃ、言い得て妙だ。こいつは参った」

わざと真顔で放ったお縫の冗談を、橋五郎がひょうげて受ける。ひと笑いの後で、岡ッ引は腰を上げた。わざわざの使いに、ていねいに礼を述べると、橋五郎は頭をかいた。

「実を言うと、おれとしてもまんざらでもなくってな。なにせ長門の旦那に頼み事をされたのは、初めてのことだからな」

嘘《うそ》ではないようで、ちょっとうれしそうに口許《くちもと》をにやつかせる。

「あの旦那は、何でもひとりでやっちまうところがあって、町廻りの折にもおれたちを連れていこうとはしねえ」

「あら、でも、この前は……」

「無理について行ったんだが、やっぱり鬱陶しがられちまってな。正直、とりつくしまがねえんだ」

追い出されはしなかったものの、決して待遇が良いわけではなさそうだ。人も好《よ》く、気もまわる。橋五郎は、岡ッ引としては上等な部類だ。それでも白坂長門は、岡ッ引という半端者《はんぱ》、それ自体を認めてはいないのかもしれない。

お縫は橋五郎の話の端々から、そんなふうに察した。

だがな、と橋五郎が、いたずら気な顔をする。

「野暮に見えるが、そうでもないらしい。このところ、夜にふらりと出かけていく。晩のひとり歩きなら、こっちも止め立てする気はねえしな」

きいたとたん、何故《なぜ》だか手の中の食べかけの焼き饅頭を、岡ッ引の顔めがけて投げつけたくなった。

「案外、閻魔《えんま》組として、悪党退治に出掛けているのかもしれないわ」

腹立ちまぎれに憎まれ口をたたくと、

「おいおい、冗談でもよしてくれよ」と、橋五郎があわてる。「下手人が町方の役人だなんて、ありっこねえよ……なにせ」

と、岡ッ引が、ふいに口を閉じた。

「何です、親分さん？」

「いや、すまねえ、ちょいと長居をし過ぎたようだ」

尻を燻《いぶ》されでもしたように、そそくさと腰を上げる。

その理由を、お縫は二日経って知った。

廻り髪結いの巳助が、至急の報《しら》せをたずさえて長屋を訪ねてきたのである。


「町方役人が、閻魔組に殺《や》られただと！」

まだ、昼前の刻限だが、夏めいた陽射《ひざ》しは南から照りつけている。

風が欲しいくらいだが、千鳥屋の居間の障子はぴたりと閉ざされたままだった。

「南町の年番方与力と、臨時廻同心で……どうやら八丁堀への帰り道に、ふたりそろって襲われたようで」

巳助の表情から、ただ事ではないと察したのだろう、儀右衛門は店番を女房に任せると、居間に巳助と向かい合い、茶を運んだお縫にも同席を許してはくれなかった。

だが、お縫としても、気になってたまらない。襖に頰を張りつけんばかりにして、隣座敷から漏れきこえるやりとりに耳をすませた。

「年番方と臨時廻りなら、どっちも古参じゃないか」

年番方与力は町奉行所役人の長であり、定廻同心の指導にあたるのが臨時廻りである。どちらも年齢と経験を積んだ者だけが就くことのできる役目で、町奉行所の顔と言ってもさしつかえないほど重要な地位でもあった。

まさに面目を潰されたに等しく、南町はもちろん、北町の役人たちもいきり立っていると巳助が告げた。

「いつのことだい、昨晩かい？」

「いえ、三日前です。どうも旦那方のようすがおかしいと、察してはいたんですが、身内のこととなると口が固くて……探り出すのに手間がかかっちまいやした」

日頃から昵懇《じっこん》にしていた、さる同心の若党にたらふく酒を呑ませ、ようやくきき出したと語る。

「三日前というと、読売の方は……」

「もちろん、町方が押さえやした」

「悪党と一緒にされたとなると、世間に示しがつかないというわけか」

儀右衛門の声に、巳助はただうなずいたのだろう、返しはなかった。

閻魔組のいつものやり口どおり、殺されたのは役人ふたりだけではない。提灯《ちょうちん》持ちをしていた小者やら従っていた若党やら、三人が一緒に斬《き》り殺されて道端に骸《むくろ》をさらした。

「場所は、こっから目と鼻の先にある深川佃町《つくだちょう》でしてね。佃の矢場に、どちらも馴《な》染《じ》みの女がいたようでさ」

ほう、と儀右衛門が相槌《あいづち》を打つ。矢場にいるのは、本来なら町方がとり締まるべき女たちだ。その遊び帰りを狙《ねら》われたとなれば、ますます具合が悪い。ひた隠しにするのも道理だが、お忍びの着流し姿が幸いし、殺された侍が町方役人だとはわからなかったようだ。見つけたのは、日本橋魚市場へ仕入れに行く途中、朝早く通りがかった魚売りだと巳助がつけ加える。

「殺された与力と同心の評判は？」

「良くはありやせん。若いころは、どちらも腕ききだったときいてますが、目端が利く分、つまみ食いも多かったようでさ」

つまみ食いとは金のことだ。役人の賂《まいない》などめずらしくもなく、町方はその最たるもので、上から下まで、まるで梅雨時の苔《こけ》のごとくびっしりとはびこっているが、機転が利いて物事に聡《さと》いふたりの役人は額が桁《けた》違いだった。年輪を重ねるにつれ、やり方も巧みに、そしてあざとくなる。強請《ゆすり》に等しい行為も、一度や二度では済まなかったようだと巳助が語る。

「あのふたりにはもうひとつ、嫌な噂《うわさ》がありやして……脅しに屈しなかった者たちを、秘《ひそ》かに始末したと……」

「本当かい？」

「あくまで噂ですが、長年しつこくくすぶっていやすから」

「火のないところに煙は立たねえか」

「ふたりはもともと結びつきが強く、同心は与力の、子飼いの配下に等しい間柄でした。息を合わせて事に当たれば、たいがいのものには蓋《ふた》ができやすからね」

ふうむと儀右衛門の声がして、いっとき襖の向こうが静かになった。

どうやら巳助の報告は仕舞らしい。そっと立ち去ろうとすると、

「そこにいるなら、お縫、茶を替えてくれ」

「あ、はいっ」

襖をあけると、困った奴《やつ》だと言いたげな父の前で、巳助が笑いをかみ殺していた。

＊

女湯がもっとも混むのは、昼を過ぎた頃合だ。それを避けて千鳥屋の母子《おやこ》は、昼より少し前に湯屋に通うのが日課になっていた。

だがこの日は、何故か質客が立て込んで、儀右衛門ひとりでは手が足りず、お俊も

かかりきりとなった。ひと段落したときにはすでに昼をまわっていて、お縫は昼餉《ひるげ》をすませてから、母親と一緒に湯屋へ行った。

「もう、暑いったらないわね、おっかさん。せっかくさっぱりしたってのに、これじゃあ何にもならないわ」

湯屋から出たお縫は、浴衣《ゆかた》一枚の前をぱたぱたと煽《あお》ぐようにして風を入れた。江戸はすでに梅雨にはいり、今日は雨は落ちていないものの、雲の蓋をかぶせられた大気は、じっとりと蒸されている。

「おまえも年頃の娘なんだから、少しは慎んだらどうだい」

いささか大胆に、胸に風を入れる娘に、お俊があきれた顔をする。

今日は髪もすすいだのだが、ひとつに結んで横に垂らした洗い髪が、さらに湿気を含んで倍ほどに重く感じる。それが首の裏にぺたりと張りついて、いっそう暑さが増す。

「おや、お俊さん、お縫ちゃん、ちょうどいいところへ。ちょいと寄っていかないかい」

千鳥屋のある通りにさしかかったとき、古着屋の二階から声がかかった。お俊とは日頃から親しく、気の好い女房だが少々話が長い。お俊は快く応じたが、お縫は理由をつけて先に帰ることにした。

だが、古着屋からいくらもいかぬうち、お縫の足がふいに止まった。

「やだ、どうしよう……困ったわ、こんな格好なのに」

母親の忠告なぞ糠《ぬか》に釘《くぎ》だったはずが、いまになってあわて出す。おたおたしているあいだにも、格子《こうし》縞《じま》の着流しに巻羽織の姿は、どんどん近付いてくる。

あわてて浴衣の前をかき合わせ、その拍子に、抱えていた桶《おけ》が腕からすり抜けた。

手拭や糠袋はぺしゃりと情けない音を立てて地面に落ちたが、桶はころころところがって、まるで意思を持っているかのように草色の格子縞を目指す。

やがて着物から覗《のぞ》いた足に当たり、桶はことりと倒れた。

足許の桶をひろい上げ、相手はこちらを向いたが、お縫は固まったまま声もあげられない。ゆっくりと近づいてきて、黙ってお縫の前に空の桶をさし出した。白坂長門だった。

「すみません、とんだ粗相《そそう》を……」

「いや……それより、拾わんのか」

お縫の足許にちらばる、手拭や糠袋を示す。急いでしゃがみ込むと、また浴衣の前がはだけた。片手で襟をきつく合わせながら、手早く落ちたものを拾い上げたが、恥ずかしさに立ち上がることもできない。つつかれた団子虫のように、ひたすら地面にうずくまっていると、業《ごう》を煮やしたのか白坂は、自ら膝《ひざ》をつき、ふたたび桶をお縫の前にさし出した。

ようやく桶を受けとって、汚れた手拭なぞを中に収める。

「ありがとう、ございました……この前の、焼き饅頭も……」

白坂長門は、ひたとお縫を見詰め、ああ、と声をあげた。

「おまえ、千鳥屋の娘か。髪や着物がいつもと違うから、わからなかった」

石榴口《ざくろぐち》から出たてのように、たちまちかあっとからだが熱くなった。耳の先まで真っ赤になっているのが、自分でもわかる。すぐに気づいてもらえなかったのが悔しかったのか、よりによってこんな迂闊《うかつ》な格好でいるときに、出会ってしまったのが情けなかったのか、たぶん両方かもしれない。

だが白坂は、お縫が立ち上がると、屈託のないようすでたずねた。

「饅頭は、どうだった？」

「とっても、美味《おい》しかったです……お世辞じゃなしに、餡がいっぱいで表がぱりっとしてて」

「そうか。あの饅頭の味だけは、昔から変わらなくてな。あとはどこもかしこも一変してしまったが……江戸はことさら、火事が多いからな」

ふと懐かしそうな顔になり、通りを見渡した。

「昔の八丁堀界隈《かいわい》は、ちょうどこんなふうだったようにも思う。子供時分に見たきりだから、本当は違うのかもしれないが」

「お小さいころは、八丁堀にいらしたそうですね。このまえ橋五郎の親分さんからききました」

「ああ、遊び相手は、もっぱら祐史郎でな。あの饅頭屋にもよく一緒に通った」

祐史郎とは、今年亡くなった、白坂源太夫の実子の名だった。歳《とし》は長門がひとつ上になるが、幼なじみであったようだ。

「まさか、こんな顚末《てんまつ》になろうとは、夢にも思うていなかったが」

幼なじみが死んだことで、いわば己が運をつかんだ。忸怩《じくじ》たる思いが、どこかにあるのだろう。定廻同心は町人ことばを使うものだが、白坂は慣れていないのか固い侍口調のままだ。

それがかえって好ましくきこえ、引き立てるようにお縫は言った。

「仲の良かった幼なじみが来てくれたんですもの。きっと草葉の陰で、喜んでおいでです」

「きっとそうですよ。剣の腕を買われたのなら、なおさらです」

白坂の両頰が、すぼまるように締まった。ちらりとお縫を見て、また視線を道に据える。

「だと、いいのだが」

「たとえ悪党でも人斬りは嫌だと、この前はそう言っていたろう」

「それは……」

一瞬、ことばに詰まり、少し考えてお縫はこたえた。

「町方の皆さまは、刃を引いた刀を使うとききました。それなら……腕があっても殺さずに済みます」

「そうだろうか……どのみち土壇場《どたんば》や磔台《はりつけだい》に据えられるのなら、その場で斬り捨てられる方がましなようにも思えるが」

町奉行所の、いわば仲間が殺されたのに素っ気ない口調だった。それが寂しく思えて、ついたずねていた。

「やっぱり白坂さまは、閻魔組の肩をもつのですか？　同じ町方のお役人が殺されたのに、それでも閻魔組に味方するんですか？」

そう大きくはない目が、ぎろりとこちらに据えられた。

「待て。何故、それを知っている？」

はっとして口を押さえたが、もう遅い。

「我ら町奉行所の者しか知らぬはずのことを、何故おまえが！」

両の肩をわし摑《づか》みにされ、だが、この前の二の舞になると察したのかもしれない。

はっとしたように、その手はすぐに離れた。

「……お店の、お客さんから……名は、勘弁してください」

見えすいた嘘だが、ないよりはましだ。さっきまでの熱が嘘のように、濡れた髪の張りついた首筋が、すうすうと寒い。信じたかどうかはわからないが、白坂は深追いはしなかった。

「さぞ、ご無念だろうと、お察しします」

とおり一遍の悔み文句に、意外なこたえが返った。

「自業自得だ。殺されても文句は言えぬ、それだけの罪を犯したのだからな」

え、とお縫は、顔を上げた。文吉よりは少し大きいが、男にしては小柄な方だ。案外近くにあるはずの横顔が、ひどく遠く見えた。

「なんだい、お縫、待っててくれたのかい」

陽気な声にふり返ると、母親が立っていた。白坂に対しても、率《そつ》なく挨拶《あいさつ》する。ほどなく同心が去ると、お俊はその後ろ姿を見送った。

「あれかい、おまえの言ってた同心てのは」

何故だか母親の目を見るのが怖かった。そうだとだけ告げて、長屋への道を急ぐ。

「ふうん……厄介だねえ」

同心の背中ではなく、娘をながめてお俊は呟《つぶや》いた。

四

「おい、きいたかい。ひと晩のうちに、四軒も賊に入られたそうじゃねえか」

長屋の木戸を抜けるとき、きこえた声に耳をそばだてた。

「盗まれた金高は、併せて五千両っていうじゃねえか。あるところには、あるもんだねえ」

「だが、そのために命を落としたんじゃ、割に合わねえ」

「まったくだ。主《あるじ》一家はもとより、女中から小僧の果てまで、ほとんど皆殺しだというからな」

噂話は、狸髪結《たぬきかみゆい》からきこえてくる。半造とおかるの前にひとりずつ客が座り、順を待っているのだろう、もうひとり男の姿が見えた。いずれも近所の住人で、お縫もよく知った顔だった。つい店の外で足が止まり、話にきき入る。

「あれ、四軒じゃなく、三軒じゃなかったかい？」

「ああ、おれも読売でそう読んだ」

「いや、四軒だ。念を入れて万年町の親分に確かめたからな、間違いのねえところだよ」

「やはり御用聞きの親分さんは、耳が早うございますねえ」

なに食わぬ顔で相槌を打ったが、半造は息子の巳助を通して、とっくに仔細を承知している。その巳助ですらも、すべてをつかんだわけではない。閻魔組に一掃されて、めぼしい盗人がいないはずの江戸に、いきなり新手が現れたのだ。役人たちは混乱し、南北の町奉行所で、まるで逆の情報がとび交う始末だった。

御上ですらその有様だから、市井《しせい》に流れるのは不確かな端切ればかりだ。今朝からあちこちで出された読売は、三軒ならまだましな方で二軒と書かれたものもある。

「賊は百を越す手下をもつ、大盗人だって話だな。手下を四つに分けて、いっせいに襲わせたそうだぜ」

「四宿《ししゅく》で稼いでいた盗人が、相談の上でご朱引きの内に入り込み、いちどきに盗みを働いたんじゃねえのかい？」

賊の正体についても、さまざまな憶測がささやかれていたが、巳助は確かなことだけを注意深くより分けて、今朝、長屋に運んできた。

事が起きたのは一昨日の晩、日本橋室町《むろまち》、新橋南芝口、四ツ谷御門内麴町《こうじまち》、そして本所相生町《あいおいちょう》の四つの商家に賊が押し入った。消えた奉公人はいないことから、いずれも引き込みなどは使わぬ強引な賊で、仕事は粗く残虐《ざんぎゃく》極まりない。二十七人もが殺されて、辛うじて三人は生き残ったが、いずれも深手を負っていた。

同じ賊の仕業かとも疑われたが、場所がそれぞれ離れていながら刻限はほぼ同じ、丑三ツ時の前後である。近所の者たちが叫び声などをきいているから、間違いのないところだ。

さらに息のある三人は、ひとりが室町、ふたりが相生町の奉公人だが、双方の話を合わせると、まったく毛色の違う一味と思われた。

「まず、店の格が違いやす。室町は間口の広い大店《おおだな》で、奉公人だけで十三人。二千両もの大枚が奪われて、賊の数も二十近くはいたそうです」

巳助は、儀右衛門と半造の前で、そう報告した。一方の相生町は、構えはそう大きくはなく、盗まれた金は三百余両、侵入した賊は五人にとどまる。傷を受けながらもどうにかふたりが外に逃げ出せたのは、賊の数が限られていたからだろう。

「もうひとつ、室町の賊は平べったい話し方をしてました。おそらく関八州の北の辺りだろうと、旦那方は見当をつけてやす。逆に相生町の賊には、西の訛《なま》りがありました」

玄人《ほんもの》なら、たとえ何十人いても、盗みの最中に声を立てたりしない。いつか泥棒の庄治がそう言っていた。いずれも急場凌《しの》ぎの寄せ集めか、腕っ節だけが頼みの連中かもしれない。さらには侵入の方法などにも、それぞればらつきがあることから、四つの盗人一家が、息を合わせて同じ日、同じ刻限に仕掛けたと、町方ではそのように見ていた。

「恐ろしい話じゃねえか。せっかく閻魔組のおかげで、少しは住みやすくなったってのに」

おかるの前の客が結髪を終えて、待っていた男と入れ代わったが、話は続いている。

「この前は、賭場《とば》の元締がやられたようだな」

「早えとこ、その鬼畜生みてえな盗人一味も、始末してもらいてえもんだよな」

ぱちん、とおかるの手許で音がして、髷を締めていた元結《もっとい》が切れた。

それからも、物騒な事件は頻々と続いた。ひと晩で四ヶ所という派手な演出は、いわばはじまりの狼煙《のろし》だったのかもしれない。

人々がそう気づいたときには、すでに江戸の町は混乱を呈していた。江戸のあちらこちらで三日と置かず夜盗が出没し、そのほとんどで多くの人死にが出た。夜ばかりでなく、昼間でさえもおちおちしていられない。空巣狙いの代わりに押し込み強盗が、掏摸《すり》の代わりにぶったくりが横行しはじめたのは、役人や岡ッ引の手が足りなくなったからだ。胴元や地廻りを失って、賭場や色街では喧嘩《けんか》が絶えず、新たな香具師《やし》の元締が決まらぬせいか、逆に祭は生彩を欠いた。

じめじめとした天候と相まって、江戸は一日ごとに灰色に塗り込められていくようで、一方で人心はかさかさとささくれ立っていく。唯一《ゆいいつ》、閻魔組だけが、人々の希望の灯りとなっていたが、その活躍すら、坂をころがり落ちるような江戸の衰退に追いつかない。

そんな折に、長屋の安太郎によって、その報せはもたらされた。

「若狭屋が襲われたって、本当なの、安おじさん！」

「ああ、間違いねえ。同業のとっつぁんが倒れたときいて、神田竪大工町《たてだいくちょう》に見舞いに行ったんだ。そうしたら隣町がえらい騒ぎで……行ってみたら、煙草屋の若狭屋《わかさや》に、昨晩、賊が入ったというんだ」

安太郎のいう同業とは掏摸ではなく、同じ問屋から品を卸してもらっている小間物売りだった。己と同じひとり暮らしだから、気になったのだろう。問屋で病を伝えられ、その足で神田に向かい、若狭屋の災難を知ったのである。

お縫と文吉が話したから、神田多町の若狭屋ときいて、すぐにぴんときたようだ。加助のふたりめの見合相手、おふじの店だった。

「それで、安おじさん、おふじさんは……」

安太郎は、濃い眉《まゆ》がくっつきそうなほどにしわを深め、黙って首を横にふった。

「そんな……」

「主人夫婦と若旦那とおふじさん、それに雇い人四人すべてが皆殺しになったそうだ」

この件は、見合いに付き添った儀右衛門とおかるの口から、加助に語られた。

そして同じ日の夕刻、お縫のところにやってきたのは、加助の一番弟子たる耕治だった。

「若狭屋の話をきいたとたん、腑《ふ》抜《ぬ》けみてえになっちまって……さっきもようすを見に行ったけど、壁に向かってうなだれてんだ。何とかならねえか、お縫姉ちゃん」

心配半分、苦情半分といった耕治に頼まれて、お縫は加助の長屋を覗いてみた。耕治の言ったとおりの格好で、加助は首を垂れている。加助と壁のあいだには、幅の狭い机があって、いまは錠前仕事の道具のたぐいが置かれているが、以前、そこに何があったか、お縫は覚えていた。

「おふじさんのご冥福《めいふく》を、お祈りしてるの？」

「お縫ちゃん……」

「あたしも一緒にいいかしら」

こたえを待たずに上がり込み、机に向かって手を合わせた。去年の暮まで、そこには白木の位牌《いはい》があった。火事で死んだと思っていた、女房のお多津と娘のおたまのものだ。生きていることがわかり、位牌は寺で始末してもらったが、何かあるたびにそこに向かうのが癖になっていたのだろう。死んだおふじの墓前に、香を手向けるつもりでいたのに違いない。

「若旦那との仲を認めてもらえて……あんなに幸せそうだったのに……」

声を落として切り出したが、後が続かない。お縫と文吉の勘違いを笑顔で受けて、思い人のことを明かしたときには、おふじは頬を染めていた。ただのひとつも翳りがなかったからこそ、思い出されるその姿が悲しくてならない。

「おれの、せいだ……おれがよけいなことを言ったばっかりに……」

「加助さん？」

「諦《あきら》めちゃいけねえと、おれが言ったから、おふじさんは若狭屋に留まった。そうでなけりゃ、若旦那を諦めて、おふじさんは若狭屋を出るつもりでいたんだ」

あのとき若狭屋を出ていれば、少なくともおふじだけは助かっていたはずだ。加助はそう悔んだが、人の死に悔いが残るのは、生きる者の常だ。お縫は黙って、きいていた。

「おれは……他人《ひと》を怨《うら》まねえよう、憎まねえよう、それだけを肝に銘じてきた。だけど、どうしたって納得のいかねえときはある」

加助は壁に向かって、歯を食いしばっていた。激情を必死で抑え込むように、両の膝を抱えた両手が小刻みに震えている。

袖《そで》が触れただけでも、身内と変わりない。加助にとって、人の縁とはそういうものだ。

「何だってこの世に、人の悪が絶えねえのか……いったい何の業を背負って、こんな酷《むご》い真似《まね》をするのか……」

お縫は、こたえる言葉を持たなかった。多少はあっても同じ悪事だ。父親も長屋の者たちも、加助のいう人の悪に腰まで浸《つ》かっている。

「閻魔組のやり口は、おれは認めたくなかった。いくら何でもひど過ぎると、そう思ってきた。だが……連中の気持ちが、初めて呑み込めた気がする」

まるでそこに賊が埋まってでもいるように、加助は染《し》みの浮いた壁をにらみつけた。

「もしもお多津やおたまが同じ目に遭えば、おれも鬼になっちまうかもしれねえ」

それきり加助は黙り込み、無音の慟哭《どうこく》だけが座敷に満ちた。

＊

若狭屋の葬式の日は、朝からしとしとと雨が降っていた。

焼香を済ませて長屋に戻ると、儀右衛門とおかると加助はそれぞれ仕事に戻ったが、文吉はいまから商いに出るのが億劫《おっくう》になったようだ。お縫の後ろについて、千鳥屋の居間に上がり込んだ。

「たかだか三百だとよ」

「三百って……何のこと、文さん？」

「賊が若狭屋から盗んだ金だ。三百と五両……近所のもんが話してるのをきいたんだ。

たった三百両ぽっちで、八人が殺された。ひとり頭、四十両にも満たないんだぜ」

四十両でも、裏店住まいの文吉には、一生お目にかかれないほどの大金だ。それでも、おふじの命の対価としては、あまりにも少ない。

「どうせなら、万両はうなっている大店を襲えばいいものを」

「たとえ万両と引き替えでも、やっぱり文さんは、少ないって言うに決まってるわ」

若狭屋は、ことさら目立つ店ではない。界隈にはもっと大きな店も、派手に商売している店もある。おそらくは、賊にとって手頃だった。たぶんそれだけだ。

裏の世界を垣間見《かいまみ》ているふたりには、よくわかる。酷い手口や盗んだ金高からすると、ろくな下見もせず場当たりに近い。あと一寸、塀が高かったら、もう半間、潜戸《くぐりど》がずれていたら、標的は隣の商家になっていたかもしれない。

「加助さんには、とても言えないわ。きいたら、もっと悲しむもの」

「おっさん、大丈夫か。えらく辛気くさいじゃねえか」

「きっと、お多津さんとおたまちゃんに、会いたいのだと思うわ」

人助けで気を紛らせながら、どうにか寂しい気持ちをやり過ごしてきた。身近な不幸のために、見て見ぬふりをしてきた己の孤独を、加助はまのあたりにしたのかもしれない。

「加助さんがおふじさんに言ったこと、覚えてる？」

「何の話だ？」

「『思い思われる相手とは、滅多に会えるものじゃない』って。あれは、加助さん自身のことなのだわ」

「そういうもんかな」

文吉が、ふっと顔を背けた。あけ放された障子の向こうに、灰色の空と庭が見える。弔問を終えた時分いっときやんでいた雨は、また降り出して、開きはじめの紫陽花《あじさい》や、こちらは見頃を過ぎた白い皐月《さつき》を濡《ぬ》らしていた。

文吉は、何かをおき忘れたように、ぼんやりとして見えた。

「おっさんは、どうするのかな」

庭に目をあてたまま、言った。

「どうするって、何が？」

「死ぬまで戻らねえかみさんを、待ち続けるつもりなのかな」

「そんな切ないこと、してほしくないけれど」

女たちが、躍起になって見合いを勧めたのもそのためだ。だが、当の加助が動きたくないというものを、無理に引きずっていくわけにもいかない。

お縫はほうっとため息をつき、文吉と一緒に庭をながめた。

「文さん、あたしね。怖いことを考えたことがあるの」

「何だ？」

「半年前に、夜叉坊主《やしやぼうず》が死んでくれればよかったのにって」

どんな相手であれ、本気で死んでほしいと望むのは、恐ろしいことだ。お縫はいままで誰にも、両親にすら明かさなかった。

夜叉坊主の代之吉《よのきち》は、お縫が知っている中で、もっともたちの悪い盗人《ぬすつと》だった。

──仏みてえな面《つら》をして、中身はとんでもなく酷い。ざっと二十年ばかりのあいだに、どれだけ殺したかわかりゃしやせん。

情報屋《ねたもと》の半造ですら、そう評した。東海道筋で押し込みを働いていたが、代之吉の罪は盗みばかりではない。姑息《こそく》な手をつかい、気に入らない者、邪魔な者をどける。その卑怯《ひきよう》なやり口のために、運命を狂わされた者は枚挙に暇《いとま》がない。

加助もまた、そのひとりなのだった。本人が気づいてないことだけは、ある意味幸いだが、女房と娘が戻れない理由は、この非道な盗人のためだった。

「夜叉坊主さえこの世から消えれば、お多津さんは加助さんのもとに戻ったかもしれない。おたまちゃんのためにも、それがいちばんいいんだわ」

しばしの静けさが、雨の音を呼ぶ。

片膝を立て、そこに肘《ひじ》を突いている。頬杖《ほおづえ》を突いた文吉から、くぐもった声がした。

「あのとき月天《がってん》の頭《かしら》が、夜叉坊主を殺していれば……そういうことか」

頭をいきなり殴られたようだった。自分の手を汚さずに、赤の他人にそれを望む。

己の身勝手な思いが、胸に鋭く刺さり、息さえ苦しくなる。

だが、文吉は、何気ない調子で続けた。

「おれもそう、望んでいたよ。月天の頭なら、あいつを殺すことができたのにってな」

雨の勢いが強くなり、まだ昼を過ぎたばかりの空が、急に暗さを増した。雨の蚊帳《かや》をかぶせたような庭は、紫陽花の丸みがぼやけ、ただ皐月の白だけがぽつぽつと灯《とも》っていた。


同じ晩、狸髪結の半造が姿を見せた。

半造はひとりではなかったが、一緒にいる男は、お縫もよく知った顔だった。

「椋六《むくろく》さん、お久しぶりね」

雑草がわさわさと生い茂ったような、手入れの悪い月代《さかやき》頭がぺこりと上下する。背が小さい上にひどい猫背で、ぎょろりとした目が上目遣いにようすを窺《うかが》う。まるでぼろをまとった野良猫《のら》のようで、初対面の相手は、それが女なら殊《こと》に、まず眉をひそめる。

お縫もやはり同じで、初めて引き合わされたのは十に満たないころだったが、たちまち母親の陰に隠れてしまった。だが、恐《こわ》いもの見たさというのだろうか、どうにも目が離れず、大人たちの話のあいだ興味津々《しんしん》でながめていた。無口な男で、たまにぼそりと口をきく程度だが、目だけは時折きょろりと動く。それがちょうど、連れて来られたばかりの犬猫のようで、時が経つうちに、だんだんと可愛《かわい》らしく見えてくるのが不思議だった。

「何だってよりによってこんな男をと、おれはどうにも合点がいかねえんだが、どういうわけか娘ばかりか、かかあも気に入っちまいやしてね」

半造は、紹介しながらしきりに首をひねったが、半刻《はんとき》が経つころには、お縫も椋六の隣に座り、分けてもらった菓子を食べていた覚えがある。椋六は、半造の娘婿《むすめむこ》だった。

「椋さんが来ると知ってたら、鰻《うなぎ》でもとっておけばよかったねえ」

「おっかさん、いただきものの干鰈《ほしがれい》があるから、さっと炙《あぶ》ってはどうかしら」

いつも以上にうきうきと台所に立つ、女房と娘を見送って、儀右衛門は苦笑いする。

「相変わらず、女たちに人気が高いな」

「それぱっかりは、どうにもわけがわかりやせんがね」

と、半造は、娘婿とともに座敷にあがる。勧められるまま膝を崩したが、椋六はちんまりと正座したままだ。女に受けがいいのは、この行儀のよさも理由かもしれない。

椋六の仕事は、賭場でイカサマを行う化師《ばけし》だった。

壺《つぼ》や賽子《さいころ》に細工を施すのが、イカサマ博奕の常套《じょうとう》で、壺笊《ざる》に髪の毛をとおし、少し引けば賽《さい》がころぶ「毛返し」や、水銀や針を仕込んで出目を自在に操る賽子も、椋六の得意とするところだ。

細工には何より手先の器用さが求められ、化師はいわば職人だった。慣れれば音だけで丁半を判別できる賽子や、押すと壺の一端に隙間《すきま》があいて、壺振り側から中が見える仕掛けなど、椋六は見かけによらず、工夫にあふれた気の利《き》いた細工をする。

よけいな口をたたかないことも雇い主から好まれて、贔屓《ひいき》の賭場はけっこうな数にのぼる。半造はあえて、娘の家には近寄らず、椋六の舅《しゅうと》が情報屋だと知る者はごく限られていた。椋六が大きな話種《はなしだね》を耳にしたり、逆に半造の側に要り用な情報があるときには、娘が橋渡しの役目を果たし、人目に立たぬ場所で話を伝える。

傍目《はため》にはたいそう不自由にも思える親娘《おやこ》だが、同じ仕事で繋《つな》がっているというのも、そう悪いものではないと、おかるはそんなふうに言っていた。

椋六が千七長屋を訪れるのも、年に一度がせいぜいだ。

千鳥屋母娘《おやこ》の歓待ぶりはそれ故《ゆえ》でもあったが、わざわざ来訪するとはよほどのことだ。いったい何事かと、儀右衛門は逆に表情を引き締めた。

「実は、この前亡《な》くなった賭場の胴元というのが、こいつを贔屓にしてくれた親分でしてね」

半造がそう切り出して、なるほどと儀右衛門が得心のいった顔になる。

「単なる贔屓筋ってえより、こいつにとっては親みてえな御仁でさ」

椋六は実父との折り合いが悪く、家出して、さる侠客《きょうかく》の下っ端に納まった。とはいえ喧嘩には向かず、弁も立たないと軽んじられていたが、当時、同じ一家の若頭だったその胴元だけは、椋六の手先の器用さに気がついた。親分に談判し、椋六を出入りしていた化師のもとに修行に行かせたのである。

「いまのあっしがあるのは、竜飛《たっぴ》の胴元のおかげでさ」

経緯《いきさつ》はすべて、舅の半造が語り、椋六はただそれだけを唸《うな》るように絞り出した。

「終《しま》いには、命をかけて、おれを守ってくれた」

すぼめた肩が、かすかに震える。驚いたことに、椋六は涙を流していた。

「椋六さん……」

まばたきもせず、表情もない。じっと畳の一点を見詰めたまま、黙って泣いている姿は、お縫の胸にこたえた。

「こいつはね、旦那《だんな》、竜飛の胴元が死んだ、その場に居合わせたんでさ」

「なんだって！」

儀右衛門が、顔色を変えた。

「閻魔組に襲われた、その場にいたということかい？」

「だけど、おまえさん、開帳前の賭場に押し入って、胴元と若い衆、合わせて六人が皆殺しにされたと、読売にはあったじゃないか」

異議を唱えたお俊に、半造が仔細《しさい》を説いた。

「いや、いたにはいたんだが、こいつは閻魔組を見ちゃいない。椋は『穴熊《あなぐま》』の仕度にかかっていたんでさ」

「なるほど……そういうことか」

儀右衛門が、深くうなずいた。

「穴熊ってなあに、おとっつぁん」

「穴熊ってのはな、お縫ちゃん、イカサマの手口のひとつでな」と半造が、説明役を買って出た。

壺や賽子の仕掛けには、いずれも壺振りの腕が関わってくる。壺捌《さば》きがもたつけば、仕掛けを見破られる恐れがあるからだ。振り手の技量がおぼつかず、また、どうしても客を嵌《は》めたいというときには、「穴熊」と呼ばれる手法が使われた。

縁の下や、賭場が二階座敷なら天井裏に人を忍ばせ、盆の置かれた床板や畳には、あらかじめ穴があけられている。壺が伏せられてから、下から小さな灯りを当てると、盆に張られた白布を通して賽の目が知れる。丁半の声がひととおり済んだころ、下から畳針を用いて、そのとおりに賽子を転がすのである。

場合によってはひと晩中、床下に潜み、下から賽の目を加減することもある。椋六の行儀の良さは、狭い場所でじっとしていることが少なくないからだった。

竜飛の吉造《きちぞう》は、いわば賭場の玄人《くろうと》で、壺振りもそれなりの腕の者がそろっている。穴熊の必要などないのだが、吉造はかねてから椋六の細工を楽しみにしていて、新たな賭場道具ができるたびに目を通し、あれこれと意見もした。賭場の床下にわざわざ潜み穴を設けたのもそのためで、椋六が新しい工夫を試す場所となっていた。

「下から当てる灯りを、細く強いものに変えたんでさ」

ようやく涙がひと段落したようで、それまで舅に下駄《げた》を預けていた椋六が口を開いた。

「それを試すために、椋さんはあの日、床下にいたんだな」

儀右衛門が念を入れ、椋六がうなずく。閻魔《えんま》組が突然押し入ってきたのは、椋六が穴に入ってまもなくのことだった。上のようすに気がついて、あわてて穴から這《は》い出そうとすると、頭上の床から声がした。

賊には届かぬほどの、ごく低いささやきだった。

『椋、出るな。何があっても、決して顔を出すんじゃねえ』

それが吉造の声をきいた、最後となった。

「竜飛の胴元は、椋六さんに生きて欲しかったのね。きっと何よりの、遺言だったのだわ」

しんみりとお縫が言うと、黙禱《もくとう》をささげるように、椋六はいっときまぶたを伏せて、それから顔を上げた。

「旦那、仇討《かたきう》ちなんぞと、口はばったいことを言うつもりはありやせん。ただあっしは、これ以上、見過ごしにはできねえんでさ」

真剣な眼差《まなざ》しを、儀右衛門は正面から受けとめた。

「閻魔組の非道をやめさせてえ。そのためなら、どんなことでもいたしやす。ですから……」

毛並みの悪い野良猫のような頭を、畳にこすりつける。後の言葉は畳に吸い込まれて途切れたが、気持ちだけは痛いほど伝わってきた。

「旦那、あっしも腹を括《くく》りやす。どうか知恵を貸しておくんなさい」

半造もまた、娘婿の隣で頭を下げた。鬢《びん》には思いのほか、白髪が多かった。

＊

儀右衛門は慎重な男だ。相手は物騒極まりない閻魔組であり、下手をすれば長屋中が皆殺しにされかねない。いかに半造と椋六の頼みでも、その場で安易に首肯せず、二日のあいだ考えた。

だが、三日目になって、意外な人物から意外な話がもたらされた。

飛脚の役目を果たしてくれたのは、ふた月ぶりに旅から戻った、菊松とお竹だった。

「伊豆《いず》はいいところだったよ。なにせ魚が旨《うま》くてね、おかげでますます肥えちまった」

まるまるとしたからだを揺らしてお竹が笑い、干物だの貝殻細工だの、風呂敷《ふろしき》いっぱいの土産をさし出す。隣には、背も幅も女房に追いつかない亭主がならんでいた。

「下田はいい湯治場でね、そのうち温泉番付にも載るかもしれない」

この蚤《のみ》の夫婦もまた長屋の住人で、煮豆売りを生業《なりわい》にしながら、当然、裏稼業《うらかぎょう》ももっている。その金はぱっと使ってしまうのが身上で、毎年、里帰りを口実に旅に出る。路銀は物持ちのお竹の実家から出ていると、近所の者たちは信じて疑わなかった。

だが、夫婦が今回の旅の道程《みちのり》に、伊豆国の下田を加えたのは、ちゃんと理由があってのことだ。お縫はふたりの報告を待たず、勢い込んでたずねた。

「お多津さんとおたまちゃんの、ようすはどう？　達者にしていて？」

「ああ、おたまちゃんは、たいそう背が伸びてね。びっくりしちまったよ」

「お竹のことは、覚えていなかったようで、かえって好都合だったがね」

「あの子と会ったときには、田舎者に姿を変えていたからね」

と、お竹が楽しそうに笑う。変装と方便なら、この夫婦に敵《かな》う者はない。

ふたりの裏稼業は、騙《かた》りだった。

加助の元女房、お多津から、便りが来たのは今年の初めだった。世話になった儀右衛門と長屋の者たちへの、恩を感じてのことだろう。下田の温泉宿で住み込みで働き出したと、落ち着き先が書かれていた。

加助には、これを伝えていない。お多津もまた夜叉坊主と深い因縁があり、裏の世界の泥に腰まで浸かっていたからだ。夜叉坊主は執念深い。お多津はどうにか逃れたが、いつ探し出されるかわからない。何も知らない加助には、決して関わってほしくない。それがお多津の、たったひとつの願いだった。

「街道からは外れているが、湯治客なぞでそこそこ人の出入りは多い。下田に腰を据えたのは、お多津さんらしい用心深さだ」菊松が言って、

「あの母子が、落ち着いて暮らしているのは何よりだ」と、儀右衛門も胸を撫《な》でおろす。

夫婦は儀右衛門に頼まれて、旅の途中で下田に寄った。身を隠している事情を鑑《かんが》みて、単なる湯治客のふりで、旅籠《はたご》で働いている母子のようすを見てきたのである。

「おじさんとおばさんがいないあいだ、江戸ではとんでもないことが起きていたのよ」

夫婦の土産話がすむと、今度はお縫がこのところの騒動を話し出した。

「閻魔組の噂は、東海道筋まで広がっているよ。むろん、月天の頭のこともな」

「頭の具合はどうなんです、旦那？　道中も案じられてならなくて」

お竹に向かい、儀右衛門が小さく首を横にふる。

「実は、それればかりはわからなくてな」

「いまどこでどうしていなさるのか、半おじさんですらつかめていないの」

お縫が続き、そうか、と夫婦ががっかりしたように肩を落とす。

「用心のためには、それくらいがちょうどいいさ。それこそどこかの湯治場で、傷を癒《いや》してなさるかもしれないよ」

お竹はふくよかな面に、無理にでも明るい笑みを乗せたが、菊松は逆に真顔になった。

「旦那、閻魔組の正体は、まだ何も？」

そっちもさっぱりだと、儀右衛門がこたえる。

「ことによると、旦那……閻魔組には、夜叉坊主がからんでるかもしれやせん」

「そいつは、どういうことだい」

儀右衛門が顔色を変え、お縫も思わず口に両手を当てた。

「こいつはお多津さんがきき込んだ話でしてね。江戸へ帰ったら、ぜひとも旦那に伝えてほしいと頼まれました」

「お多津さんはまさか、夜叉坊主に出くわしたんじゃなかろうな」

「いや、そうじゃありません」と、菊松は仔細を語り出した。

月天の丁兵衛《ちょうべえ》が襲われたのは、四月半ばのことで、ちょうどひと月ほど前になる。

下田にいるお多津は、江戸からの湯治客を通して、十日遅れでその噂《うわさ》をきいた。お多津もまた、丁兵衛には世話になっている。大いに怪我《けが》の具合を案じていたが、その矢先、お多津は旅籠の主人の使いで東海道の平塚宿に出かけ、帰り道に隣の藤沢宿で、ある男に出会った。

「だいぶ前に、いっとき夜叉坊主のもとにいた松次《まつじ》って男で、奴《やつ》のやり口が気に入らなくて、すぐに出ていったそうでさ」

いまはこれといった仲間を持たず、東海道を行商して歩きながら、旅人の懐《ふところ》から失敬したり空巣に入ったりと、時折けちな盗みを続けている。ただ、人を傷つけることだけは嫌いな男で、夜叉坊主と袂《たもと》を分ったのもそれ故だった。

「その松次って野郎が、夜叉坊主の手下に声をかけられたというんです」

「いつのことだい、菊松つぁん」

「三月の初めのころで、場所は東海道筋の亀山だそうです」

いいところで会ったと、夜叉坊主の手下はあちらから声をかけてきた。そして松次のいまの有様を知ると、けちな護摩《ごま》の灰などやめて、一緒に江戸でひと働きしてみないか、そう誘ってきたという。

「江戸で、だと？」

儀右衛門が怪訝《けげん》な顔を寄せ、菊松はゆっくりとうなずいた。

どうして合点がゆかぬのか、お縫も理由を知っている。

夜叉坊主の代之吉を、江戸から払ったのは月天の丁兵衛だった。

命だけは助けてやるが、二度と江戸の土を踏むなと言いわたし、約束を違《たが》えれば問答無用で殺されかねない。御上から科せられる所払いよりも、代之吉にとっては重い枷《かせ》となったはずだ。なのに月天の災難よりひと月半も前に、夜叉坊主は江戸へ入る算段をしていたことになる。

「つまりは、閻魔組を陰で操っていたのが、夜叉坊主だとそういうことか？」

「そこまではわかりませんが、何らかの形で関わっているのかもしれません。夜叉坊主の執着《しゆうじやく》深さは、骨身にしみてわかっているからと……お多津さんはそのように」

お多津もまた、もとは夜叉坊主の一味だった。その悪縁をすっぱりと断ってくれたのは、やはり月天の丁兵衛である。

なるほどと、儀右衛門は腕を組んだ。

やがて蚤の夫婦が暇《いとま》を告げた後も、時折煙草盆《たばこぼん》を引き寄せる他は、儀右衛門は半刻近くもそのままの格好で考え続けていた。

そして、晩になって半造を呼んだ。

「旦那が腹を決めてくれたなら、あっしにとっちゃ何よりの心丈夫でさ」

半造が、滅多にないほど狸面をほころばせる。

「月天の頭が夜叉坊主の怨みを買ったのは、もとを正せばおれたちのせいだ。奴の名が出た以上、見て見ぬふりはできない」

「だけど、おまえさん、もし千七長屋《こ こ》を閻魔組に嗅《か》ぎつけられでもしたら……」

「そうよ、おとっつぁん、あたしたちならまだしも、庄おじさんのところには耕ちゃんたちがいるのよ」

お俊とお縫が心配を口にすると、わかっていると儀右衛門はうなずいた。その表情にはすでに、強い覚悟があった。

義理人情というものは、決して縛られるものではないと、父親を見ているとよくわかる。

盆暮れに送りあう品物のような、返す返さないの話ではなく、人のあいだにある当然の思いやりだ。生きていくためのあたりまえに過ぎず、だからこそ無理や面倒を厭《いと》うこともない。並みに暮らす者たちの、しごく平凡な矜持《きょうじ》がそこにはあった。

それでも儀右衛門は、女房や娘を巻き込むつもりはないようだ。ある提案を口にした。

「おまえたちは、加助さんと一緒に伊勢《いせ》参りに行きなさい」

「伊勢参り、ですって？」

「そうだ。むろん、店子の女子供はみな同行する。なにも長屋中が総倒れになることもあるまい。男連中にはおれから話を通すが、無理強いするつもりはない。つきそいが加助さんひとりでは心許《こころもと》ない、一緒に旅に出てもらうのも良かろうし……」

堪《こら》えきれず、お縫は途中で、ぷっと吹き出した。さすがに儀右衛門が、むっとした顔をする。

「ごめんなさい、おとっつぁん。でも、おっかさんが言ったとおりなんだもの」

「閻魔組と本気でやり合うなら、きっとあたしたちを追い払う算段をするだろうと思っていたよ」

くすくすと笑い合う女房と娘に、面白くなさそうな顔をする。

「笑い事じゃない。本当に襲われるかもしれないんだぞ」

「おまえさんは、そうならないよう念を入れるつもりなんだろう？」

そりゃあ、そうだが、と儀右衛門が、それまでとは違ったしわを額に刻む。

「だったら、あたしたちも、ここにいて手伝うわ」

「お縫に手伝ってもらうことなど、何もないぞ」

「あら、こうやって銚子《ちょうし》を運んだり肴《さかな》をこさえたり、おとっつぁんにはできるのかしら」

ほどよく炙った干物の鯵《あじ》と、若芽と和《あ》えた蒲鉾《かまぼこ》は、どちらも菊松とお竹の土産だった。

「食い物くらい、どうにでもなる」

と言いながら、ふっくらと焼けた鯵の身をせっせとつつく。

「旦那、諦めた方がよござんすよ。うちのやつと娘にも、同じことを言われやしたから」

半造が、手酌で盃《さかずき》を傾けながら、にやにやする。

「それにね、旦那、堪忍袋《かんにんぶくろ》の緒が切れたのは、椋六だけじゃありやせん。裏商いに関わる者は、誰しも腹に据えかねている。江戸をいまの有様にしちまったのは、紛れもねえ閻魔組だ。旦那が本気になったと知れば、大喜びで加勢にまわりやすぜ」

「わかっているさ、半さん。だからこそよけいにな、叶《かな》うなら巻き込みたくはないんだよ」

「あっしも昔、同じことを考えた。旦那にだけは面倒をかけたくねえと」

感謝の籠《こ》もった眼差しを向ける。二十五年以上も昔、儀右衛門から受けた恩を、半造は忘れていない。いまの江戸の状況は、そのころに酷似していた。

「夜叉坊主が絡《から》んでいるとなれば、こっちにとっちゃ足掛かりになりやす。奴や手下連中を見た者が、必ずいるはずだ。長屋総出で調べに当たれば、きっと話が拾えやす」

いまや江戸中の悪党が、閻魔組を目の敵にしている。血眼《ちまなこ》になって、行方を追っている者も多い。新たに十人ばかりが加わっても、さして目立つはずもないと半造は太鼓判を捺《お》した。

腕を組んだ儀右衛門は、しばしの沈黙の後に顔を上げた。

「半さん、これから椋六さんを呼ぶことはできるかい」

お安い御用で、と半造が請け合う。

「お縫、皆をここに集めてくれ。まずは話を伝えて、ひと晩じっくりと考えてもらう」

半造とお縫が出ていくと、お俊は亭主の隣に座り直した。

「こういうときのおまえさんは、いつ見ても惚《ほ》れぼれするね」

「おれも修行が足りねえな。いくつになっても、女房のおだてには敵わねえ」

苦笑いをこぼし、儀右衛門はお俊の酌を受けた。

五.

夜叉坊主と、六人の手下。

長屋にはその顔を見た者が何人もいるが、以前、一味のすべてをしっかりと面通ししたのは、お縫と、蚤の夫婦の女房お竹である。ふたりは椋六の前で、あれこれと申し立てた。

「もっと顎《あご》が角張っていて、目がぎょろりとしていたように思うね」

と、お竹が、ふくよかな顎にぽっちゃりとした手を当てる。

「イナゴに似た、気味の悪い顔よ。こっちの男は、鶴《つる》みたいにひどく痩《や》せていたわ」

「お縫坊の言いようじゃ、さっぱり伝わらねえよ」

「だったら文さんも、何か言ってはどう？　前に顔を見たのでしょ」

「おれや菊松のおっさんが面突き合わせたのは夜だ。おまけに盗人装束だったたから、顔の半分が見えない奴もいて、細けえところまで覚えちゃいねえよ」

「中のふたりは、間近で見ているはずよ。たしかさんざんに叩《たた》きのめされたわよね」

「うるせえな。やられてやったのは半ば芝居だ。だが、そういや、片方はイナゴくさかったな」

やいのやいのとうるさい中で、椋六は畳に顔を張りつけるようにして筆を動かしている。

「それにしても、うまいものだな。ことさらの器用はきいていたが、絵心もあるとは」

「こいつの取り得といや、それだけでしてね」

しきりに感心する梶新九郎に、半造が相好をくずす。

集まった長屋の者たちに、儀右衛門はまずは己の覚悟を伝えた。ひと晩の猶予《ゆうよ》を与えるつもりでいたのだが、まるであらかじめ相談でもしていたように、誰もが即座に助《すけ》っ人《と》を申し出たのは、半造の予見通りだった。

それでも儀右衛門は、子供のいる庄治にはことに、よくよく考えてほしいと申し渡したが、似顔絵作りにだけは助力を乞《こ》うた。語る口が多いほど、絵の信憑《しんぴょう》も増すからだ。

誰に習ったわけでもないのに、椋六には生まれもっての絵心がある。化師にはめずらしく、仕掛けのための図面も引く。図面の余白には、手習いに飽いた子供のように、動物や誰かの顔が落書きされていて、これが実によく似ていると評判なのだった。

儀右衛門は椋六の腕を見込んで、夜叉坊主の代之吉と、配下六人の似顔絵を作ることにした。

「皆に似顔絵を持たせて、夜叉坊主たちを探すのね」

「そう焦《あせ》るな、お縫。やり方をあやまれば、それこそ逆に襲われかねない」

「じれってえな、旦那、いっそ版木をこさえて、江戸中に連中の人相書きをばら撒《ま》いちゃどうです」

生意気な口をきくなと、兄の唐吉が文吉の頭を張った。儀右衛門は笑って、悪くない考えだとこたえた。それこそ江戸中の悪党に配れば、すぐにも見つけられようし、数が多ければ、それだけ出所たる千七長屋が見つかる恐れも避けられる。

「だが、そこまで大っぴらにすれば、向こうにも知れる。子分どもなら捕まえられるかもしれないが、その間に夜叉坊主は逃げちまうだろう」

「あいつくらい、姑息で小ずるくて、抜け目のない奴はいませんからね」

半造が、これでもかというほどに、代之吉をこきおろす。

「じゃあ、この似顔絵をどうするの、おとっつぁん」

「まずはこいつを持って、神田に行ってもらう。頼めるかい、お縫」

きょとんとしながらもお縫は、その場で父の頼みを引き受けた。

「別に文さんまで、ついてこなくてもいいのに」

「旦那に直々に頼まれたから、わざわざ来てやったんじゃねえか。あの辺はごちゃごちゃしていて、わかり辛《づれ》えんだよ」

ふたりが目指しているのは、筋違御門《すじかいごもん》傍の平永町だった。

一度来たのだから造作もないと、お縫は豪語したが、たしかに界隈《かいわい》の家並みはひどく複雑に入り組んでいる。文吉は、半造の手伝いなどでこのあたりにも土地勘がある。勝手知ったるようすで、ひょいひょいと右に左に淀《よど》みなく進む。

「ほら、あそこが長屋の入口だ」

文吉が指差した先に、木戸が見えた。

「ああ、ほんと。前も思ったけど、ここはずいぶん大きな長屋よね」

たった八軒の千七長屋は、木戸に張られた表札の数もささやかなものだが、ここは木戸の上に、三列にもわたってびっしりと並んでいる。大家の話では、五十軒以上もひしめいている大所帯の長屋であった。

目当ての家にたどり着くより早く、幼い声がふたりにかかった。

「あっ、深川の兄ちゃんと姉ちゃんだ！」

声とともに、我先にと集まってくる。迷子になっていたところを加助に助けられた、六人の子供たちだった。

「よう、おめえら、相変わらず騒々しいな」

腰にまとわりつく子供らを、文吉は笑顔で見下ろした。

「お菓子くれた、姉ちゃんも一緒だ」

「まあ、お菓子で覚えていたの？」

かるくにらむ真似をして、土産に持参した瓦煎餅《かわらせんべい》の大きな包みをわたす。子供たちは歓声を上げてとびつくと、ばりんばりんと豪快な音を立てはじめる。

「甘くておいしい。この前、おじちゃんが持ってきてくれた饅頭《まんじゅう》も旨かったけど。今日はおじちゃんは一緒じゃないの？」

「おじちゃんて……ひょっとして加助のおっさんのことか？」

うん、と子供たちがてんでにうなずく。いつ来たのかとたずねると、四、五日前の日暮れ時だとこたえる。お縫が気づいた顔になった。

「もしかしたら、若狭屋の不幸があった、すぐ後かもしれないわ」と、小声で告げる。

おふじの死が、よほど応《こた》えていたのだろう。気を紛らわせるつもりで、子供たちのところに足が向いたに違いない。

「これじゃあ、どっちが世話になっているか、わからないわね」

――情けは人のためならず。ついそんなことわざが胸に浮かんだ。

「こいつは、お久しぶりで。その節は、ご厄介をかけやした」

路地の奥の長屋の一軒から、父親の角兵衛が顔を出した。泥棒を見つかったばつの悪さもあってか、若いふたりにも腰が低い。

これから焼接《やきつ》ぎ仕事に出るのだろう、道具箱を背に負っていた。角兵衛が仕事に出掛ける前をねらって、ふたりは朝早くから出向いてきたのである。

「貧乏は相変わらずだが、住まいを移ったり、わずかだが上のふたりが稼いでくれたりして、どうにか暮らしてまさ」

この長屋は軒数が多い分、上は二階屋から下は九尺《くしやく》二間《にけん》までさまざまある。いちばん狭い一軒に移り住み、長女と次女は近所の子守をはじめたという。あと一、二年を凌《しの》げば、上から順ぐりに奉公に出ていく。いまが辛抱どきだと、加助にも諭されたと角兵衛は笑顔を見せた。

子供たちに見送られ、三人一緒に長屋を出ると、文吉が切り出した。

「実は今日来たのは、ようす伺いじゃねえんだ。あんたに見てもらいたいものがある」

「嫌なことを思い出させるようで、角兵衛さんには申し訳ないのだけれど」

お縫が来訪の目的を告げると、ひどく驚いたものの、角兵衛は快く承知した。

町屋を北に抜けた柳原通りは、名のとおり神田川沿いに柳が並木を作っている。ひときわ大きな柳の木の根方で、お縫は七枚の紙をとり出した。

真面目《まじめ》な顔で順番に見ていた角兵衛が、四枚目にきたところで、あっ、と声をあげた。

「この顔だ。あのとき侍と一緒にいたのは、こいつに違いねえ」

角兵衛は、上野山の切り通しで、ふたりの男に追いかけられた。命をとられそうになったのだ、ろくに見ていないし覚えてもいない。角兵衛はそう言ったが、同じ顔を見せれば思い出すかもしれないと、儀右衛門は考えた。

侍の方は、閻魔組のひとりと見てまず間違いない。一緒にいた町人風の男が、七枚の似顔絵の中にあれば、夜叉坊主の関与ははっきりする。儀右衛門は何よりそれを確かめたかった。

「間違いないですか、角兵衛さん」お縫が念を押す。

「ああ、思い出したよ。ぱっと見たとき、妙な顔だと思えた。それすらすっかり忘れてた」

命からがらの目に遭ったのだから、無理もない。

「こいつが蔓《つる》か」

文吉がしげしげとながめたのは、イナゴによく似た男だった。

「この男、誰なんだい。あんたらの見知りなのかい？」

閻魔組は知っていても、自分に斬《き》りつけた侍と結びつけてはいないようだ。不安そうな角兵衛に、実はな、と文吉は、意味あり気に顔を寄せる。

「ええっ！　盗賊たこ坊主一味だって？」

「おうよ、名は間抜けだがとびきりの悪党だ。上野山あたりで侍と一緒にいる姿を見かけたと、近所の親分からきいたもんでな、もしやと思ったんだ。早えとこ捕まえてもらわねえと、角兵衛さんも枕《まくら》を高くして眠れねえだろ」

文吉の嘘《うそ》にはまったく気づかず、角兵衛は大きく首をうなずかせた。


浅草御門の前で角兵衛と別れ、ふたりは両国広小路を東へ行った。すぐ先は大川で、両国橋が見える。だが、橋を渡ろうとしたところで、後ろから声をかけられた。

「妙なところで会うな」

「白坂さま」

黒羽織の下は、今日は小豆縞《あずきじま》と呼ばれる、赤と藍《あい》の小さな格子《こうし》柄《がら》の着物だった。めずらしくお供を許されたのか、橋五郎の姿もある。

「今日はどうした。朝から買物か」

「いえ、父の用足しで」

相変わらずの無遠慮な視線が、文吉とお縫のあいだをすばやく行き来する。思わずとび退《の》くように、文吉とのあいだに距離をとっていた。文吉が、訝《いぶか》しげに眉《まゆ》をひそめた。

「お見廻り、ですか？」

「そんなところだ」

いつもは調子のいい文吉だが、役人や岡ッ引の前ではおとなしい。そのせいか、さっぱり会話がはずまない。まるで白坂と張り合うかのように、お縫と同心を黙って見くらべている。

「そういえば、先にも千七長屋の前で会ったか」

お縫と違い、文吉とはだいぶ前に一度会ったきりだ。白坂が、初めて気づいた顔になる。

「いつも一緒にいるのだな」

からかうつもりはなく、素直な感想を述べたまでのようだ。なのに、かっと頭に血がのぼり、自分でもびっくりするような大声が出た。

「そんなんじゃありません！　文さんは同じ長屋で育った、兄さんみたいなもので」

何をそんなに焦っているのか、内心で首をかしげながら、お縫は懸命に否定した。

白坂が、いささか面食らったように、「そうか」とだけ応じた。そんな表情など初めてで、心悸《しんき》
そっと仰ぐと、目だけがおかしそうに瞬《まばた》いていた。そんな表情など初めてで、心悸《しんき》
持ちにでもなったように、胸が妙な具合に鼓動する。だがそこに、無粋な声が割って
はいった。

「白坂！　まだ、こんなところにいたのか。さっさと下谷《したや》にまわれと言ったはずだ！」

ふたまわりは歳《とし》が違いそうな、年配の同心だった。

上役に当たるのだろうが、叱責《しっせき》を気にするふうもなく、白坂が応じる。

「御用は、お済みになりましたか」

「ああ、片付いた。良いか、あの薪炭《しんたん》問屋にはおれが話をつけた。二度と立ち入るん
じゃねえぞ」

年季の入った町人言葉で、えらそうに念を入れる。

白坂が片眉を上げた。上役に注ぐ視線には、明らかな侮蔑《ぶべつ》の色があった。

「袖《そで》の下と引き替えに、見逃すおつもりですか」

「白坂！」

歯に衣着《きぬ》せぬ物言いに、たちまち相手は顔色を変えたが、白坂は平然としている。

橋五郎が、あわててあいだに入り、年配の同心をなだめている。

「まったく白坂の若造は、新旧そろって気が利かねえ。そんな狭い腹だから、祐史郎はあたら命を縮めることになったんじゃねえのか」

白坂家の死んだ息子の名を出されたとたん、長門の表情が一変した。

上役たる男の顔を、ぐっとにらみすえる。いまにもその右手が刀にかかりそうなほど、一瞬発したものは、明らかに物騒な気配をはらんでいた。白坂の腕を知っているのかもしれない、怖気《おじけ》づいたように相手が一歩後ろに下がった。

「旦那方、そろそろ行かれた方が」

橋五郎が機転をきかせ、刺《とげ》を含んだ不穏な空気を払う。感じた恐怖を恥じたのか、年配の同心は、ふたたびふんぞり返った。

「てめえもせいぜい気をつけるんだな」

捨て台詞《ぜりふ》を残し、上役が立ち去ると、白坂も下谷へ向かうのだろう。ではな、というように、ちらりとこちらを見て方向を変えた。別の仕事を命じられているらしく、橋五郎は白坂の背を見送ると、盆の窪《くぼ》に手をやりながらお縫たちのもとに来た。

「すまねえが、いまの話はきかなかったことにしてくれ」言い訳ぎみに苦笑いする。

「あのお役人さまは……」

「ああ、臨時廻りの旦那でな。長門さまのご指南役だ」

「ずいぶんと、きつぃお方なんですね」つい非難めいた口調になった。

「あれくれえならましな方だ。前の沼田さまは、ひどかったからな」

その名を、お縫は覚えていた。年番方与力と一緒に閻魔組に惨殺《ざんさつ》された、臨時廻り同心だ。口をつぐむよう沙汰《さた》されているのだろう、橋五郎は病のためだとしたが、白坂の指南役は沼田からさっきの同心に代わったようだ。

「死人に鞭《むち》打つつもりもねえが、何ていうか、梅雨どきの蛇みてえにねっとりとしてやがってね。やりようが、陰に籠もってやがるんだ」

橋五郎は、鯉《こい》の胆《きも》でも嚙《か》んでしまったように、ひどく苦い顔をした。

「長門の旦那はあのとおりだから、目をつけられちまってな」

「難儀なすってたんですね」

「まあな。それでも顔には一切出さず、黙って堪えていたからな。ああいうところは、えらい方だと思うよ」と、老いた顔に笑いじわをきざむ。

己の役目を思い出したようで、橋五郎はそこで話を切り上げた。

大川沿いの道を南へ遠ざかる岡ッ引を、文吉がじっと見詰める。

「文さん、あたしたちも行きましょう」

お縫が促しても、文吉はその場から動こうとしない。

「閻魔組は、どうして町方の与力と同心を手にかけたんだろうな」

「どうしてって……評判が悪かったからじゃない？」

賂《まいない》の額が桁外《けたはず》れで、強請《ゆすり》や人殺しの噂もある。閻魔組にとっては、悪党と同格だったのだろうとお縫は述べた。

「嫌な野郎なら、どこにだっている。その辺の長屋をまわってみろよ、鼻つまみ者が必ずひとりはいる」

「うちの長屋にはいないわよ」

こたえながらも、加助の顔がちらと浮かぶ。

「何だって町方だけが外れ籤《くじ》を引いたのか、気にはなってたんだ。他はすべて正真正銘の悪党だってのに、あの一件だけは妙に浮いている」

「文さんは、何が言いたいの？」

「案外、さっきの白坂って同心が、閻魔組かもしれねえ」

両国広小路の雑踏の音が、一瞬、お縫の耳から消えた。

「なに、言ってるのよ、文さんたら……」

「町方にいる奴が関わっているとすれば、すっきりと呑《の》み込める。三人ともにとまでは言わねえが、中のひとりくれえは町方に関わる者かもしれねえ。そう考えれば辻褄《つじつま》が合う」

自分の声さえ遠くにきこえるのに、文吉の言葉だけが頭の中に突き刺さるように響く。

「いまの岡ッ引の話だと、死んだ同心に誰より辛《つら》く当たられていたのは、あの白坂って野郎だ。殺したいと思うほど、憎んでいたっておかしくねえんだ」

そのときはっきりと、別の声が耳の奥でこだました。

――自業自得《じごう》だ。殺されても文句は言えぬ、それだけの罪を犯したのだからな。

白坂は、たしかにそう言った。死んだ同朋《どうぼう》に対し、ひとかけらの憐《あわ》れみもかけなかった。打ち消すように、お縫は夢中で叫んだ。

「白坂さまは、そんなお人じゃないわ！」

「お縫坊……」

「そんな器の小さいお方じゃない。己の怨《うら》みつらみを刀で晴らすような、そんな……」

だが、同時にお縫は思い出した。白坂には剣の腕がある。養父が見込んだのもそれ故だ。そして閻魔組もまた、剣の上手と知れる侍だった。

「巳助兄さんが言ってたもの。殺された与力と同心は、欲のために強請さえしていたって……きっとそういう目にあった誰かが……」

「それほどの悪党だったから、闇《やみ》に葬《ほうむ》った。閻魔組の理に、叶っているじゃねえか」

「やめて！」

文吉の不信が、お縫の胸にも忍び寄る。捕まらないよう、お縫は駆け出していた。

後ろも見ずに、両国橋を渡る。

文吉は追ってこなかった。

六

上野山の周辺に、妙な焼接屋の噂が流れた。

笠《かさ》をかぶり道具箱を背負い、呼び声を流してはいるが、焼接ぎ仕事をしているところは見たことがない。なのにどういうわけか、まるで蜜《みつ》でも塗りつけているように、とかく客がよく集まる。

「いや、新の旦那の底力が、これほどのものとは」

初日を終えて、安太郎が儀右衛門の前で報告すると、おおげさだな、と梶新九郎が笑う。

瀬戸物の修繕を頼むのは、女房や女中など、もっぱら女たちばかりだ。だからこそ儀右衛門は、この役目を新九郎に頼んだ。

「実は、人を探しておってな」

駆けつけた客に、小声でそう切り出すだけで、育ちのいい侍が、焼接屋に身をやつして人を訪ね歩いていると勝手に解釈してくれる。

「この男を、見たことはないか。若い侍とのふたり連れだと思うのだが」

新九郎の頼みを無碍《むげ》に断れる女なぞ、十人にひとりもいない。イナゴに似た男の人相書を見せると、ぜひお役に立ちたいと言わんばかりに、懸命に思い出そうとする。

ただ儀右衛門は、聞き込みの成果を当てにしていたわけではない。

角兵衛の話から推測すると、イナゴ顔は閻魔組に、繋《つな》ぎをつけるためにやってきたと考えられる。つまりは上野山近辺に潜むのは、夜叉坊主《やしゃぼうず》ではなく閻魔組の方だ。儀右衛門の予想どおり、新九郎は不首尾を告げた。

「見たように思うと、そういう話はいくつかきいたのだがな。はっきりと覚えている者はいなかった」

「大方、旦那の気を引きたいがための方便でしょうよ」と、後を続けたのは唐吉だ。

儀右衛門は、焼接屋に扮した新九郎を見張るよう、唐吉と安太郎に頼んであった。まだ初日なのだから仕方がないと、儀右衛門は鷹揚《おうよう》に受けた。

目論見《もくろみ》どおり魚が網にかかったのは、四日目の夕刻だった。

女たちの口を通せば、早晩、『美男の焼接屋が、若い侍とイナゴ顔の男を探している』との噂が立つ。どちらかの耳に入れば、すぐさまある焼接屋が頭に浮かび、じっとしてはいられないはずだ。

「おいでなすったか」

唐吉が、唇を舐《な》めた。新九郎は、商家の年増《としま》女中に張りつかれているが、その背後に、笠をかぶり、藍鼠《あいねず》の袴《はかま》をつけた侍が見える。つかず離れず、もう四半刻《しはんとき》ばかりも新九郎の後をつけていた。唐吉は、大きく息を吸い込んで、それから声を張り上げた。

「かあやぁ、萌木《もえぎ》のかあやぁ」

商売道具は持っていないが、母衣蚊帳《ほろがや》売りの呼び声だった。

合図だと察したようだ。梶新九郎は特上の微笑とともに、なにくわぬ顔で女中と別れる。笠で顔を隠した侍もまた、外からながめるふりでいた絵草紙屋をすぐに離れた。

もうひとり、合図に応じた者がいる。唐吉とは離れて、やはり新九郎を見張っていた安太郎だった。

「おっと、すまねえ」

とたんに藍鼠の袴が、大きく揺れる。前から来た安太郎が、わざと侍にぶつかったのだ。

「落ちやしたぜ、旦那《だんな》」

そのまま行こうとした侍が、ふり返った。安太郎が示す地面に、煙草入れが落ちていた。むろん、安太郎が侍の腰から抜きとったものだ。侍は煙草入れを無言でつかみ、向きを変える。だが、ふたたび見渡した往来には、焼接屋の姿はなかった。

侍があわてて早足になり、路地をいくつか覗《のぞ》いてみるが、焼接屋の姿はどこにもない。腹立ち紛れに石を蹴《け》るという子供っぽい真似《まね》をして、それから道を二丁ほど戻り、西へ折れた。

「さてと、こっからがおれの仕事だ」

十分な間合いをとって、唐吉は西日を受ける藍鼠の袴を追った。

「やはり閻魔組自ら、出てきたか」

唐吉が、儀右衛門に向かって大きくうなずく。両側には、梶新九郎と安太郎も控えていた。

「旦那の読みどおりでさ。奴の塒《ねぐら》は、下谷坂本裏町でした」

よくやってくれた、と儀右衛門は三人を労《ねぎら》った。

慎重な者なら、夜叉坊主の手下をさし向けるだろうが、儀右衛門は、閻魔組の若さを考えに入れた。正義のためなどという大上段な建前は、分別ある大人なら決してかざさない。

若い者は総じてせっかちで、臆《おく》することを嫌う。見当どおりに自ら出張り、あっさりと罠《わな》にかかった。

人通りの多い往来だ。こんな場所で斬りつけるような真似はすまいとわかってはいたが、相手は凄腕《すごうで》だ。正直、気が気ではなかったと、ひとまず儀右衛門は胸をなでおろした。

「名は衣笠善二郎《きぬがさぜんじろう》。紀伊《きい》家中の次男坊で、剣術修行に江戸に出てきた。いまは色街の用心棒をしているとの触れ込みです」

「なるほど、それなら夜に出掛けても怪しまれない」と儀右衛門が納得する。

「風体のよくない男が時折訪ねてきて、長屋の者に確かめたところイナゴ顔の男でした。仕事を頼みにくる、色街の男衆だと思われているようです」

「ひとり住まいたぁ、見当が外れたな。てっきり三人一緒に隠れ家に潜んでいるもの

と……まさか棟続きの長屋に住んでいるなぞ思いもしなかった」安太郎が意外そうに言って、

「三人組の侍では、嫌でも目立つ。別々に住まわせて、繋ぎは手下が務めているのだろう。あれで夜叉坊主は、用心深い奴だからな」と儀右衛門が応じた。

「だが、やはり他にも隠れ家があるのではないか。人を斬って、そのまま長屋に戻るのは無理がある」

血を洗う井戸や、着替えのできる場所が必要だと、新九郎の言に皆もうなずく。

衣笠という男が本当に閻魔《えんま》組のひとりだとしても、隠れ家を突きとめない限り、知らぬ存ぜぬを通されるのがおちだ。

「空き家もあり得るが、夜叉坊主が使うとしたら、また寺かもしれないな」

名のとおり、夜叉坊主は経を読み、僧侶《そうりょ》になりすますのが得意な賊だ。以前にも浅草の寺を塒にしていた。

「でしたら、旦那、寺を当たってみますかい？」

「当たるには、数が多過ぎる。上野山だけでも百は超えるからな」

さらに周囲には、本郷や谷中《やなか》など、寺が軒を連ねている場所がいくらでもある。闇雲に探しても埒《らち》があかない。

「こちらは数が限られている。衣笠という浪人を見張るだけで、おそらくは手いっぱい……いや、待てよ、逆もあるか……」

人ひとりから、四六時中目を離さぬというのは難儀な仕事だが、儀右衛門はそれとは別に、何か思いついたようだ。安太郎と梶新九郎を帰し、入れ代わりに菊松とお竹夫婦を呼んだ。

ふたりは儀右衛門の頼みを快く引き受けて、ともにひとつの策を練った。

「旦那、ちょいと相談事があるんですが」

話が済むと、夫婦は腰を上げたが、唐吉だけはあらためて儀右衛門の前に腰を据えた。

「この前、文の奴が、妙なことを口にしやして……白坂って、町方役人のことなんですが」

かたりという物音がして、儀右衛門と唐吉がふり返った。開いたままの襖《ふすま》の奥に、酒を運んできたお縫がいた。

「ごめんなさい、こぼしてしまって」

お縫の膝先《ひざさき》には盆があり、その上の銚子が倒れていた。すぐ替えてきますからと、そそくさと台所へと戻ろうとするのを、やってきたお俊が止めた。

「後はあたしがやるから、おまえはもうおやすみ」

少しのあいだ逡巡《しゅんじゅん》しながらも、お縫はおとなしく二階へと引き上げた。

いつもより重そうにきこえる足音が階上に消えると、儀右衛門は唐吉に話の続きを促した。

「あの定廻《じょうまわ》りは、閻魔組のひとりじゃねえかって」

ひどく驚いたように、切れ長の目を見張ったのはお俊だった。

「ずいぶんと突拍子のない話じゃないか。文さんは、どうしてそんな見当をつけたんだい？」

神田平永町に、角兵衛を訪ねた帰り道、白坂と出会ったようだと唐吉が語る。

「あいつはただ、その同心が気に入らねえだけかもしれやせんが、なるほどと思えるところもありやしてね」

儀右衛門は顎に手をやって、ふうむとうなずいた。

「閻魔組は、町方役人の中にいるかもしれないと、文さんは見当しているんだな？」

「そうなんでさ」

「おれも実はな、同じことをひょいと考えてね」

「旦那もですかい？」

「ただ、誰かとまでは思いつかなかったが」

儀右衛門もまた、年番方与力と臨時廻り同心の一件が心にかかっていた。

「白坂ってのは、南に来た新顔の定廻のようで。あの日、お縫ちゃんと神田から戻ってくると、そんなことを口走りやして……何やらえらく機嫌が悪くて、わけをたずねても、それより先はだんまりでしたが」

「そういやお縫も、あれ以来ようすがおかしかったな。喧嘩《けんか》でもしたのかね」

儀右衛門は、女房に首をまわした。お俊は慣れた手つきで、銚子をかたむけた。

「喧嘩なぞ、あのふたりにはいつものことですよ」

それもそうだと、儀右衛門もことさら気にとめず女房の酌を受ける。

「念のため、白坂という同心を調べてみるか」

「大方、文の当てずっぽうとは思いやすが」唐吉が、恐縮ぎみに頭をかく。「同心と、ひと悶着《もんちやく》あったのかもしれやせん。あのサワラ野郎がと、ぶつくさ言ってやしたから」

「サワラ？」

「腹が狭い」

ははは、と儀右衛門が声に出して笑った。鰆《さわら》は字のとおり春の魚とされるが、形が細長く腹が狭いことから、もともとは狭腹《さはら》だったという話もきく。

ひとしきり笑って、暇《いとま》を告げた唐吉とともに儀右衛門は腰を浮かせた。

「おれもちょいと、半さんのところへ行ってくるよ。同心の調べは、半さんから巳助さんに頼んでもらおう」

あいよ、と応じ、後片付けをはじめたお俊の手が、ふと止まった。

「もうしばらくは黙っておこうかね。年頃の娘をもつ父親は、誰より腹が狭いからね」

知らぬは父親ばかりなり、と、お俊は小さく首をすくめた。

「実はあっしも、旦那にお知らせしたいことがありやしてね」

同心についてはすぐに息子に調べさせると、ふたつ返事で引き受けて、半造は儀右衛門を家に上げた。酒のにおいもしないのに、半造の狸面《たぬきづら》がいつもより赤らんで見える。よほどの話種《はなしだね》をつかんだようだと、儀右衛門はすぐに察した。

おかるは酒を勧めたが、いま呑んできたばかりだからと断って茶を頼んだ。

「今朝のことなんですが、汐浜《しおはま》に仏がひとつ流れつきやしてね」

汐浜は、浜御殿や古川河口の南にあたり、ふたつの大名屋敷に挟まれた小さな浜だと、半造は場所を仔細《しさい》に説いた。

刺し傷などがないことから、酔って川へ落ちたのだろうと、役人にはあっさりと片付けられた。水死体の場合はことに検死が厄介で、よほど目につくことがない限り、事件としては扱われない。仏は百姓ふうの身なりをした六十過ぎの年恰好《かっこう》の男だが、町方では身許もわからずじまいで、無縁仏として葬られることになったという。

だが、役人が遺骸《いがい》をあらためているあいだ、集まった野次馬の中に、仏の顔を知っていた者がいた。黙ってそこを立ち去ったのは、その男がもと盗人《ぬすっと》で、仏とはかつて裏の繋がりがあったからだ。役人の前では滅多なことは口にできぬが、誰かに言わずにはいられなかったのだろう。堅気となってからもつきあいの続いている、半造のところにやってきた。

「そいつが言うには、汐浜にあがった土左衛門《どざえもん》は、洲崎《すざき》の茂助《もすけ》に間違いねえと」

「洲崎の茂助というと、あの……」

「へい、裏の口入屋《くちいれや》でさ」

商家の奉公人から武家の中間《ちゅうげん》まで、客の望みに応じて人を世話するのが口入屋で、表と同じに裏社会にもある。ただし裏の口入屋が世話するのは、盗人やごろつきだった。

洲崎の茂助の名は、儀右衛門も知っている。深川の東側の埋め立て地を、洲崎十万坪と称するが、茂助はここに住んでいたわけではない。五十年にもわたって裏の口入屋を続けてきた。長年積み重ねた人徳と顔の広さを、塵芥《ちりあくた》を溜《た》めた広大な土地になぞらえて、そう呼ばれた。

「洲崎の茂助は、酒を過ごして堀に落ちるような、迂闊《うかつ》な男じゃありやせん。きっと誰かに殺されたんでさ」

「殺された、というと……」

「話をきいたとき、あっしにはぴんときた。閻魔組の情報元《たねもと》は、あの爺《じい》さんだったんじゃねえかって」

儀右衛門の両眼が、わずかに広がった。

「閻魔組を陰で操っているのは、おそらく夜叉坊主で間違いはありやせん。だがあいつはずっと東海道を根城にしていた。江戸にはろくな蔓がないはずだ。あっしには、それがどうにも気になっていた」

どうやって裏社会の大物たちの居場所をつきとめたのか、半造にとっては大きな謎《なぞ》だった。だが、それが洲崎の茂助なら、何もかも合点がいく。

半造のような玄人《くろうと》ですら、襲われた頭《かしら》連中の、すべての塒をつかむことなどできない。情報屋といっても、それぞれに得手不得手がある。盗人に掏摸《すり》、香具師《やし》に博奕《ばくち》の胴元と、ばらつきのある顔ぶれを、もれなく把握することなどできはしないと半造は言った。

「それができるのが、裏の口入屋というわけか」

「いや、並みの口入屋じゃあ、おれたちと変わらねえ。ただ、洲崎の茂助だけは格が違う。あの爺さんは、それこそ年季が入ってますからね」

大親分として裏社会にそれなりの地位を築いた者たちも、若い時分はあった。一度は茂助の世話になったとしてもおかしくないし、また茂助には信用と人徳がある。長じてからもつきあいが続いていた者は多く、月天《がってん》の丁兵衛《ちょうべえ》もそのひとりだと半造は告げた。

「月天の頭は、茂助の爺さんに借りがあると、きいたことがありやす」

「借り、とは？」

「七天《しちてん》がお縄になったとき、月天の頭はたったひとりで残された。てめえから首をさし出して、七天と一緒に獄門台にさらされようかと、そんな自棄《やけ》を起こしていたのを、爺さんに諭されて思い留まったんでさ」

茂助は別の盗人一家に、まだ十六の小僧だった丁兵衛を預けた。月天はそれを、ひどく恩義に感じていて、茂助との親交は続いていたという。

「だが、洲崎の茂助ほどの男が、夜叉坊主に手を貸すなんぞあり得ねえ。何よりあの爺さんは、とっくに隠居したはずだ」

そのとおりでさ、と半造がうなずいた。茂助は二年前に口入稼業《かぎよう》を退いて、江戸を離れた。茂助には故郷を同じくする幼なじみがいて、若いころはやはり江戸で悪さをしていたが、早くに引退して相模《さがみ》に帰っていた。老後を一緒にと誘われて、茂助もその気になったのだろう、相模を終《つい》の住処《すみか》と決めた。

「東海道の小田原宿で、旅人相手の茶店の親父《おやじ》に収まっているときいたことがありやす。江戸から逃げた夜叉坊主と、出くわしちまったんじゃねえでしょうか」

夜叉坊主もまた、若いころは江戸にいた。やはり茂助の世話になっていたとしても、不思議はない。

「案外、洲崎の茂助を見つけたからこそ、この物騒な企《たくら》みを思いついたのかもしれないな」

儀右衛門もそう同意して、おかるが入れ替えてくれた熱い茶をすすった。

「だが、洲崎の茂助は、口も義理も誰より堅い男だときいている。どんなに脅されようと、夜叉坊主の言いなりになるとは思えねえが」

「茂助の爺さんには、ひとつだけ泣き処《どころ》がありやしてね。嬶《かかあ》にも娘にも先立たれやしたが、孫娘がひとりいるんでさ」

祖父の稼業など露ほども知らされず、堅気の娘として育ち、屋根葺《ふ》き職人に嫁いだ。茂助が江戸を引き払ったのは、孫娘の晴れ姿を見届けてからのことだった。

「念のため確かめてみましたが、孫娘は息災でした。ただ、江戸にいる孫を楯《たて》に脅されたら、いくら洲崎の茂助でも従うしかないかもしれやせん。孫娘がちょうど、身重なんでさ」

「腹に茂助の、ひ孫がいるというわけか」

「夜叉坊主の非道ぶりは、爺さんもよく承知していやしょうから」

孫娘を楯にすれば、茂助を小田原から引きずり出すこともできようし、物陰から大きな腹を抱えた姿を見せられでもしたら、たとえ己の一生を台無しにするような不義理ですらも、犯さざるを得なくなる。

なるほどと、儀右衛門が渋面をつくった。

「用済みになって始末されたか、耐えきれなくなった爺さんが、見張りの隙《すき》を見て自害したか、そのどちらかでしょう」

「酷《むご》い話だな」

孫娘のためとはいえ、いわば己の人生を己で売ってしまった。ふたりの推測が当たっていれば、そういうことだ。深い絶望を口いっぱいに詰め込まれ、死んでいったようなものだろう。人の一生が死に際《ぎわ》に決まるとしたら、これほど残酷なことはない。それでも己ひとりの後悔なら、茂助は黙って逝《い》ったかもしれない。

「そう、ですよね……爺さんにとっちゃ、襲われた頭衆もまた、子供みたいなもんですからね」

半造の深いため息が届いたように、行灯《あんどん》の灯りが揺れた。

しょぼくれた半造とは逆に、儀右衛門の双眸《そうぼう》がぎらりと光った。日頃決してあからさまにすることのない激しいものが、たしかに一瞬みなぎって、陽炎《かげろう》のようにゆらりと立ち上った。

「半さん、おれは……あの男だけは許せねえ」

「……そりゃ、あっしも同じでさ」

誰よりつきあいの長い半造ですら、真の怒りにかられた姿なぞ、まず見たことがない。半ば気圧《けお》されながら、半造は辛うじてうなずいた。

儀右衛門の怒りの大きさは、そのまま夜叉坊主の代之吉の非道さを、何よりも雄弁に物語っていた。

ただ、殺すだけではない。代之吉は、からだばかりでなく心を潰《つぶ》す。人を辱《はずかし》め、尊巌を奪い、からっぽになった肉体を、さらに足で踏みつけるような。獣よりもよほど恐ろしい、人の醜悪を煮詰めたような酷さが、代之吉にはあった。

「半さん、おれは、腹を括《くく》る。あいつばかりは、決して生かしといちゃならねえ」

ごくりと唾《つば》を呑み込んで、それでも半造は、短い首をしっかりとうなずかせた。

七

長屋の者たちは交替で、衣笠善二郎を張ったが、数日のあいだは何事もなかった。

無口で近所づきあいはないものの、これといっておかしなところもない。

一日おきに岡場所に通ってはいるが、用心棒というのはやはり方便だった。根津、谷中、堂前と、向かう色街はさまざまで、馴染《なじ》みの女もいないらしく店もその都度変わる。ただ遊んでいるだけなのだろうが、この金の出所は夜叉坊主と思われた。

人と深く関わることは、避けているような衣笠だったが、最近、飯屋だけは、ひとつところに通うようになった。

「いらっしゃい、善さん」

「今日は、イナダのいいのが入ったよ」

大柄で、どこもかしこも丸い女房と、その半分くらいの嵩《かさ》しかない貧相な亭主。見た目のつりあいは悪いが、笑顔だけはよく似ている。ほっこりとした温かさに釣られるように、若い侍は頬をゆるめた。

「イナダとは、初めてきく。楽しみだ」

板敷の小上りが五つほどの、小さな飯屋だった。粗末な店だが、それでもいちばんの上席に侍を座らせる。太った女房がすぐさま酒をはこび、酌をしながらあれこれと話しかける。言葉は少ないながら、侍は機嫌よく応じ、待つほどもなく小柄な亭主が鉢を手に現れた。

「こいつは旨《うま》そうだ」

糸造りにしたイナダに、生姜《しょうが》と青ジソ、紅タデと薬味を利《き》かせ、酒とみりん、出汁《だし》を加えた土佐醤油《じょうゆ》が添えられている。ひと口食べた侍が、うん、と満足そうに何度もうなずいた。

「これは旨い。何やら、ハマチに似ているな」

「同じものですよ。上方ではハマチというのを、江戸ではイナダと呼ぶんです」

「そうなのか、それは知らなかった」

びっくりしたように目を見開くと、いっそう幼く見える。衣笠善二郎は、二十歳になったばかりだった。

「善さんは、紀伊だったね。お国でもよく食べたのかい？」

亭主はていねいな口をきくが、女房は気取りがない。気を悪くしたふうもなく、衣笠は素直な調子でこたえた。

「おれの育ったのは山里で、魚といえば川魚しかなかった。国を出て、大坂に行った折に初めてハマチを食べたが、こんな旨いものがあるのかと、それこそ頬が落ちそうになった」

「おやおや、それじゃあ今日は、顎《あご》まで落ちちまうかもしれないよ。この後、甘辛いたれで焼きものにするからね」

女房の冗談に、亭主と衣笠の笑い声が重なる。ひとしきり笑って、衣笠はしみじみと言った。

「ここに来ると、気が晴れる。いい飯屋と知り合えた」

衣笠という名も紀伊の出自も、でまかせかもしれない。だが、その言葉には嘘がなかった。察したように、見守るふたりが目を細める。

飯屋の夫婦は、菊松とお竹だった。

「閻魔組と思《おぼ》しき男と近づきになれなんて、無茶な話だとわかっちゃいるが、それでもあんたたち夫婦の腕前は承知している」

儀右衛門の頼みを、夫婦は喜んで引き受けた。

「実は不忍池《しのばずのいけ》に近いところに、知り合いの飯屋があってな。親父はもう結構な爺さんで、膝と腰が痛いと始終こぼしている」

この策を思いついたのは、そういう下地があったからだ。儀右衛門はこの親父に湯治を勧め、留守にするあいだ、店を貸してもらえまいかと持ちかけた。

「川越で飯屋を営む夫婦でね、江戸に店を開こうかと思案している。しばらく江戸の飯屋で働いてみて、客筋だの好みだのを見極めたいと言ってね。あんたを思い出したんだ」

最初は多少渋っていた親父も、夫婦と引き合わされてころりと考えを変えた。まるでお竹のからださながらの、やわらかい毬《まり》のような、どこから見ても人好きのする夫婦者だ。まさか騙《かた》りを裏稼業とする詐欺《さぎ》の玄人だとは、夢にも思うまい。

表稼業が煮豆売りで、一緒に惣菜《そうざい》も拵《こしら》えるから、料理の腕も文句ない。儀右衛門からは多過ぎる餞別《せんべつ》をちょうだいし、さらに礼金として、稼いだ売り上げはすべてさし出すとの申し出に、親父は一も二もなく承知した。

「おじさんが留守のあいだ、店を任されましてね」

客や近所の者には遠縁という触れ込みで、夫婦は難なく飯屋に落ち着いた。あとはどうやって、衣笠善二郎と知り合うかだが、そこから先は菊松が任された。

「使い古された手が、いちばん無理がない。唐さんと文さんに頼もうかね」

兄弟の得意は美人局《つつもたせ》だった。脅し文句も朝飯前だ。ふたりは往来で肩が触れたと、菊松夫婦にいちゃもんをつけ、そこに衣笠が通りかかった。むろん、衣笠が昼飯のために、長屋から表通りへと出てきたところを待ち伏せての仕掛けだった。

「てめえ、人に傷を負わせて、黙って帰るつもりかい！　とっとと詫《わ》び料を寄越しやがれ」

肩を押さえた唐吉が、はばかりない怒鳴り声をあげる。怯《おび》える夫婦を横目に見ながらも、関わりたくないとばかりに、道行く者たちは目を伏せながら通り過ぎる。衣笠も同様に脇《わき》を過ぎようとしたが、唐吉の後ろに控えていた文吉は、よろけたふりでわざとぶつかった。

「気をつけやがれ、さんぴんが！」

後ろから襟を摑《つか》まれたかのように、衣笠の足がふいに止まり、その目が文吉をにらみつけた。

あのときばかりは、ひやりとした——。後になって文吉は、兄にだけはそう明かした。

侍の気配は、一瞬で様変わりした。あからさまな殺気に触れて、毛を逆立てる猫のように、思わず文吉は刀の間合いから大きくとび退いていた。

衣笠の右手が、刀の柄《つか》にかかった。だが、その手を懸命に押さえるものがあった。

「もう、やめておくれ。頼むから、喧嘩だけはしないどくれ」

叫ぶように乞《こ》いながら、衣笠の二の腕にしがみついたのは、お竹だった。

「詫び料なら払う。これで勘弁してくれ」

女房に続いて菊松も、金をさし出す。文銭ではなく、朱銀だった。

「ま、いいだろう。おい、行くぞ」

受けとった唐吉が、予定よりもあっさりと引き下がったのは、やはり一瞬見せた、衣笠の気配が物騒だったからだ。文吉を連れて、さっさとその場を離れた。

「離せ、無礼であろう」

巻きついていたお竹の腕を乱暴に外したが、ちらりとふり向いた衣笠がぎょっとなった。お竹がぽろぽろと、涙をこぼしていたからだ。

「後生だから、喧嘩なぞしないでおくれ。たとえお侍だって、命あってのものじゃないか」

何が何だかわからない、と言いたげなとまどい顔を衣笠に向けられて、菊松はていねいにこたえた。

「申し訳ありません、お武家さま。こいつの無礼は、どうかお許しを。あっしらにも子供がいたんですが……その、色々あって亡《な》くしてるもんで」

嘘は、少ないに越したことはない。それが騙り夫婦の日頃からの方針だ。ふたりのあいだに男の子がおり、喧嘩沙汰の揚句に命を落とした——。そう勘違いするのは、聞き手の勝手だ。

「そうか……」と、衣笠は、気の毒そうな顔をした。

衣笠ばかりでなく、騒ぎを遠巻きにしていた野次馬たちも、やはり同じ表情になった。

だが、その中にひとりだけ、必死で笑いを噛み殺していた者がいた。

衣笠の張り番についていた、泥棒の庄治だった。

「妙なものを見ちまったと、妙な心持ちになりやしたよ」

晩に戻ってきた庄治は、妙だ妙だと何度も重ねながら、儀右衛門の前で昼間の顚末《てんまつ》を語った。

「あれだけ殺しておきながら、あんな人くせえ顔をするんですぜ。こいつを見つけたときには、それこそ狐《きつね》につままれたように思えやしたよ」

庄治はその戦利品を、儀右衛門に見せた。

あの後、騙り夫婦はお礼がしたいとの口実で、任された飯屋に衣笠を招いた。はじめは固辞していたが、この夫婦の笑顔に逆らえる者などまずいない。気さくなお竹に釣られ、衣笠は一刻以上も飯屋に腰を落ち着けた。

いったん長屋に戻った衣笠は、夕刻にはまた仕事のふりで色街に出かけた。見張りは安太郎が交替し、庄治は暗くなるのを待って衣笠の長屋に忍び込んだ。九尺《くしやく》二間《にけん》の裏店《うらだな》には、布団《ふとん》より他に家財らしいものはなく、場所に困ったのだろう。それは手拭《てぬぐい》にくるまれて、天井裏に隠されていた。

「こいつは、足袋《たび》か……ずいぶんと手の混んだ代物《しろもの》だな。絹物なぞ、質屋でも滅多にお目にかからない」

近くの料理茶屋で待っていた儀右衛門は、庄治から渡された品をためつすがめつながめた。足袋といえば、武家も庶民も白か紺の木綿が相場だった。だが絹で織られたその足袋は、色こそ紺だが光沢が違う。さらに金の雪が散るように、一面、金糸で刺《し》繍《しゅう》が施されている。横見梅と呼ばれる家紋だった。

「おそらく、何かの祝いの折に配られたものだろう。衣笠は、物持ちの武家の生まれなのかもしれないな」

庄治は神妙に膝をそろえ、酒にも膳《ぜん》のものにも手をつけようとしない。この後、盗んだ足袋をまた戻しに行くからだ。鍵《かぎ》もついていないのだから、訪ねてきたふりで衣笠の留守に上がり込むくらいは誰でもできる。だが、埃《ほこり》ひとつ舞うことすらはばかるような、物色の跡を毛ほども残さぬ芸当は、庄治にしかできない。

「庄さん、よく見つけてきてくれたな。これで衣笠が閻魔組だという疑いが、より濃くなった」

儀右衛門の手にある足袋は、絹物なのにごわついている。金の梅模様も半分ほどが色を変え、黒っぽい茶を呈していた。

「これほどの血を吸うなぞ、よほどのことだ。右も左もとなると、相当に大きな血溜《ちだ》まりだ。踏むというより、この量なら浸すに等しい」

高価な足袋はどう見ても、実用のためのものではない。わざわざ襲撃の折にはいていったのは、験《げん》かつぎのつもりか、あるいは初陣《ういじん》のためにあつらえた陣羽織のような、晴れがましい気持ちで足を通したのかもしれない。

だが、本人が思っていた以上に血が流れ、足袋はたっぷりとその血を吸い込んだ。絹に刺繍では洗うのもはばかられる。大事なものでは捨てることもできず、天井裏に隠すしかなかったのだろう。

「まったく人ってのは、何を隠しもっているかわからねえもんですね」

夫婦に他愛《たわい》なく騙《だま》された若い侍と、非道を尽くす閻魔組が、庄治の中ではうまく結びつかぬようだ。儀右衛門は、煙管《きせる》に火をつけて、ゆっくりと煙を吐いた。

「半分は、若いからだろう。山から落ちる清流と同じでね、澄んではいるがひどく冷たい」

ものを知らぬからこそ清く、そして酷い。若い者だけがもつ特権だった。

下流に行くほどにごりは増すが、流れは広くゆるやかになる。

「もうひとつは、大義だろうな。悪党は人ではない、役人が断罪するように、咎人《とがにん》を罰していると思っている」

しかし儀右衛門にはわかっていた。大義という茫漠《ぼうばく》としたものは、月日が経《た》てば色が褪《あ》せる。きらびやかさを失えば、歪《いびつ》な形だけが際立ってくる。それでも武士は、その名目を大事に奉《たてまつ》る、希有《けう》な者たちでもあった。

「考えてみれば、武家と若者はどこか似ているな。世俗の垢《あか》にまみれることを良しとしない。まあそれも、表向きの話だが」

儀右衛門は暗に、殺された与力と同心を引き合いに出した。

「早い話が、旦那、若い侍がいちばん始末に負えねえってことでやんしょ」

庄治のあっさりとした返しに、儀右衛門がつい微笑する。

にごった小さな溜まりだが、よく見ると小魚やらあめんぼやらでにぎやかだ。

この泥棒の中にある豊かな溜まりは、いつでも人をのどかにさせた。

夫婦は池之端《いけのはた》の飯屋に泊まり込んでいたが、菊松は店を閉めてから、欠かさず儀右衛門のもとに報告に来た。

「今日で十二日目になるが、どうだね」

儀右衛門が口にしたのは、閻魔組の名が読売から途絶えてからの日数だ。最初のころは、五日に一度は載っていて、半月近くもあいたのは初めてのことだった。

「いまのところは、まだ動く気配はありませんが……ただ、焦《あせ》ってはいるようです」

「焦るって、何をだい？」

「悪党を成敗したはずが、江戸はいっこう良くならない」

「むしろ悪くなっているからな」と、皮肉な調子で儀右衛門が返す。

「こんなはずではなかったと、日に日にその思いが強くなっているようです」

むろん、閻魔組だと白状したわけではないし、詳しく語ることもしない。ただ、衣笠が用心棒仕事にかこつけて語るあれこれから察しただけだ。

「それと、どうも三人の見方が、少しずつずれてきたようです」

「たしか、後のふたりは、どちらも江戸者だったな」

衣笠は己を、紀伊の浪人と明かしている。たとえ偽りだとしても、紀伊に近い生まれだろう。衣笠が持つ西の訛《なま》りから、菊松はそう見当していた。同様に、衣笠が用心棒仲間として語ったふたりの来歴についても、まったくの出鱈目《でたらめ》ではなかろう。人の嘘《うそ》には、まことがいくらか混じるものだと、騙りを働く菊松はよく承知していた。

「はい。愚痴に交えて、名も出るようになりました。頭分にあたるのが岡崎、もうひとりは黒田というそうです」

「黒田、か……」

おや、という顔をしたが、儀右衛門は先を促した。

「どちらも衣笠より、ふたつ三つ上です。実は黒田の方が頭向きなのに、岡崎が承知しないとこぼしてもいました。岡崎は旗本の三男で、黒田は御家人の倅《せがれ》だそうです」

黒田は歳《とし》のわりに落ち着いていて、物事に動じることがない。逆に岡崎は激しやすい気質《たち》のようだと、菊松は語った。

「愚痴とは、どういったことだい」

「仕事のことで、ふたりがぶつかることが多くなったと、酒を呑みながらぼやいてました」

もっとも若い衣笠は、双方のあいだに挟まれて困った立場に立たされていたが、喧嘩の種が増えたのは、仕事が減ったためだという。

閻魔組の襲撃は、たしかに日を経るごとに間遠になっている。その理由に、儀右衛門は心当たりがあった。

「おそらくは襲う相手の種が、尽きちまったんだろう」

洲崎の茂助の死を語ると、なるほどと菊松は納得顔になった。

無理やり吐かせた茂助からの情報を、夜叉坊主が伝え、閻魔組が動いた。これに滞りが生じたなら理由はふたつ。茂助が死んだことに加え、夜叉坊主にとっての邪魔な悪党を、すべて始末し終えたとも考えられる。

一方で、悪の種は尽きるどころか、あぐらをかいてのさばっている。いまの江戸は、閻魔組が描いていた理想とはほど遠い。それが三人を、少しずつ蝕《むしば》みはじめているのではないか。儀右衛門の推量に、菊松はこくこくとうなずいた。

「動いているうちは、考えずとも済むからな。動けなくなって、初めて己の所業を見返したんだ」

「その血なまぐささに、あらためてとまどっている……いまの衣笠は、そうかもしれません」

一瞬、細面の貧相な顔に、子を案じる父親のような暗澹《あんたん》たる表情がよぎる。儀右衛門はそれを、責める気にはなれなかった。

「黒田は、どうもおかしいと、雇い主を疑いはじめたようですが、いまさら何をいうのかと岡崎はきき入れようとしない。長々と、そうこぼしていきました」

雇い主が夜叉坊主とすれば、辻褄《つじつま》が合う。坊主姿の代之吉は、酷薄なところなぞ微《み》塵《じん》も見せない。世のため人のためだと若い三人をそそのかし、人斬《き》りをさせながら己は安穏《あんのん》としている。そういう芸当が、平気でできる男だ。

「あいつをこのまま見過ごすつもりはないが……だが、これで閻魔組の不意討ちが終わるなら、その方がいい」

「まったくでさ……あんな若い者に、これ以上、人を殺《あや》めてほしくはありません」

こぼれた本音に、菊松はすまなそうに眉尻《まゆじり》を下げた。

「すいません、つい……かかあがどうも、入れ込んでしまって……」

「おまえさんたちには、辛《つら》い役目を押しつけてしまったな」

「いや、お竹はときどきあるんでさ。どうも情が深くってね」

衣笠の孤独に、夫婦はつけいった。だが、その悲しさを知るにつれ、ちょうど自分たちの息子くらいの侍が哀れに思えてきた。

「まあ、人情のわからぬ奴《やつ》に、この稼業は務まりません。仕方のないことと諦《あきら》めていますがね」

相手を騙しながら、最後まで騙されたとは気づかせない。それがこの夫婦の身上だった。逆に騙す側のふたりは、常人には察せぬほどの深い傷を、自ら負っているのかもしれない。

「悪事ってのは、悪霊《あくりょう》と同じです。長く続けているうちに、私らはその悪霊にとり憑《つ》かれて、やめる術《すべ》を失った。衣笠善二郎は、もっと恐ろしい化物に憑かれているんでしょう」

人斬りには、何より深い魔が口をあけている。菊松は、そんなふうに言った。

「本当に、閻魔組が二度と現れてくれなければ、いいんですがね」

だが、夫婦の祈りは届かなかった。それから五日後、閻魔組は深川に現れた。

八

朝から、風が強かった。

梅雨のこの時期にはそぐわない、生温かいが、びょうびょうと音を立てるほどの強い風が、高い空を舞っていた。

「おい、すぐ近くに閻魔組が出たぞ。永代寺門前町だ」

狸髪結《たぬきかみゆい》にもたらされた報《しら》せに、両親が仰天した。押し込まれた先が、儀右衛門や半造とは顔なじみの古着問屋だったからだ。

「恵比寿屋《えびすや》とは、四十年以上のつきあいだ。まごうことない素《す》っ堅気で、泥水になぞ爪《つめ》の先ほども浸《つ》かってない。なのに、どうして閻魔組の的になるんだ」

「おまえさん、ひとまずようすを見てこようよ。あたしもじっとしていられないよ」

やはり恵比寿屋の女房と親しいお俊やおかるも、めずらしいほどおろおろする。天候が危ういこともあり、ひとまず店を閉めることにして、四人は長屋を出ていった。

空はだんだんと暗さを増していき、昼を待たずにとうとう雨が降り出した。まるで秋の嵐《あらし》のようで、ひどく心細い思いを抱えながら、お縫はひとり居間に座っていた。

両親は、傘を持っていっただろうか――。

つくねんと考えていると、ふいに玄関の障子戸が大きく鳴った。びくんととび上がり、あわてて玄関へと急ぐ。戸をあけると、店子のひとりが馴染みの姿で立っていた。

「加助さん！」

「すまねえ、お縫ちゃん、きれいな晒《さら》しと焼酎《しょうちゅう》を分けてもらえねえか」

加助は、男をひとり負っていた。気を失っているのか、ぐったりと加助の肩に顔を埋めている。

「しょうがないわねえ、また拾ってきちまったの？」

行き倒れを己の家に運び込むのは、加助にとっては茶飯事だ。苦笑すると、お縫の声がきこえたのか、背にいた男が身じろぎし、物憂《ものう》げに顔を上げた。

「白坂、さま……」

大きな舌で背中を舐《な》められたように、耳の先までがざわりとした。ちぎれそうになるほどに、両手でぎゅっとひねられ、絞られたみたいに胸が痛くなる。我を忘れて、叫んでいた。

「白坂さま！　長門さま！　しっかり……しっかりなすってください」

だが、白坂のまぶたはすぐに閉じ、また加助の肩に額をあずける。

「そうか……どこかで見たように思ったが」

たまに見かける定廻だと、加助は初めて気づいたようだ。だが人助けにかけては、
加助はすでに玄人の域に達している。

「とにかく布団に寝かせるから、お縫ちゃんは晒しと焼酎を頼む」

言い置いて、すぐさま長屋の奥にある、己の家に怪我《けが》人をはこび込む。

お縫は動顚《どうてん》しながら家中を走りまわり、ようやく見つけた晒しを一反丸ごとと、焼酎の徳利《とつくり》を両腕に抱えたが、後で帰ってきた母親は、上から下まで抽斗《ひきだし》があけっ放しの箪笥《たんす》を見て、泥棒にでも入られたのかと仰天した。

駆けつけてみると、加助はすでに白坂の着替えを済ませていた。血と泥にまみれてぐっしょりと濡《ぬ》れた着物が脇に丸まって、代わりに加助の単衣《ひとえ》が着せられている。

ふたりがかりで布団に横たえたが、あらためて見ると、ひどく顔色が悪い。仰向《あおむ》けになって目を閉じた姿は、まるで死人のようだ。

「熱があるようなのに、手がこんなに冷たい……このままいけなくなったりしたら、どうしよう」

「肩の傷は、思ったよりも浅手だ。きっと心配はいらねえよ」

間に合わせで縛っていたらしい手拭をほどいて、加助が肩の傷の具合をたしかめた。

焼酎を吹きかけると、痛みを感じたのか白坂は呻《うめ》いたが、目は覚まさなかった。

晒しを巻く手つきも慣れたもので、焼酎で消毒するやり方も、なじみの町医者から習ったものだった。

「もしかして刀傷かしら……加助さんは、どこで白坂さまを？」

「油堀に架かる、千鳥橋の下に倒れてたんだ。半分、水に浸かっていて、岸に這《は》い上がったような格好だった。堀を流されてきたようにも見えた」

出血に加え、長く水に浸かっていたために、からだが冷えて動けなかったのかもしれない。

「御用の筋で、斬り合いにでもなったのかしら」

「かもしれねえな。刀傷ならやっぱり、宋縁《そうえん》先生に見てもらった方がいいか」

町医者を連れてくると言い、お縫はうなずいて加助を送り出した。

布団の横に膝をそろえ、顔を覗《のぞ》き込む。

とっくりとながめられるのが、ひどく不思議だった。

あの、不躾《ぶしつけ》なまでの強い眼差《まなざ》しがないからだ。思えばあれは、この男の鎧《よろい》だったのかもしれない。鎧をとり去った姿は、まるで裸に剝《む》かれた因幡《いなば》の白兎《しろうさぎ》のように痛々しくさえ見えた。

額にそっと手を当てると、傷のためか、少し熱があるようだ。冷たい手拭を乗せると、低い呻き声がして、乾いた唇がかすかに動いた。

「父上……おれが必ず……父上の無念を……」

「白坂さま？」

「江戸の悪党を、ひとり残らず斬り伏せて……」

はっと息を詰めたとき、白坂のまぶたが動いた。

「白坂さま、気がつかれましたか？」

声をかけたが、開いた目はぼんやりとして焦点を結んでいない。頭でも打ったのだろうかと、そんな心配をしはじめたとき、ようやく視線が定まった。

「おまえか……よく会うな……」

声には力がないが、白坂らしい言いようで、安堵《あんど》とともに微笑がこぼれた。

「こんなところでお会いするなんて、夢にも思いませんでした」と冗談めかす。

「夢……そうか、いまのは夢か……」と呟《つぶや》いて、少し残念そうな顔をした。

うわごとは物騒だったが、悪夢というわけではなかったようだ。白坂は、煙のように消えていく幻を追い求めるように、ぼんやりとした視線を宙にあてた。

「いい夢、だったのですか？」

「そうだな……遠江《とおとうみ》の田舎に、露草が群れるように咲く原があってな、そこにいた」

ききながら、青い二枚の花弁がついた可憐《かれん》な花を思い浮かべた。いま時分から、夏にかけて咲く花だった。

「母が好きな場所で、朝になると、おれたち兄妹《きょうだい》を連れてよく出かけた。名のとおり露草は、朝露を浴びると咲きはじめ、昼を過ぎるとしぼんでくる」

「さぞきれいな、ながめでしょうね」

「ああ……ただ、おれは花なぞには興が向かず、魚や泥鰌《どじょう》を探して、近くの川ばかり覗いていたが……そこに何故《なぜ》か、死んだ実の父と、祐史郎もいた」

白坂家の、嫡男《ちゃくなん》の名だ。橋五郎からきいたというのもはばかられ、お縫が黙っていると、ぽつりぽつりと長門は語り出した。

「八つまでは八丁堀にいて、祐史郎とは毎日のように一緒だった。大人になったら同心になって、江戸中の悪い奴らをやっつけるんだと豪語して……夢の中でも、七つ八つくらいの姿で、同じことを言っていた」

さっきのうわごとは、恐ろしい相談ではなく、男の子らしい決意を口にしたものだったかと、お縫は内心で息をついた。

「夢とはやはり、おかしなものだな。父を目の前にして、仇《かたき》を討つと力んでいた」

「仇、とは……？」

つい、お縫がたずねると、まだ夢の中にいるようだった白坂が我に返った。

「いや……他愛のないことを、口にし過ぎたようだ」

自戒するように唇を引き結び、半身を起こす。傷が痛んだのだろう、顔をしかめて呻いた。

「まだ、無理です。熱もあるようですし、何より傷の手当てをしないと……いまお医者さまが来ますから」

「医者、だと？」

「長屋の者が呼びに行って、おっつけ戻ってきますから」

加助が助けた経緯《いきさつ》を語ると、ひどく険しい顔をした。

「医者はいらぬ。それと……このことは他言するな。奉行所にも、橋五郎にも言うな。この長屋の内で収めてくれ」

何か、とんでもなく恐ろしいことを頼まれているようで、すぐにはうなずけない。とまどいに気づいてか、白坂は目に力をこめた。

「断ることはできないはずだ。この長屋にも、後ろ暗いところがあるのだろう？」

お縫は茫然と、白坂を見つめた。氷を呑《の》み込んでしまったように、声が凍りついてひと言も返せない。

「善人を名乗る者ほど、胡散《うさん》くさい。この長屋は、おれにはやはりそう見える。忙しさにかまけて、これまで放っておいたが、つつけば何か出てくるのではないかと、そう思いはじめていた」

「……今日のことは、誰にも言いません。おとっつぁんにも、おっかさんにも……頼めば加助さんも、承知してくれるでしょう。あたしと加助さんの、胸の中に納めます」

これでは相手の疑いを認めているようなものだが、お縫は打ちのめされて、そうこたえるしかできなかった。胸に広がっていくのは、いっぱいの悲しみだった。

察したのか、白坂の目に後悔がよぎった。ばつが悪そうに、お縫から顔を背ける。

「世話をかけて、すまなかった。この着物は、借りていく」

やがて加助が医者を連れてくるまで、お縫は身動きひとつできなかった。

＊

「酷い話だよ……六人も斬り殺されるなんて」

お俊は、疲れきったようすで居間に座り込んだ。

両親が永代寺門前町から戻ったのは、昼を半刻《はんとき》ほどまわった頃だった。

「あの恵比寿屋さんが、何の悪事に関わっているものかね。どうしてこんなことになったのか、まるで合点が行きやしない」

悔しそうに告げたのは、おかるだった。亭主の半造は、未《いま》だに門前町で噂《うわさ》集めに精を出していたが、おかるは一緒に戻っていて、勧められるまま千鳥屋の座敷に上がり込んだ。

だが、誰より気落ちしているのは儀右衛門だった。

「閻魔《えんま》組のひとりを見つけておいて、何もできなかったとは」

襲撃については、二日前につかんでいた。イナゴ顔の手下が、衣笠の長屋に現れたからだ。

見張っていた安太郎と唐吉は後をつけたが、伝吉《でんきち》と名乗ったイナゴに似た男は、後をつけられていることを承知してでもいるように、混雑きわまりない上野寛永寺門前で横道にはいり、忽然《こつぜん》と姿を消した。尾行が知られてしまったかと、ふたりはひどく恐縮しながら報告にきたが、儀右衛門は別の推測を口にした。

「そいつが用心したのは、安さんや唐さんじゃなく衣笠の方だったんじゃないか。夜《や》叉坊主《しやぼうず》の真の企みが閻魔組に知れれば、たちまちばっさり殺《や》られてしまう。もしものときの用心に、己の居所は隠しておくはずだ」

あとは衣笠を追うしかない。目を離さずにいれば、自《おの》ずと閻魔組が集まる隠れ家に辿《たど》りつける。儀右衛門はそこに賭《か》け、見張りを三人に増やしたが、昨夜遅く、血相を変えた唐吉が舞い戻ってきた。

「すいやせん、旦那《だんな》、見失ってしまいやした。あの野郎、大川にまっつぐ向かって、吾妻橋《あづまばし》の下から舟に乗りやがった」

舟が待っていたのは船着場ではなかったために、追うための舟も見つからず、どうすることもできなかったと唐吉はうなだれた。

「菊松つぁんらに頼んで、無理にでも衣笠を引き止めていれば防げたかもしれない」

己の手落ちだと、恵比寿屋から戻った儀右衛門は、ひたすらに悔んだ。

「下手な真似《まね》をすれば、あの夫婦を危うくする。おまえさんのやりようは、間違っちゃいないよ」と、お俊がなぐさめた。

「そうですよ、旦那。それに、幼い子供らは命拾いをした。それだけは不幸中の幸いですよ」

おかるが言って、女ふたりがうなずき合う。

古着問屋の恵比寿屋は、千鳥屋や狸髪結とは昵懇《じっこん》の主人夫婦と、住み込みの使用人が四人いた。六人はすべて斬り殺されたが、昨夜はたまたま親戚《しんせき》筋にあたる兄弟が泊りに来ていた。主人夫婦には子供がなく、孫に近い歳の弟を養子にとることが決まっていた。月に一度ほどは、兄弟そろって遊びに来るのが常だったという。

「おかみさんが、咄嗟《とっさ》に押入の行李《こうり》に、ふたりを入れたっていうじゃないか」

日頃から、機転が利いて腹も据わっていた女房だったと、お俊はことさらその死を悼《いた》んだ。

「そういや、おかるさんは、あの子らと話をしていたようだが」と儀右衛門が首をまわす。

「うちの人の指図でね、子供なら女相手の方が良いからと」

「そりゃ、半さんやおれよりも、よほど話しやすいだろうからな」

子供とはいえ、大事な生き証人だ。半造が見逃すはずもない。

兄は六つ、弟が五つの兄弟は、行李の中から無事に助け出されたが、役人やら土地の岡ッ引やらが何をきいても、抱き合ったまま震えているばかりだった。おかるは近所の女たちに交じって、甘酒を与えたり足をさすってやったりしながら、少しずつ話を引き出したのである。

「それでね、旦那、辛抱強くたずねてみたら、びっくりすることを言い出したんです」

おかるが勿体《もったい》ぶった前置きをするなど、めずらしい。夫婦が思わず身を乗り出す。

「どうやら閻魔組は、喧嘩《けんか》の揚句に仲間同士で斬り合いをしたって」

「本当かい、おかるさん」儀右衛門が、目を見張る。

「なにせ子供の言うことだし、尋常じゃない目に遭っていた最中ですからね。あたしも念を入れて確かめてみたんですが、兄弟ふたりともに間違いないと請け合いました」

子供たちが隠れていた座敷には、主人夫婦の無残な死体が残されていた。だが、手にかける前に、殺す殺さないで閻魔組はしばし揉《も》めていたという。結局はひとりが強引に押し切った形で主人夫婦は殺されてしまったが、止めようとした別の仲間も怪我を負ったようだと、子供たちは怯えながら語った。

押入の襖《ふすま》と行李で、二重に塞《ふさ》がれていたから、詳しくはつかめなかったが、ひと言だけ、子供たちの耳にもはっきりと届いた声があった。

「『大丈夫ですか、黒田さん』と、閻魔組のひとりがそう叫んでいたそうです」

「つまり黒田が、怪我を負ったということか」

声を発したのはおそらく衣笠で、斬ったのは岡崎だろう。菊松の情報から、儀右衛門はそう推量した。

隣座敷にいたお縫は、膝《ひざ》の上で両手を握りしめた。

加助が白坂を見つけたという油堀は、永代寺の裏手に続いていた。


子供たちが見聞きした一件は、菊松によって裏打ちされた。あの日以来、あきらかに衣笠のようすが様変わりしたという。

「用心棒仕事にかこつけて、何かと愚痴をこぼしていたのが、私らにも何も言わなくなりました。ただただ酒に逃げているようです」

昼間から深酒をするようになったと、菊松は声を落とした。

そして同じ夜、菊松と入れ替わりにやってきた巳助は、白坂長門について報告した。

「旦那の見当は、当たっているかもしれません」

「最初に気づいたのは、文さんなんだが」と、儀右衛門が律儀《りちぎ》に断りを入れる。

「白坂長門は、恵比寿屋が襲われた晩、宿直《とのい》でもないのに組屋敷には戻りませんでした。帰ってきたのは、翌日の昼過ぎです」

「怪我をしたようすはないか？」

「そういう話はきいておりません。夜明かししたその日は非番で、翌日からは奉行所に出ています……ただ、雨に打たれて風邪をひいたと、二、三日は加減が悪かったようですが」

ふうむと儀右衛門はうなった。

最初は文吉の当てずっぽうだと思えていたが、菊松の口を通して語られる黒田という男の像は、日を追うごとに、だんだんと白坂という同心に重なっていった。最近は見かけなくなったが、いっとき白坂はしばしば深川に足を向け、儀右衛門のところにも顔を出した。そのころは閻魔組と結びつくものは欠片《かけら》も見い出せなかったが、菊松から黒田という名をきいたとき、初めてひっかかりが生じた。白と黒、まるで表と裏をひっくり返したようなその名が、どうにも心に掛かってならなかった。

疑念をさらに深めるように、白坂がたびたび夜に出かけることを、巳助はつけ加えた。供を連れるのをことさら嫌い、もともとひとり歩きが多いから、子飼いの岡ッ引、橋五郎ですら行く先を知らない。

「それともうひとつ……あの旦那には、悪党を憎むだけの理由《わけ》がありました。あのお方の実の父上は、盗人《ぬすつと》の逆恨みを買って殺されたんでさ」

儀右衛門の両眼が、はっと見開かれた。

十五年前、ある盗人一味が捕縛された。熱心に調べにあたり、捕物でもひときわ活躍したのは、定廻《じょうまわり》であった長門の父親だった。一味は粗方捕まったが、ふたりの手下だけは捕方をふり切って逃げ果《おお》せた。そのふたりが仲間を集め、長門の父親を夜道で襲ったのである。

「よほど怨《うら》みが深かったんでしょう。からだ中が穴だらけで、まるで朽ちた案山子《かかし》のような、見るも無残な骸《むくろ》だったそうです。あの旦那は、その仏を見ているんでさ」

「なる、ほど……」

儀右衛門が、ことばを失った。

「たった八歳の子供が、泣くでも喚《わめ》くでもなく、ただ父親の仏を見下ろしていた姿が、ひどく恐ろしく見えたと……隠居した同心のひとりが覚えてました、下手人はまもなく捕まったそうですが」

ただ、父親が斬られたことは、表沙汰《おもてざた》にはならなかった。逆恨みで賊にやられるなど、町方同心としては不名誉極まりない。半ば追い立てられるようにして、長門の一家は八丁堀を出ていった。

「悪党を、いくら憎んでも憎み足りないか……」

憂《うれ》いのこもった、長いため息が座敷に流れた。

「長門の旦那が閻魔組だという証《あか》しはありません……ただ、もし本当なら、あっしにもわかるような気がします」

「何がだい？」

「役人のていたらくには、事あるごとにがっかりさせられます。侍が武士《もののふ》だったのは、二百年も前ですからね」

上役の顔色を窺《うかが》いながら、与えられた役目を無難にこなす。いまやそれだけが、士分の関心事だった。若いうちは理想にあふれていても、長年ぬるま湯に浸かっていれば、怠惰だけがからだにしみつく。町方は多忙な役柄だが、それ故《ゆえ》に賂《まいない》も多く、より腐った臭《にお》いを放つ。殺された与力と同心は、その最たる者だ。

「八丁堀の水に馴染《なじ》んでいない分、あの旦那には、ことさら強く臭うんでしょう。我慢できず口を出しては、よく揉めているときききます」

「決して己の怨みだけではないと、そういうことだな」

「御上に任せていても、江戸に悪事の種は尽きない。見切りをつけたと、そうも思えます……かと言って、閻魔組に肩入れする気はありませんが」

「そういう分別が、おまえさんの良いところだ」

私情を押さえ、両者を公平に見ようとする。間者としては長所となる資質だ。巳助の性分を、儀右衛門は高く買っていた。恐れ入ります、と巳助は小さく頭を下げた。

「それにしても、町方が使えないとなると……困ったな」

儀右衛門の表情に、困惑の色が濃く浮いた。探索には威力を発揮するが、賊と真っ向勝負ができるような腕はない。人斬りをもっぱらとする閻魔組ならなおさら、役人に任せるのが、もっとも間違いのない方法だ。閻魔組の根城を見つけて、奉行所にたれ込む。儀右衛門はそのつもりでいた。だが、南の定廻が一味のひとりとなれば、まずい一手となる。

「いや、弱音を吐いてもはじまらんな」

何か別の段取りを考えてみると、儀右衛門は巳助を帰した。

お俊が酒肴《しゆこう》を片付けて、茶を出した。考えにふけりはじめた亭主は見向きもしないが、いつものことだ。

「こっちもそろそろ、本腰を入れないといけないね」

台所に戻ると、お俊は小窓から覗く月を仰いでひとり言《ご》ちた。

いつもの母とはようすが違う。居間に呼ばれたときから、お縫はそう感じていた。

巳助が訪ねてきた翌日、午後になって亭主と店番を代わると、お俊は娘を呼んだ。

「お縫、ここにお座り」

自分の正面を示す。

梅雨もそろそろ終《しま》いだが、今日も朝から鬱陶《うっとう》しく小糠《こぬか》雨が降っていた。緑だけは勢いよく、座敷から見える庭いっぱいに葉を広げていた。

いつも唇にただよっている微笑が、お俊の唇から消えている。お縫に説教するときの、母親の顔だった。

「昼前は、どこに行ってたんだい？」

「どこって……門前町に下駄《げた》を見に……そう言ったはずよ」

昨日は？　一昨日は？　と、お俊の問いは際限なく続く。四つ目でとうとう癇癪《かんしゃく》を起こした。

「もう、いい加減にしてよ！　小さい子供じゃないんだから、どこへ行こうとあたしの勝手だわ！」

「たしかにそのとおりだ。どこの馬の骨を追いかけようと、好きにするがいいさ。たとえ痛い目を見ても、おまえひとりが泣けばすむ話だからね」

「いったい……何の話よ」

とぼけながら、内心の動揺を必死にこらえた。

「だけど、あの男は駄目だ」

まどろっこしいことを嫌う、母親らしいすっぱりとした口調だった。言い訳もごまかしもきかないと、その目を見てお縫は悟った。

「今日も昨日もその前も、ここ何日か、おまえは同じところへ出かけている。数寄屋《すきや》橋《ばし》御門内だ」

「おっかさん、あたしの後をつけていたの？」

お縫の責め調子をものともせず、お俊は続けた。

「三日前は、八丁堀にも足を向けた。櫓《やぐら》に近い、同心の屋敷だ」

加助が白坂長門を長屋に運びこんだ、その翌日のことだった。怪我の具合が案じられてならず、どうしても足が向いた。むろん、門内に声をかける勇気などなくて、白坂家の組屋敷前を何度か素通りしただけだ。次の日からは数寄屋橋御門内の南町奉行所のあたりをうろついてもみたが、やはり白坂の姿は認められず、昨日になってようやく、奉行所近くで出会った橋五郎から、ようすを窺い知ることができた。

「風邪をひいたらしくてな、ここ何日か加減が悪そうだったが、お役目には出ていたよ。風邪の方も峠は越したようだ」

怪我のことを隠そうと、無理を通したのだろう。胸が痛くなったが、それでも安堵が先に立った。白坂長門とは、あれから一度も顔を合わせていない。会ったところで、挨拶《あいさつ》すら交わせそうにない。

——この長屋にも、後ろ暗いところがあるのだろう？

その声が、耳から離れない。怖くてならないのに、足は別の意思をもっているように数寄屋橋御門へと向く。己では御しきれない焦りに似た思いに、お縫自身がとまどっていた。

「あの男は、おとっつぁんらが見当をつけて探っている相手だ。おまえがよけいな真似をすれば、皆の苦労の一切が無駄になりかねない」

娘への心配を、お俊はあえて口にしない。若い娘の色恋に、理屈は通らないと、よく承知しているからだ。一方で、亭主にもやはり何も言わなかった。儀右衛門は思慮深い男だが、娘の父親というものは何かと面倒だ。知れば探索に、狂いが生じるかもしれない。

お俊は一切をふまえて、うかつな真似だけはするなと釘《くぎ》をさした。

「あの人が閻魔組だなんて、そんな証しはどこにもないわ」

「だから皆で探っているんじゃないか。おまえだって、知っているはずだ。唐さんや文さんは、斬られるかもしれない相手に難癖をつけた。菊松さんやお竹さんは、切ない思いをしながら、懐《ふところ》に入っていこうとしている。それを無駄にしちまったら、おまえひとりが謝ってすむ話じゃないんだよ！」

「……わかって、いるわ」

「いいや、おまえは何もわかっちゃいない。すべてを差配《さはい》しているのは、おとっつぁんだ。千鳥屋儀右衛門なんだ。お縫、おまえはどこの誰だい？」

「……千鳥屋の、娘です」

「そういうことだよ、お縫。わがままを通せない、通しちゃならないんだ。今後一切、あの同心とは関わっちゃならない。わかったね」

お縫がいまさらながらに承知したのは、己の気持ちだった。ここしばらく駆られていた焦りの正体が、初めてくっきりと形をなした。

「おっかさん、あたし……長門さまが好き……」

「知ってたよ、前からね」

いつも見せる煙るような微笑が、母の口許《くちもと》にゆっくりと浮かび上がった。

「お縫が気づくより、もっと前だよ」

「……どうして、わかったの？」

「そりゃ、母親だもの」

堪《こら》えていたものが、雫《しずく》となって目からこぼれた。

「どうしよう、おっかさん……好いた人が閻魔組だなんて、どうしよう」

「お縫……」

母親の声に、庭の物音が重なった。何かが落ちる音だった。

縁の先に、呆然《ぼうぜん》と突っ立っている馴染んだ姿があった。

「文さん……」

文吉の足許には、菓子屋の包みが落ちていた。お縫の好物の、餅《もち》菓子だった。

「……何でだよ」

「文さん、いまの話……」

「何で、あいつなんだよ……お縫坊が好きなのは、兄貴だったんじゃねえのかよ！」

文吉の言うとおりだ。唐吉を前にすると、春の陽射《ひざ》しのように暖かく、ほわほわとした気持ちになれた。だが、その思いは恋とは少し違うものだ。いまになって、お縫は知った。

目にするだけで胸が苦しくなるような、焦りに似た切なさは、唐吉には覚えなかったたぐいのものだ。口ではうまく説明できない。ただ文吉を、見詰めることしかできなかった。

それでも文吉には、お縫の気持ちが通じたようだ。

「おれは、認めねえ……あんな奴に岡惚《おかぼ》れするなんて、どうしたって許せねえ」

「文さん……」

「あいつの正体暴《あば》いて、きっちりと始末をつけてやる！」

言うなり、文吉は背を向けた。小柄な姿が霧雨に消え、狭い庭が妙にがらんとして見える。長年あたためてきた大事なものを失《な》くしたようで、ただ悲しくてならなかった。

お縫の目から、さっきとは違う涙がぽろぽろとこぼれる。

母親の手が伸びて、お縫の頭を抱き寄せた。

同じ日の、晩だった。そろそろ布団《ふとん》に入ろうかという刻限に、裏長屋からひときわ大きな怒鳴り声がした。煙管を手にした儀右衛門が、おや、と耳をすます。

「あれは……唐さんじゃないか？」

「そう、みたいだね」と、お俊も顔を上げた。

話の中身まではわからぬが、相当に怒っているようだ。唐吉がそんな怒り方をするなぞ、滅多にないことだ。たちまち不安にかられて腰が浮いた。

「あたし、見てくる」

兄弟の住まう裏長屋へと駆け、入口障子をあける。

狭い座敷に唐吉が仁王立ちになり、その足許に、崩れるように女が倒れている。行灯《あんどん》のほの暗い灯りの中でも、はっとするほどの美貌《びぼう》が見てとれた。

「文さん、その格好……」

文吉が化けた、おもんだった。おもんを餌《えさ》に男をたぶらかし、銭を強請《ゆす》る。美人局《つつもたせ》が、兄弟の裏の生業《なりわい》だった。

唐吉は、お縫にも気づかないほどいきり立っているようだ。おもんの襟首を乱暴につかみあげた。

「勝手な真似をしやがって……こっちの目論見《もくろみ》がばれたら、何もかも水の泡なんだぞ！」

「野郎が閻魔組だってのは、わかってんだ！　いつまでも手をこまねいていられるかよ！」

すっと、お縫の背筋が冷たくなった。文吉が何をしたのか、わかったからだ。

「それで向こうに、こっちの正体を見破られたってのか」

「おれだとは、わかっちゃいねえよ！　ただ……」

いいかけた文吉の口を、素《す》っ頓狂《とんきよう》な叫び声がさえぎった。

「ああっ、文さん、また悪戯《いたずら》をしに行ったのか！」

駆けつけてきたのは、加助だった。早寝が身上だから、すでに寝入っている刻限だが、騒ぎをききつけて起き出してきたのだろう。

よけいな邪魔が入ったと言わんばかりに、唐吉があからさまに舌打ちしたが、おかげで頭が冷えたようだ。着物の襟から手を放し、代わりに加助が、女姿の文吉の前に陣取った。

「二度と悪さはしちゃいけねえと、あれほど言っておいただろうが！」

「悪さなんざ、してねえよ」

文吉は、ぷいと横を向く。金を強請っていないと、そのつもりで言ったのだろうが、もちろん加助は気づいていない。美人局なぞ、夢にも思わない。女に化けて男をからかう、そういうたちの悪い遊びだと、善良なこの男は頭から信じている。

「やっぱり灸《きゆう》を据えねえと、いけねえようだな。その着物も紅白粉《おしろい》も、おれが預かる」

「勘弁してくれよ、おっさん」

「いいや、駄目だ。ほら、さっさと脱がねえか」

加助が、帯をほどきにかかる。

「うわ、やめろよ、おっさん」

「そうよ、加助さん、やり過ぎよ」

「傍《はた》から見ると、若い女を手籠《てごめ》にしているみてえだぞ」

すっかり毒気を抜かれた唐吉も、ただ呆《あき》れている。四人の喧騒に、穏やかな声が割って入った。

「加助さん、そのくらいにしてはどうだ。後はおれが引き受けるよ」

「おとっつぁん」

お縫の背中に、いつのまにか儀右衛門が立っていた。

「店子《たなこ》のごたごたを裁くのは、おれの役目だからな」

「差配さんから言ってもらえるなら、何よりだ」

あっさりと加助が手を放し、やれ助かったと文吉が息をつく。

「いいかい、文さん、よおくお説教してもらうんだよ」

くどくどと文吉に言いおいて、ようやく加助は帰っていった。

「さて、文さん、うちであらためて話をきこう。その女装束を解いてからな」

へい、と文吉は、おとなしく頭を下げた。

「おもんの格好で、白坂長門に近づいたというのか」

最初に唐吉からあらましをきいて、儀右衛門もさすがに驚いた顔をする。

「また何だって、そんな真似を」

はらはらと見守るお縫に、ちらと文吉が視線を走らせた。

「早えとこ連中をどうにかしてえと……急ぎ過ぎた、おれの手落ちです」

昼間の悶着《もんちゃく》などおくびにも出さず、すいやせん、と殊勝に詫《わ》びる。

ともかく詳しく話してくれと、儀右衛門が促した。

「夕七つを狙《ねら》って、数寄屋橋御門の辺りで待ち伏せしたんでさ」

役人の仕事終わりは、日暮れの一刻前、夕七つと相場が決まっている。ただ、外歩きがもっぱらの定廻はその限りではなく、お縫もその刻限に南町奉行所に行ってもみたが、白坂長門は現れなかった。

今日も同じで、白坂が定廻から戻ってきたのは、日が落ちた後だった。いったん奉行所の門をくぐり、報告などを済ませたのだろう、四半刻ばかり後、白坂はまた門を出てきた。いつものとおり供はなく、ひとりきりだった。

「帰り道に、相談事にかこつけて、声をかけるつもりでいやしたが」

おもんの誘いを断る男なぞ、まずいない。料理屋の座敷にでも引っ張り込んで、酒を呑ませて話を引き出す腹だった。

「だがあいつは、八丁堀には向かわなかった。だから、しばらく後をつけてみたんでさ」

数寄屋橋御門を出たときから、妙に思えたと文吉は言った。八丁堀に帰るなら、北隣にある鍛冶橋《かじばし》御門の方が近い。しかし数寄屋橋御門を出た白坂は、南へ向かい新橋を渡った。

「やがて増上寺の寺町に来て、いく度か寺の塀を曲がったところで、奴の姿が消えた。あわてて探したら、逆の塀の陰から出てきやがった」

「追っていたのを、向こうも承知していたということか」

「このバカ野郎が！」

唐吉が、間髪いれず弟の頭を張る。いて、と声をあげながらも、己の不手際《ふてぎわ》を恥じているのだろう、文吉は面目なさげに下唇を突き出した。

それでも文吉は、そのときはすかさず、用意しておいた方便を使った。

「すみません、定廻の旦那に相談事があって」

女相手なら男は油断する。見破られまいとの自信もあった。

寺町に入るまでは、途切れることなく町屋が続く。日が落ちても人の行き来はあって、寺の門前町は日暮れてからの方が活気づく。そこを過ぎたところで、ぱたりと人通りが途絶えたから、気づかれたとしたらその辺りだろうとの見当もあった。

「いく度かお見かけしたことがあって、信用できる方だと伺いました。さきほど門前町でお姿を見つけて、声をかけてみようかと……」

おもんの言い分を、ひとまずは信じたように見えたと、文吉は語った。だが、近くに静かな料理屋があると誘っても、白坂は応じようとはせず、八丁堀の組屋敷で話をきくという。屋敷の内では、いざというとき逃げ場がない。

融通の利《き》かなさに内心で呆れながら、文吉はとっておきの手管を使うことにした。よろめいたふりで、白坂の腕にすがったのだ。

「申し訳ありません、はしたない真似を」

間近でこちらを仰ぐ、美しい顔にたいがいの男はやにさがる。いかにも楚々《そそ》とした風情《ふぜい》で、すぐに腕を離すのが勘所だ。だが今回に限って、裏目に出た。

白坂は、離れようとした手をぐいとつかんだ。

「おまえ、女ではないな」

つかんだ手首をぎりぎりと締め上げる。痛みに文吉は悲鳴をあげた。

正体が知れれば一大事だ。わけを話すから勘弁してくれと、文吉は大げさに泣き事をならべた。手首にかかった力が一瞬ゆるみ、文吉はその瞬間を見逃さなかった。相手の顎《あご》を狙って、あいていた右腕をふり上げた。白坂はすばやくよけたが、つかまれていた手首は自由になった。文吉は後ろも見ずに、脱兎《だっと》のごとくその場を逃げ去った。

「よく、捕まらなかったな」儀右衛門が思わず、太いため息をつく。

「足の早さなら、誰にも負けねえ」

得意そうに言った文吉の頭に、ふたたび唐吉の拳固《げんこ》が落ちる。

白坂も追ってはきたが、文吉は昔あのあたりの色街にいたから、道に明るいことも幸いした。うまく相手をまいて、逃げ果せた。

黙ってきいていたお縫も、ほっと胸を撫《な》でおろす。

「増上寺の寺町に、何の用があったんだろうな」

ぽつりと儀右衛門がもらすと、それまでしょげていた文吉が、にわかに勢い込んだ。

「おれも戻る道々、同じことを考えやした。ひょっとして閻魔組の隠れ家は、あの辺にあるんじゃねえかって」

「衣笠のいる下谷から、離れ過ぎてやしねえか」

唐吉が意見して、確かにな、と儀右衛門も相槌《あいづち》を打つ。

「だが、何より寺というのが、どうも引っかかる」

古川は、増上寺の寺町の横を流れている」

「それに、洲崎の茂助の仏が上がったのは、古川の河口から近い汐浜だ。古川は、増上寺の寺町の横を流れている」

「そういや、そうでしたね。隠れ家がその辺りにあるなら、衣笠が大川から舟を使ったのもうなずける」

「おれの見当じゃ、閻魔組の隠れ家と、夜叉坊主の塒《ねぐら》は別なんだが、そのどちらかは増上寺の界隈《かいわい》にあるのかもしれない」

儀右衛門は慎重に己の考えを述べたが、文吉は大きく身を乗り出した。

「旦那、増上寺の寺町を、当たらせてもらえねえか。どっちにせよ、夜叉坊主や手下は出入りしているに違いねえ」

それもそうだな、と儀右衛門は同意した。閻魔組を操るには、僧侶《そうりよ》然とした夜叉坊主の存在は欠かせない。たとえ潜み先が別だとしても、折々に三人を励まし鼓舞するために、姿を見せると思われた。

「旦那、後生《ごしよう》です。おれにやらせてください。きっと連中を、見つけ出してみせやす」

「だが、文さんは、夜叉坊主の一味と顔を合わせているだろう」

「三下とは、往来でちょいと揉めただけ、親玉に見せたのも女の姿だけでさ」

多少の変装はしていくし、十分に用心すると、文吉は熱心に言った。

ふうむ、と儀右衛門はしばし顎を撫でながら文吉をながめていたが、許しを与えることにした。夜叉坊主に辿り着く、大きな一手になるかもしれず、何よりこのようすでは、止めても無駄だと察したからだ。

「旦那、あっしも一緒に……」

「いや、唐さんには別に、頼みたいことがある。文さんのつきそいは、新の旦那に頼もう。武家が一緒なら、邪険にされることもあるまい。正面から行って、夜叉坊主を訪ね歩くんだ」

儀右衛門は、寺を訪ねるための方便を文吉に与え、ひとつだけ条件をつけた。

「増上寺の寺町をまわるのは、朝五つから真昼までのふた刻だけにしなさい」

「そいつは、どうして」

「白坂長門は、昼までは指南役の同心と一緒で、勝手はできない。巳助さんからそうきいた」

自分とおもんを、結びつける者など誰もいないと文吉は言い張ったが、あの界隈でふたたび白坂と文吉が出会うのは、やはり危うい。同様に、白坂が非番の日も避けるよう言いつけた。増上寺の周囲には、百に近い数の寺があるから数日はかかる。

文吉にはまどろっこしいやり方なのだろうが、それでも約束は守るとうなずいた。

「で、旦那、あっしには何を？」

「ああ、唐さんにはな、安さんと一緒に別の男を探ってもらいたい。衣笠の方は、菊松つぁんらに預けても大丈夫だろう」

「別の男というのは、どこのどいつで」

「岡崎という侍だ」

あ、と唐吉が、声をあげた。

「閻魔組の最後の一匹を、見つけたんですかい？」

「まだ、わからないがな。足掛かりは菊松さんがくれて、見つけたのは椋六さんだ」

岡崎は博奕《ばくち》が好きで、築地《つきじ》や鉄砲洲《てつぽうず》辺りによく出入りしている。衣笠がもらした話を伝えると、椋六はその辺りの賭場《とば》をしらみつぶしに当たり、岡崎と名乗る侍を見つけた。

いくつかの賭場に出入りしているようだが、鉄砲洲にある、さる大名下屋敷の中間《ちゆうげん》部屋にはよく現れる。羽振りが良く、賭場にとっては上客だが、手許不如意《ふによい》の折に胴元に金を借りたことがあり、そのときに岡崎と名乗ったという。

「賭場を張り込んで、奴《やつ》の正体を確かめればいいんですね」

「ああ、ひとつ頼むよ」

相談がすんで、兄弟は暇《いとま》を告げた。お縫はふたりを、玄関まで見送った。

文吉は、お縫のことは、儀右衛門の前で語らなかった。ひと言、礼が言いたかったが、文吉はその隙《すき》を与えてくれない。

「あの、文さん……」

「おやすみ、お縫坊」

文吉は、一度も目を合わせなかった。

お針の稽古《けいこ》の帰り道、ふいに声をかけられた。

「白坂さま……」

驚くより先に、嬉《うれ》しさが込み上げる。

「長屋を訪ねるのははばかられてな、ここで待っていた」

「あたしのお稽古先を、知ってたんですか」

「これでも定廻だからな、たいていのことはきき出せる」

にこりともしないのは相変わらずだが、どこか険呑《けんのん》なものを感じる。何か厄介な用向きだと、お縫はすぐに察したが、待っていたと告げられたのは、やはり嬉しかった。

ちらりと周囲を窺って、十二くらいの子供の姿を探す。母の隠密《おんみつ》役をしていたのは、庄治とおせきの息子である耕治だった。お俊から明かされていたが、それらしき姿はない。同様に人目を避けたいようで、白坂は近くの稲荷《いなり》へ足を向けた。

「傷の具合は、いかがですか？」

低い鳥居の向こうに、こぢんまりとした社が祀《まつ》られている。小さな稲荷を覆《おお》いつくさんばかりに、両脇《りようわき》に緑が濃く繁《しげ》っていた。

「大事ない」

素っ気ない物言いが、かえってこの男らしい。

「よかった。ずっと案じていたんです」

「……この前は、世話になったな」

きまりが悪そうに目を逸《そ》らす。つい、微笑が浮かんだ。

閻魔組かもしれない男とふたりきりでいるのに、ちっとも怖くない。やはり見当違いではなかろうか、そんな思いにとらわれた。だが白坂は、お縫の心中に気づかぬように、用件を切り出した。

「この前、増上寺の寺町で、妙な女に会った」

たちまち肌が粟立《あわだ》ったが、必死に押し隠す。

「そいつは女の形《なり》をした男でな。いくら化けても目だけはごまかせない。どこかで見たはずだと、ずっと考えていたが、今日になってようやく思い出した」

お縫は顔も上げられない。白州に引き出された罪人のように、うなだれて次のことばを待った。

「いつか両国広小路で、おまえと一緒にいた男だ。同じ長屋の季物売りだったな」

女は逃げ去るとき、ひとたび白坂をにらみつけた。寺の常夜灯に浮かんだその目に、白坂は覚えがあった。数日考えてようやく、両国橋のたもとで、まったく同じ目を向けられたことを思い出した。

「奉行所で、噂をきいたことがある。ひところよく出ていた美人局がいた。ぞっとするほど美しい女で、どんな男も骨抜きにすると……もしや、あの男か？　あいつは、おまえがさし向けたのか？」

首だけを無闇《むやみ》に横にふったが、否《いな》ということばがどうしても出てこない。

「いったい、どういうつもりだ。おれの何を探っている？」

追い詰められて、頭の中が真っ白になった。

「……文さんは、あたしを案じていただけです。あたしが白坂さまばかり見ているから、だから……」

白坂が、何とも間抜けな顔をする。

己が何を口走ったのかようやく気づき、お縫の頬が真っ赤に染まった。

「おまえとあの男は、そういう仲なのか？」

「違います！　文さんはただの幼なじみで、兄さんみたいなもので……」

そうか、と呟《つぶや》いた。気負いが削《そ》がれ、場違いな座にいきなり放り出されたような、きまりの悪さがただよっていた。

気詰まりな長い沈黙が続く。その隙間をそっと埋めるように、お縫はたずねていた。

「悪党なぞ、ひとり残らず殺してしまえばいい。いまでもそうお考えですか？」

「そう、思うていた」

しばしの間をおいて、白坂はこたえた。

「おれの実の父も町方勤めだったが、賊に逆恨みされて殺された。父と同じ定廻同心となる夢も、そこで潰《つい》えた。だが、母の実家《さと》である遠江に移ってからも、剣の修行だけは怠らなかった。いつか江戸に戻って悪党どもを成敗すると、心に誓ったからだ」

白坂の家に迎えられたことで、子供時分の夢は半ば叶《かな》ったと、そう思っていたと自《じ》嘲《ちょう》気味に語った。

「だが、そうではなかった。町奉行所は、おれの描いていたような場所ではなかったし、数々の悪党を閻魔組が始末しても、悪事の種はいっこう尽きない。この世は善だ悪だと割り切れるものではなく、もっと奥の深い厄介なものだ」

はい、と小さくうなずいた。

悪党ばかりの善人長屋で育ったお縫には、それが身にしみてわかっていた。

「おれにはとり急ぎ、なすべきことがある。邪魔をするなと、おまえの兄代わりに伝えておけ」

「何を……するおつもりですか」

「色々と、始末をつけることがある。それだけだ」

ではな、と背を向けた。

金輪際、会えなくなるのではないか――。

嫌な予感がふくれ上がり、思わずその袂《たもと》をつかんでいた。

「また、お会いできますよね」

返事はなく、黒羽織の袂は、お縫の手をすり抜けた。

九

それから数日のあいだに、次々と新しい報《しら》せが、儀右衛門のもとに届けられた。

「岡崎というのは、やはり偽りでした。名は山崎伴内《やまさきばんない》、勘定吟味役の三男でさ」

唐吉と安太郎は、椋六に教えられた鉄砲洲の賭場で網を張り、難なく勘定吟味役の屋敷に辿り着いた。屋敷の中間にとり入って、仕入れたネタを安太郎が披露する。

「勘定吟味役といったら五百石か。けっこうな家柄だな」

「へい、屋敷は浜町にありやした」

「衣笠が舟に乗ったのは、吾妻橋の下手だったな。そのまま川を下ると、浜町へ着く」

同じ舟で、三人を拾っていき、閻魔《えんま》組の隠れ家へと運んでいるのかもしれないと、儀右衛門は言った。

「で、その山崎伴内ってのは、どういう男だい」

「ひと言で言えば、山崎家の鼻つまみものでさ」

剣の腕だけは優れているが、短慮なところがあり頭に血がのぼりやすい。方々で悶着を起こし、山崎家でもほとほと手を焼いていた。おかげで養子話もいくつか壊れていて、それでも、いつかでかいことをしてみせるというのが口癖だった。

その先は、今度は唐吉が話し出した。

「もっとも手に負えねえのが、奴の博奕癖でしてね。あちこちの賭場で、いい鴨《かも》にされてやした。そのたびに山崎の家が、金を工面して尻拭《しりぬぐ》いをしてやしたが、とうとう去年の暮れに愛想をつかされた。三月ほど、江戸を離れていたそうで」

「そのあいだ、どこにいたんだい」

「東海道のあたりを、ふらついていたって話でさ」

二度と金のことで面倒はかけないと、父親と約束し、屋敷に入れてもらえたという。江戸に舞い戻ったのは三月末、閻魔組が出たのが四月の頭だから、時期も符合する。

「夜叉坊主《やしやぼうず》や衣笠と会ったのは、おそらく東海道筋でしょう」

「同心の白坂は、遠江だったな」

遠州も同じ東海道筋にあたる。三人が意気投合したのか、あるいは夜叉坊主がひとりひとりに声をかけたか、そのどちらかだろうと儀右衛門は推測した。

それからまもなく、興奮ぎみの文吉と、梶新九郎が千鳥屋に現れた。

「旦那《だんな》、夜叉坊主を見つけやした！　あの野郎、読みどおり坊主に化けて、寺に納まっていやがった」

「そうか、ついに見つけたか！」

めずらしく儀右衛門が、大きな声を張り上げた。

「寺町の南寄りにあたる、古川沿いの方寿院《ほうじゆいん》だ」

いつも涼やかな佇《たたず》まいの梶新九郎も、目を輝かせている。

東海道で、世話になった僧侶を探している。増上寺の近くに寄宿するときいていたから、訪ね歩いている——。

身分のありそうな武家と、お供の中間を演じながら、ふたりはひとつひとつ寺をまわった。そろそろ五十にかかろうかというときに、方寿院に行き当たったのだ。

僧侶の顔形を語らせると、椋六が描いた夜叉坊主の似顔絵にそっくりだった。寺の者にはあえて、どうやら違うようだと告げて、その後ふたりは、方寿院の内をこっそりと探ってみた。

「円淋《えんりん》なんてたいそうな名で、寺に居座ってやがった。他に手下が三人、一緒でさ」

ひとりは椋六の描いた似顔絵にあり、やはりおつきの僧侶に化けていたが、残るふたりは初顔で、こちらは寺男として働いていた。新しく加わった者たちだろうと、文吉が鼻息を荒くする。他にも仲間はいようが、別の場所に潜ませていると思われた。

「方寿院には、京の寺に修行に出ておる若い僧がおってな。おそらく東海道中でうまくとり入ったのだろう、その若い僧の添状を手に現れた。叡山《えいざん》ゆかりの僧だと、寺では頭から信じ込んでいた」

方寿院はその辺りでもひときわ広い敷地を持ち、その隅に庵《いおり》がある。円淋に化けた夜叉坊主は、三人の手下とともにその庵に住んでいると新九郎が告げた。

庵の裏手は雑木林で、その向こうは古川だ。舟を使えば、門を出入りすることなく外に抜けられる。閻魔組の隠れ家としては格好の場所だと、ふたりは断じた。

「旦那、早えとこ夜叉坊主を、寺からいぶり出す算段をしようぜ」

「だが、文吉、我らだけではたちまち返り撃ちだ。滅多な手出しはできないぞ」

せっかちな文吉を、新九郎がいさめる。

「じれってえなあ。仮にもお侍なんだろ、その腰のもので一刀両断にすりゃあいいじゃねえか」

「あいにくと、そこまでの腕はなくてな」

気を悪くしたふうもなく、新九郎が笑う。ふたりの前で、儀右衛門が難しい顔をした。

やはり閻魔組のひとりと見当をつけた白坂が、奉行所にいるのが妨げになっていた。

「役人が使えないとなると、あとは裏の連中を集めるしかなかろうな」

殺された頭衆の身内ばかりでなく、閻魔組を怨《うら》みに思う者ならいくらでもいる。数に任せることはできようが、音頭をとるとなると至難の業だ。儀右衛門をはじめ、長屋の者たちは小悪党ばかりだ。裏の玄人《くろうと》たちが従うはずもない。

「弱音を吐くつもりはないが、月天《がってん》の頭《かしら》さえいてくれたらな」

そのため息に、文吉と新九郎も一緒に顔を曇らせた。

「月天の丁兵衛《ちょうべえ》は、いまごろどこにいるのだろうな」

「生きていてくれさえすれば、どこにいたって構やしねえよ」

長屋の誰もが、丁兵衛の無事を祈っていた。その願いが、通じたのかもしれない。

二日後、月天の丁兵衛の居所が知れた。その報せをたずさえてきたのは、すでに裏社会とは縁を切ったはずの男だった。

「喜《き》八朗《はちろう》さんじゃないですか。よくいらしてくださすった」

千鳥屋を訪ねてきた客を、儀右衛門は相好をくずして迎え入れた。

「かれこれ半年ぶりになるか。無沙汰をして、すまなかったな」

野州屋喜八朗は、大伝馬町《おおでんまちょう》で太物問屋《ふとものどんや》を営んでいる。六十を過ぎているが、柄も大きく、未《いま》だに精悍《せいかん》なものを感じさせる。

決してせっかちな男ではないが、今日は茶が出るより先に、まず用件を伝えた。

「それじゃあ、月天の頭は、野州屋にいなさるんですかい」

仰天する儀右衛門に、喜八朗は顔いっぱいの笑みでこたえた。

「峠を越えるまでは、正直、助からねえかと思えていたが、しぶとさにかけちゃ、あいつの右に出る者はいねえ」

いまは大店の主人だが、かつては喜八朗も盗賊だった。月天の丁兵衛にとっては、兄貴分にあたる。己の配下のもとでは、また閻魔組に嗅《か》ぎつけられる恐れがある。瀕《ひん》死《し》の傷を負った丁兵衛は、昔可愛《かわい》がってくれたこの男を頼ったのである。

「そうですか……頭が頼みにしたのは、喜八朗さんでしたか」

何よりの朗報だと、儀右衛門が涙ぐむ。

「儀右衛門さんには真っ先に知らせたかったんだが、念には念を入れてな」

丁兵衛が身動きできないあいだは、万が一にでも居場所を知られるわけにはいかない。喜八朗は、雇い人すら目の届かないところに、丁兵衛と、頭を必死で担《かつ》いできた若い者をかくまった。

「まさか、あの開かずの蔵に寝かされていたとは」

儀右衛門が、またびっくりする。

「だが、あの開かずの蔵は、それこそ決して開かないはずじゃあ……」

「ああ、扉はな、決して開かねえ。だが、母屋《おもや》から蔵に続く道をつくってあるんだ」

地面の下を通って、喜八朗の私室の押入に抜けるという。

「たまには線香をあげてやらないと、七天の頭に申し訳ないからな」

「なるほど、そういうことでしたか」納得したように儀右衛門が、深くうなずいた。

七天は三十年ほど前、江戸に名を馳《は》せた大盗で、喜八朗と丁兵衛はその手下だった。

七天はお縄になり晒《さら》し首となったが、喜八朗はその首を盗み出し、墓として開かずの蔵を建てた。

「きっと七天の頭が、守って下さったんでしょう」

「そうかもしれねえな。彼岸へ渡ろうとすると頭に邪険にされたと、丁兵衛はぼやいていたからな」

喜八朗の冗談に、ふたりが声を立てて笑う。

「でも、本当にようございました。誰もが頭の無事を、祈ってましたから」

「ふた月経《た》って、ようやく動けるようになった。と言っても、腕も足もやられちまって、もう盗人稼業《ぬすっとかぎょう》には戻れそうもねえが」

痛ましくてならないと、互いの口から同じ色を帯びたため息がもれた。

「私ら裏稼業の者にとっては、無念でなりません。あれほどの頭は、いまの江戸では望めませんから」

それでも生きていてくれたなら、これ以上のことはないと、儀右衛門は微笑《ほほえ》んだ。

「よくぞ助けてくだすった。喜八朗さん、私なんぞが口にするのはおこがましいが、改めて礼を申し上げます」

儀右衛門のていねいな辞儀を、喜八朗はしっかりと受けた。

「で、動けるようになったとたん、閻魔組をどうにかしないことには納まらねえと、丁兵衛の野郎は息巻いていてな」

だが、裏の世界から足を洗った己では、読売と人の噂《うわさ》くらいしかつかめない、と苦笑する。

「ここに来れば、何かわかるんじゃねえかと思ってな」

儀右衛門は大きくうなずいて、これまでの探索の経緯《いきさつ》を、順を追って話した。

きいた喜八朗が、張りのある目を丸くひらく。

「何てえこった……まさか閻魔組に、夜叉坊主が絡《から》んでいようとは」

急に痛みでもぶり返したように、右足の膝《ひざ》を押さえる。座敷に通された喜八朗は、不作法を詫びながら、片足を伸ばした格好であぐらをかいた。若いころに受けた傷のために、右膝が曲がらないからだ。喜八朗の足を駄目にして、生涯の不自由を強いたのも、また七天を奉行所に売ったのも、夜叉坊主の代之吉だった。

喜八朗と丁兵衛、そして代之吉は、互いに恨み骨髄に徹すほどの深い因縁を抱えていた。

「月天の頭が夜叉坊主の恨みを買ったのは、もとはと言えば私らのせいです。私が無理を頼んだために、頭が矢面に立って、あいつを江戸から払ってくれた。長屋《うち》の加助さんと、お多津さん母子《おやこ》を守るためとはいえ、こんな始末になるなんて……悔やんでも悔やみきれません」

代之吉は錠前破りをさせるために、加助のもとにお多津を送り込んだ。だが、一緒に暮らすうち、ふたりは互いに思い合い、本当の夫婦になった。娘も生まれたが、代之吉がいる限り、一家三人は安寧に暮らせない。儀右衛門と喜八朗の頼みを受けて、代之吉に脅しをかけてくれたのは月天の丁兵衛だった。

当の加助は、そんな裏事情はまったく知らない。だからこそお多津は、代之吉との縁が切れても、亭主のもとには戻らなかった。夜叉坊主と加助のあいだに、たった一本残った糸が、己自身だと知っていたからだ。

「三人一緒とはいかなかったが、お多津と娘は落ち着いて暮らしてるんだろ？」

「はい。下田は暖かいし、魚も旨《うま》い。おたま坊も、びっくりするほど背が伸びたそうです」

菊松夫婦の土産話を儀右衛門が語ると、喜八朗は心底嬉しそうな顔をした。

「いまの話を伝えれば、甲斐《かい》があったと丁兵衛も喜んでくれるだろう。それにな、儀右衛門さん、もとを正せばいちばん罪深えのはこのおれだ。野郎がこだわったのは、野州屋《うち》の開かずの蔵だからな」

そのために加助を巻き込んでしまったと、喜八朗も儀右衛門とよく似た後悔を抱えている。

ふたりの男は、いっとき同じ思いで眼差《まなざ》しを交し合った。ふたりの悔いの根っこには、同じ男が居座っている。

「あいつだけは、生かしておいちゃならねえ。奴が一日永らえれば、それだけ骸《むくろ》が増えるだけだ」

「喜八朗さん、私も覚悟を決めました。たとえ刺し違えてでも、夜叉坊主を止めてみせます」

互いに、深くうなずき合った。

ここにはいない丁兵衛も、やはり同じ思いに違いない。

儀右衛門は話を戻し、増上寺町の方寿院について語った。

「どうにか奴の居所と、閻魔組と目される三人を突きとめました。だが、情けないことに、そこから先は策がありません」

「いや、十分だ、儀右衛門さん。本当に、よくやってくれた」

さっきとは逆に、今度は喜八朗が有難《や》そうに頭を下げる。

「こっから先は、任せてくれ。だいぶ殺られちまったが、月天の手下はまだまだいる。丁兵衛の名で、おれが音頭をとる」

「だが、旦那はすでに立派な堅気だ。滅多なことはしない方が……」

「いや、堅気はやめることにした」

「喜八朗さん……」

「身代はそっくり番頭にゆずって、おれは野州屋を出ることにしたんだ」

喜八朗に家族はいない。だが、一緒に店を大きくしてきた番頭に託せば、これまでどおり野州屋は、つつがなく商売を続けていける。夜叉坊主とやり合う以上、何が起こるかわからない。万一、御上に知れたときに、店や使用人に累《るい》がおよばぬようにとの心配りと思われた。

「また盗人に、返り咲くおつもりですかい」

「この足じゃあ、返っても咲きようがねえよ」と、朗らかに笑う。「だが、おれも七天一家のはしくれだ。弟分の丁兵衛の仇《あだ》は、おれが討とうと決めた。きっちり落とし前をつけてやる」

喜八朗の中では、すでに落着した思案のようだ。その上で、深川に足を運んだのだろう。

その侠気《きょうき》に、儀右衛門はあらためて深く感じ入った。

「もっとも、おれたちふたりが雁首《がんくび》そろえても、知恵ばかりはどうにもならなくてな。おまえさんから拝借しようと、はじめからその心積もりで来たんだよ」

もちろんいくらでも力を貸すと請け合って、だが、策を相談する前に、ひとつだけ頼みがあると儀右衛門は切り出した。

「おれにできることなら、何でもするが」

「もうすぐ女房と娘が、湯屋から帰ってきます。長屋の連中は、あいにくと見張りに散っていますが半さんはいる。月天の頭のようすを、喜八朗さんから伝えてもらえませんか」

お安い御用だ、と白い歯を見せる。

女たちが戻ってきたらしく、玄関の方から華やかな声がした。

策を立てるには、いくつか勘所がある。閻魔組はその後です」

「まず、夜叉坊主を先に始末する。閻魔組に不測があれば、夜叉坊主は必ず逃げを打つ。第一に方寿院を押さえ、それから閻魔組にとりかかる。三人一緒では太刀打ちできないが、ひとりずつならやりようもあると儀右衛門は説いた。

「わかった。さっそくに手下連中に声をかけよう」

それぞれ隠れ潜んでいる月天の手下には、一緒に逃げのびた若い者とともに繋《つな》ぎをつけると、喜八朗は即座に請け合った。

「奴に感づかれたら、おしまいだからな」

二日のうちに、仕度を整えると約束し、喜八朗は千鳥屋を辞した。

いよいよ夜叉坊主に、引導《いんどう》を渡すときがきた。

儀右衛門をはじめ、誰もが武者震いするような心持ちで、唐吉と文吉、安太郎と梶新九郎は、己も仲間に加わると言い出して、儀右衛門とて止めようがなかった。

だが、その興奮は長くは続かなかった。今夜が方寿院襲撃というその日の早朝だった。

すべてをくつがえす、驚天動地の報せがもたらされた。

「旦那、衣笠善二郎が、死にました」

菊松は、自身が死人のように青ざめていた。

「からだ中が傷だらけで、背中には刃物が刺さったままでした……それでも最後の力をふり絞って、あたしらに会いにきたんです」

お竹はまだ、衣笠の遺骸《いがい》の傍から離れようとしないと、菊松は涙声で語った。

「いったい、何があった。仲間割れかい？」

「いえ、夜叉坊主です。お役御免になって、始末されちまったんでしょう」

襲撃を前に、逃げられでもしたら一大事だ。長屋の衆は、交代で方寿院の見張りに詰めて、野州屋へ繋ぎをつけていた。

その隙を突かれた格好だが、夜叉坊主は方寿院に留まったままだ。こちらの動きを察したわけではなく、前々からそのつもりでいたのだろうと儀右衛門は唇を噛《か》んだ。

「三人を一緒に住まわせなかったのも、そう考えれば辻褄《つじつま》が合う」

いずれは殺すつもりで、時機を窺《うかが》っていたに違いない。

衣笠は、相談事があるとイナゴ顔の男に呼び出され、堀にとめた屋形船に誘い込まれた。酒に仕込んだしびれ薬を呑《の》まされて、からだの自由が利かなくなったところで、数人の男たちに囲まれたという。四方八方から斬《き》りつけられ、殊《こと》に背中の傷は深かった。それでもふたりほど倒して退路を築き、どうにか夫婦のいる飯屋へとからだを引きずっていったのだ。

「死ぬ前にあたしらに、言い残したかったんでしょう。苦しい息の下、これまでの経緯を、懸命に語ってくれました」

「そうか……あんたたち夫婦を、本当に慕っていたんだな」

数十の命を奪った下手人とはいえ、やはり人の心は残っていた。親子のような情を通わせ合ったことを思うと、胸が痛む。

「岡崎とは、夜叉坊主に引き合わされたそうですが、黒田とはそれより前に、浜松のさる道場で出会ったそうです」

「浜松は、遠江だったな……やはり江戸へ来る前に、知り合っていたのか」

剣術修行のために国を出て、街道沿いの道場をまわりながら東海道を東へ下った。立ち合いで負けたのは、黒田が初めてだったという。相手もまた衣笠の力量を認め、すぐに親しくなった。黒田はひどく生真面目《きまじめ》な男で、酒を呑むたびに、世の中にはびこる悪を嘆いた。道場で汗を流し、居酒屋へ繰り出す。それが日課となりつつあったとき、ひとりの僧に声をかけられた。

「それが夜叉坊主か」

「円淋と言いましたから、間違いありません」

心の臓まで腐っているような男だが、ひとたび僧侶姿になれば、落ち着いた身ごなしや穏やかな話しぶりで、まず正体を見抜けない。いかにもといった風情で、荒《すさ》んだ世を憂《うれ》い、ことに江戸は目を覆う有様だと悲しんでみせた。

「まったく、何から何まで胸糞《むなくそ》の悪い野郎だ」

儀右衛門が、滅多にきかせない悪態をつく。

「衣笠は、その坊主に小さな綴《つづ》りを見せられたそうです」

「綴り、とは？」

草紙の半分くらいの大きさで、中にはびっしりと、家紋のような模様が並んでいた。一見したところ、着物に家紋を描く上絵師や、型を染める型付師が使うものと思われた。

旅の途中で病人を見つけ、死に際を看取《みと》った。歳《とし》老いた男は己の悪事を悔い、その帳面を託して息絶えたと、円淋はそのように語った。

「それは、もしや……」

「おそらく旦那が仰《おつしや》っていた、洲崎の茂助のものでしょう。模様に変えてあるが、これは江戸に潜む悪党たちの住処《すみか》を現していると、そう言ったそうです」

孫を楯《たて》に脅して吐かせたのだろうが、紋帳のしくみを円淋はもったいぶった調子で説いた。御上にさし出すことも考えたが、悪党と通じている役人もいくらでもいる。

『たとえ仏の教えに背き、己の手を汚しても構わない。拙僧が閻魔となって、いまだかつてなかった浄土をこの世に築きたい』

菊松は、衣笠からきいた円淋のことばをそのままなぞった。

「閻魔のつくる浄土とは、片腹痛い」

だが、衣笠と黒田は、夜叉坊主が描いた偽《にせ》の極楽を信じ込んだ。ふたりがもっとも忌《い》むべき悪党の、傀儡《くぐつ》となって操られた。

「黒田が白坂だとすると、ちょうど相前後して、白坂家へ迎え入れられたというわけか」

「そのあたりの仔細《しさい》はわかりませんが、江戸に着いたのは二月半ばだと言いました」

長門が白坂家に養子に入ったのも、まさに同じころだと儀右衛門が応じた。

岡崎こと山崎伴内とは、円淋を介して江戸で引き合わされて、閻魔組が結成された。

万が一にでも見つかってはいけぬから、襲撃のときより他は互いに顔を合わせぬようにと、それぞれ別の住まいもあてがわれた。

「閻魔組の隠れ家は、佃島《つくだじま》にあるそうです」

いまは使われていない漁師小屋だときいて、儀右衛門がなるほどとうなずく。佃島は、大川の河口に位置する。吾妻橋近くで衣笠、浜町で山崎、八丁堀で白坂を拾っていったと考えれば辻褄も合う。

「そこで着物を替えたり、血を洗い流したりしていたのだろう。それに舟を使えば、押し込み先への行き来にも便がいい」

儀右衛門は合点のいった顔をしたが、菊松は逆に表情を翳《かげ》らせた。

最初のころは勇んで佃島へ向かったが、衣笠にとってその漁師小屋は、しだいに忌まわしい場所になっていった。いくら殺しても、江戸の治安は下に向かってころがる一方だ。何かがおかしいと、若い衣笠ですら肌で感じていた。

「己は世直しをしていると、必死に信じようとしていたようです」

岡崎は金のためだが、衣笠と黒田には強い自負があった。それが脆《もろ》い櫓《やぐら》のように崩れはじめたのは、半月前、盗人の隠れ家だと教えられて、さる商家を襲ったときだった。

問答無用で家内にいる者はすべて斬り殺したが、賊にしては手応《てごた》えがなさ過ぎる。

どうもおかしいと黒田が言い出した。そして次の襲撃先が、永代寺門前の恵比寿屋だった。

やはり同じ違和感を感じ、黒田は引き返そうとしたが、呼び出しが間遠になって金に詰まっていた岡崎は、強引に押し通し、止める黒田に斬りかかった。

「己も黒田も、円淋に騙《だま》されていたと……子供のように涙をこぼしていました」

そうか、と儀右衛門は、ひどく重そうに相槌を打った。

「黒田の身も危ない、早く本所に知らせなければと、うわ言のように口にして」

「本所、だと？　もしや黒田の正体は、定廻《じょうまわり》ではなかったのか？」

「いえ、おそらくは別に隠れ家を持っていたんでしょう……こちらがたずねると、素直にこたえました。黒田の本当の名は白坂で、八丁堀の同心だと」

もう虫の息だったが、かすかな声で、たしかにそう呟いていたと菊松は語った。

「やはり、もうひとりは白坂長門か」

予見していたとはいえ、他人の口からこうして証《あか》されると、あらためて肝が冷える心地がした。

儀右衛門は煙管《きせる》をとりあげて、煙草盆《たばこぼん》を引き寄せた。煙がゆっくりと、座敷にただよう。

障子を締め切ったままの座敷は薄暗かった。外の湿った暑さだけが、障子越しに少しずつまとわりついてくる。

「白坂と山崎も、すでに奴の手にかかっているのか……」

一服するあいだ、儀右衛門は思案にふけった。今夜の段取りを決めかねていたからだ。

夜叉坊主の思惑通りに運んでいるのは癪《しゃく》にさわるが、こちらにとっては都合がいい。剣術使いに数で挑んでも、怪我《けが》人を増やすだけだからだ。

「閻魔組をすべて、奴が始末するというなら、そっちが片付いてからという手もあるが……いまになって日を変えるのは、間違いのもとか」

「ひとまず、あとのふたりのようすを、確かめてみてはどうでしょう」

菊松の助言に、そうだな、とうなずく。

どのみち野州屋には、衣笠の死を報せねばならない。野州屋には己が出向くことにして、菊松にその仕事を頼もうとした。菊松は承知しながらも、わずかな屈託を覗《のぞ》かせた。

「どうしたい、菊松つぁん」

「いや、かかあのことが、ちょいと気になりまして……」

「ああ、そうだったな。こいつは迂闊《うかつ》だった。すぐに池之端の飯屋に戻ってくれ」

こういうときの繫ぎのために、長屋には庄治を残してある。いま方寿院は四人が見張っているが、そのうちふたりに山崎と白坂のようすを確かめさせることにした。帰りがけに庄治を呼んでくると、菊松は請け合った。

「実はもうひとつ、旦那にお願いがあるんですが」

「いまさら遠慮はなしだ。何でも言ってくれ」

「衣笠善二郎を、弔ってやりたいんです」

意表を突かれ、一瞬ことばを失ったものの、そうしてやりなさいと儀右衛門は穏やかに応じた。悪党のみならず、何の罪もない堅気さえ手にかけた。騙されていたとはいえ、衣笠の所業は許されるものではない。それでも菊松とお竹の気がすむのなら構わない。金は出すから、葬式を出してやりなさいと告げた。

「てめえのことは、とうとう何も語りませんでした。本当の名も、生国も……」

身内に累が及ぶのは避けたいのだろう、衣笠は詳しい出自を最後まで語らなかった。

「おまえさんたちが、覚えていてやればいい。あの侍にとっても本望だろうよ」

はい、とこたえて、菊松は静かに座敷を出ていった。

今年の梅雨はなかなかあけず、今日も空は冴《さ》えない色のままだ。

気が晴れない心持ちでいたが、庭先からひょいと覗いた子供の姿に、つい笑顔になった。

「旦那、お呼びですかい」

倅《せがれ》の後ろから、庄治がのどかな顔を見せた。

「繋ぎなら、おれが行くよ。父ちゃんよか、よっぽど早いぜ」

使いの中身もきかぬうちから、耕治が勢い込んで申し出た。

「おれだってまじめに走りゃ、まだまだおまえなんぞに負けやしねえが」

身軽が身上の盗人だから、本気を出せばそれなりなのだが、中年男が全力で往来を駆け抜ければ、何事かと人目を引くと、庄治が苦笑いをこぼす。

親方の加助は、近所の病人を見舞いに、朝から出かけてしまった。耕治は暇を持てあましているようだが、夜叉坊主が絡むことに十二の子供を関わらせたくない。儀右衛門がていねいに断ると、耕治は口を尖《とが》らせた。

「お縫姉ちゃんを走らせるくれえなら、おいらの方がましなのにな」

「お縫だって？　おれは何も頼んでないぞ」

「いましがた、血相変えて出ていくのを見たぜ」

「台所で、朝餉《あさげ》の仕度をしていたんじゃないのか?」と、女房に首をまわす。

「そのはずなんですけど……」

亭主と菊松がここにいるあいだ、お俊は店を開ける仕度にかかっていた。不安そうに台所に見にいったお俊が、どこにもいないと告げる。

「また、南の役所か八丁堀じゃねえのか?」耕治の台詞《せりふ》に、

「何だってお縫が、朝っぱらからそんなところへ」

儀右衛門は首をかしげたが、お俊はたちまち青ざめた。

「おまえさん、もしや菊松さんとの話の中に、白坂って定廻の名が出なかったかい?」

「ああ……閻魔組の黒田は、やはり白坂だった。衣笠がそう言ったそうだ」

「どうしよう、あの子ったら、後先考えずに行っちまったんだ!」

お俊が急におろおろし出す。話の見えない男ふたりをよそに、耕治が身軽く立ち上がった。

「お縫姉ちゃんは、おれがつかまえてきてやる。任しときな」

耕治はお俊の頼みを受けて、数日のあいだお縫に張りついていた。隠密には自信があるようだが、白坂が閻魔組とわかった以上、やはり子供を近づけるわけにはいかない。夫婦は止めたが、耕治はそれでも言い張った。

「お縫姉ちゃんは、その危ねえ野郎のもとに行こうとしてるんだぞ。こうしてまごまごしているうちに、間に合わなくなったらどうすんだ」

耕治が畳の上で駆け足の真似《まね》をして、早く早くと催促する。やれやれと、父親の庄治が腰を上げた。

「待ちな、耕治、おれも行くよ。方寿院も八丁堀も、どのみち同じ方角だ」

庄治がついていてくれるならと、夫婦も承諾を与える。

親子が慌《あわただ》しく出ていくと、儀右衛門は女房に向き直った。

「どういうことだ、お俊、おれにはさっぱりなんだが」

「黙っていたのは悪かったけど、おまえさんがきいたら、それこそ卒中でも起こしかねないからね」

束の間《つかま》の後、儀右衛門の発した声は、隣の狸髪結《たぬきかみゆい》までくっきりと届いた。

十

深川から永代橋を渡ると、やがて八丁堀に出る。

まだ組屋敷にいるはずだと、お縫はまず八丁堀を目指した。

永代橋は、こんなに長かったろうか——。裾《すそ》をからげて走り出したいのを懸命に堪《こら》えた。橋の上で草履がすべり、あわてて欄干にすがる。

川の上だというのに、朝のさわやかさなど微塵《みじん》もない。息苦しいほど厚い雲も、目の前に広がる川も海も、暗い灰色だった。そのあいだに挟まれた大気は、潮を含んでねっとりと重い。

——もう、会えないかもしれない。

ふいに胸にわいた禍々《まがまが》しい予感に、汗を吹いているからだが、ぞくりとした。

永代橋を渡り終え、霊巌島《れいがんじま》を越えて、八丁堀に辿《たど》り着く。

一度だけ行ったことのある白坂家の屋敷に、まっすぐに向かった。この前は屋敷の前を行ったり来たりしていただけだったが、今日はためらうことなく門の内にとび込んだ。

「おや、千鳥屋の娘さんじゃねえか。どうしたい、そんなにあわてて」

幸い屋敷には、橋五郎がいた。息を切らせて駆け込んできた姿に、何事かという顔をする。

「親分さん、白坂さまは、長門さまはどちらですか？　まだお屋敷にいらっしゃいますか、それともお奉行所ですか？」

「長門の旦那なら、今日は非番だが……昨日の晩に出かけたきり、戻っていない。何でも源太夫さまから、大事な用を言いつかったそうだ」

「御用って、いったい何ですか？　どこへ行かれたんですか？」

「なにせ長門の旦那は、だんまりだからな」

「そんな……」

膝がかくりと折れて、地面に崩れそうになるのを、橋五郎があわてて支える。ただ事ではないと察したのだろう。お縫がなおも行先の心当たりをたずねると、うーんと唸《うな》りながら頭をひねる素振りをした。

「そういや、今日は、祐史郎さまの月命日だったな」

「祐史郎さまって、たしか今年の二月に亡《な》くなられた……」

「ああ、源太夫の旦那の実の倅だ」

長門が白坂家に来てからは、毎月ふたりで墓参りに行っていたが、四、五日前から源太夫は伏せっているという。

「菩提寺《ぼだいじ》は、どちらですか？」

「神谷町《かみやちょう》の雲学寺だ。ああ見えて長門の旦那は、祐史郎さまのことは惜しんでいてな。墓参りだけは、行くかもしれねえ」

何時《いつ》になるかわからないがと、橋五郎は断りを入れた。

「ありがとうございます、親分さん。これから、足を運んでみます」

「おれも一緒に行きてえところだが、寝込んじまってる源太夫の旦那の代わりに、何かと御用が多くてな」

ただならぬお縫のようすが、やはり気になるようだが、長門が閻魔組のひとりだと明かすわけにもいかない。橋五郎に頭を下げて、お縫は屋敷の門を出た。

「もしや、あの娘と長門の旦那は、そういう仲《ご》なのかね」

お縫の背を見送りながら、岡ッ引が独り言ちた。

己も門を出ようとしたが、またもや珍客が駆け込んできた。

「すいやせん、ここにお縫って姉ちゃんが来やせんでしたか？」

「たしかに来たが……おめえは？」

鼻っ柱の強そうな子供が、同じ長屋の者だと名乗る。

「神谷町のうんがく寺だな。かっちけねえ、親分」

いっぱしに生意気な挨拶《あいさつ》をして、また風のように門を出ていく。橋五郎が門から首だけ出して覗くと、行こうとした子供を、遠くから呼び止める声がした。

「おおい、待ってくれや、耕治」

「おっせえな、父ちゃんは。その分じゃ日が暮れるぞ」

西へと向かう親子をながめ、橋五郎はまた首をかしげた。

神谷町は、愛宕《あたご》神社を囲む寺町の裏手にあたり、その南側には増上寺の寺町が広がっていた。長屋の者たちが見張っている、増上寺寺町の方寿院からもごく近い場所だったが、どちらにせよ八丁堀からは、女の足では遠かった。

しかし運良く、白坂の屋敷を出てすぐに、日本橋へ戻ろうとしていた空の辻駕籠《つじかご》に行き合った。母との外出に使ったことはあるが、ひとりで駕籠に乗るなぞ初めてだ。物怖《ものお》じはしたが、先を急いでいたし、すでに深川から歩きどおしで疲れもあった。

駕籠かきにしては実直そうに見えたこともあり、お縫は行先を告げて駕籠に乗った。だが、神谷町にかかる手前で、お縫は駕籠を止めさせた。雲学寺はまだ先だが、酒手を払って駕籠を返す。駕籠で追い抜いた男に、見覚えがあったからだ。

鶴《つる》のように、ひょろりとしたからだ。薄い眉《まゆ》の下の目がひどく窪《くぼ》んでいて、右から引っ張ったように口が横に曲がっている。

夜叉坊主の手下のひとりに相違なかった。椋六の似顔絵のおかげで、記憶は新しい。間近で顔を見たと言っても、お縫はお竹とともに田舎女に扮《ふん》していたから、向こうには気づかれまいとの自信もあった。

お縫は男の後を、つけることにした。

その先に白坂がいるのではないか、そう思えたからだ。

少し行くと、男が立ち止まった。何食わぬ顔で店先を覗いているふりをして、そしてまた歩き出す。お縫はそれで気がついた。男も誰かをつけているのだ。

町屋だからそれなりの人出はあるが、深川ほどではない。男の前にいる人影を、用心深く見定める。どうやらひとりの侍を、追っているようだ。

白坂かと、一瞬ひやりとしたが、背格好が違う。白坂よりもやや上背があり、肩や腰もがっしりしている。青丹《あおに》色《いろ》の単衣《ひとえ》に黒っぽい袴《はかま》をつけ、笠《かさ》をかぶっていた。

夜叉坊主と関わりがある侍となると、閻魔組しか思いつかない。白坂でないということは、五百石の旗本の三男だという山崎伴内かもしれない。

侍を先頭に、三人はやがて神谷町へ入った。神谷町は、道の両側に細長く伸びており、その向こうは武家屋敷と寺が続く。侍と、少し離れて続く男は、神谷町を終わるあたりで右に折れた。

「ここが、雲学寺……」

山門の上に記された、金の文字を仰いでお縫は呟《つぶや》いた。ここで白坂と、待ち合わせているのかもしれない。

だが侍は山門を通らず、人目を避けるように寺の脇道《わきみち》を行った。寺の裏手へと続いているようで、やがて墓地に出た。雑木に囲まれて、本堂とは隔たっている。何度も足を運んでいるのか淀《よど》みない足取りで進み、侍はひとつの墓石の前で足を止めた。

手下の男は、繁《しげ》みに隠れてそのようすを窺っている。

侍は墓石の前に腰を落としたが、手を合わせることはせず、幼児の背丈くらいのささやかな墓石をじっと見入っている。はっきりとはわからないが、石はまだ新しいようだ。

背中の気配に気づくのが遅れたのは、懸命に目を凝らしていたからだ。

「娘さん、こんなところで何してるんだ」

たちまちからだ中が総毛立った。おそるおそるふり向くと、風体の悪い男が四人、立っていた。そのうちのふたりは、お縫も見覚えがある。やはり夜叉坊主の手下だった。

「別に、何も……」

行こうとすると、両側から腕をとられ、潜んでいた木の陰から引きずり出された。

鶴に似た男が、こちらをふり返り顔をしかめた。

「遅《おせ》えじゃねえか」

「ちょいと手間どってな。だが、おかげで手土産が増えた」

男たちのはばかりのない声に、侍が気づいて立ち上がった。

「おまえたち、何の用だ。その娘は？」

怪訝《けげん》な目を、お縫に向ける。五人の男たちは、いやらしい笑いを刻んだ。

「大方、閻魔《えんま》組の贔屓《ひいき》でしょうよ。旦那《だんな》の後をつけていた」

「あたし、そんなこと……」

「神谷町の手前から、与助《よすけ》を挟んで歩みを合わせていたじゃねえかよ。おれたちはその後ろにいてな、ちゃあんと見ていたんだよ」

与助というのが、鶴に似ている男なのだろう。びっくりした顔をする。まさか自分もつけられていたとは、与助もお縫も、夢にも思っていなかったのだ。

「おまえたちがこのところ、おれの後をつけまわしていたのは知っていた」

落ち着いた物言いに、お縫は違和感を覚えた。閻魔組の名が出たのだから、やはり山崎伴内かと見当したが、父のもとに寄せられた話とは印象が嚙み合わない。

「父の名を騙《かた》り、おれをここに呼び出したのはおまえたちか」

「閻魔組をやめると言って、あんたは漁師小屋へも来なくなった。だからこんな手を使わせてもらった」

お縫たちの前にいる、与助がこたえた。

「苦労しましたぜ、旦那には。女にも博奕《ばくち》にも入れ込まねえし、おれたちの前じゃ、酒食にすら手を出さねえ。正直、とりつく島がなくってな」

山崎は、博奕の金欲しさに閻魔組に入ったはずだ。やはりこの侍は、山崎ではない。

この人は、誰だろう――。

お縫の無言の問いに応じるように、侍が笠を脱いだ。浪人者らしく、月代《さかやき》は剃《そ》っていない。輪郭も目鼻も丸みを帯びているが、太い眉のせいか精悍な顔つきだった。そう見えるのは、目つきが鋭いためかもしれない。

「何の用だ」

「旦那も飽いてきたようだし、そろそろ閻魔組に消えてもらおうかと思ってな。他のふたりには、先にあの世へ行ってもらった。残るは、あんただけだ」

「おまえたち、衣笠と岡崎を！」

衣笠より前に、山崎伴内も始末したと与助が語る。

「旦那にはてこずらされたが、ようやく弱みを見つけた。あんたの出自だ」

かすかだが、侍の顔に、初めて動揺が走った。

お縫の頭が、混乱しはじめる。閻魔組三人のうちふたりが死んで、残ったのは黒田だけだ。この男が最後のひとりなら長門の潔白は証明されるが、いまわの際《きわ》に衣笠は、黒田の正体は白坂という定廻だと言い遺《のこ》した。

そしてお縫には、侍がひざまずいていた墓石の文字が読めた。

『白坂』と、たしかにそう刻まれていた。

「あんたはおれたちに、出自だけは明かさなかった。まあ、そいつもお互いさまだが」

夜叉坊主《やしゃぼうず》が居所を閻魔組に告げなかったように、この侍もまた、己の仔細は隠していた。唯一《ゆいいつ》、信用していた衣笠にだけ、打ち明けていたのだろう。

「だが、先月になって、ようやくとっかかりをつかんだ。先月の同じ日も、旦那はここに来た」

「そのころから、おれを見張っていたのか……」

「ああ、そうだ。武家の親子が墓参りするのを、あんたは陰からじっと見守っていた。親子の方を調べてみると、白坂という八丁堀の定廻だと知れた」

侍の目が、底光りした。だが、そこから先は、夜叉坊主一味も調べるのに難儀した。侍と白坂家の繋がりが、見つからなかったからだ。夜叉坊主が最後に思いついたのは、正面からたずねることだった。

「白坂源太夫を誘い出し、物陰からあんたを見せて、あれが閻魔組のひとりだと教えてやった」

たちまち侍の形相が一変した。

「おまえたち、何ということを……」

「そりゃたいそうな驚きようでな、かまをかけたら、あっさりと吐きやがった。己の倅に間違いないとな」

真相に辿り着いたときには、こちらの方が腰を抜かしそうになったと与助が笑う。

「黒田さん、あんたの正体が、まさか死人だったとはな……なあ、白坂祐史郎さんよ」

え、と思わず、声をあげていた。自分の身の危うさも、何もかも忘れて、お縫は侍に問うていた。

「あなたが、白坂祐史郎さま？　だって、今年の二月に亡くなったって……」

「おい、おまえ、この旦那の知り合いじゃあねえのか？」

右腕をつかんでいる男が、お縫の顔を覗き込んだが、いまは構っていられない。

「この雲学寺にあるのも、祐史郎さまのお墓じゃないんですか？」

お縫の真剣さだけは、伝わったのだろう。侍は、静かなため息をついてこたえた。

「死んだものと思ってくれと、そう書き置いて家を出た。父上も役目も、何もかも捨

てて な……去年の秋のことだ」

橋五郎や巳助、そして長門からきいた話が頭の中でぐるぐるとまわり、やがてひとつの像を結んだ。

定廻見習いの嫡男《ちゃくなん》が、家も役目も放り出したと知れれば体面に関わる。それ以上に、白坂源太夫は息子の帰りを待っていたのかもしれない。病ということにして、半年のあいだ息子の出奔《しゅっぽん》を隠し果《おお》した。しかし息子は戻らず、ついに諦《あきら》めて長門を養子に迎えた。おそらくは雲学寺の住職の助力を得て、息子の葬式も出したのだ。

源太夫が臥《ふ》せったのも、息子の真実を知ってしまったためだろう。

「お父さまは、いったいどんな気持ちで、月命日にお参りしていたのかしら」

祐史郎を責めるつもりなどなく、口から自然にこぼれていた。だが祐史郎は、ひどく応えたように、眉間《みけん》にしわを刻んだ。

「父上には、すまないと思っていた。だから決して知られたくなかった。それをおまえたちは……」

手下たちを睨《にら》みつける目の中に、憤怒《ふんぬ》が宿る。

「おれも少し前から、おかしいと感じていた。円淋は、ただの坊主ではあるまい」

きつく問われても、男たちはにやにやするばかりだ。

今朝からずっと抱えていた、心配やら焦燥やらが怒りとなって噴き上がった。どうにも我慢ができなくて、お縫は叫んでいた。

「円淋は、夜叉坊主という盗賊です。極悪非道で根性悪で、ずるくて卑怯《ひきょう》でダニのような男です！　ここにいるのも、その手下です！」

一生分の悪口を、全部使い果たす勢いで声を張り上げた。さすがに男たちがぎょっとする。

「なるほど、円淋のもとで行いを改めた無宿者ときいていたが……そういうことか」

「夜叉坊主は、ただ己の欲のために、あなたたちに人殺しをさせたんです。江戸の裏を支えていた顔役たちを除いて、好き勝手を働くために。江戸を狙《ねら》っていた他の悪党一味と手を組んで、存分に稼ぐつもりでいるんです。月天の丁兵衛を襲ったのも、ただの逆恨みで……」

長広舌は、ふいにさえぎられた。銀色に光るものが、お縫の眼前にかざされたからだ。

「いい加減、黙ってもらおうか、嬢ちゃん」

右の男が、お縫の首を抱くようにして背後に立ち、匕首《あいくち》を頬にあてがった。

それまで失念していた恐怖が、急に生々しく立ち上がった。湿った肌から、それまでとは違う汗が吹き出す。

「この娘、いったい何者なんだ？」

「誰でもいいさ、こうまで知られている以上、どうせ生かしちゃおけねえんだ。いっそのこと、心中に見立てて、こいつと一緒に堀に浮かべるか」

男たちが、下品な笑い声を立てる。

「おまえたちごときが、何人束になろうと無駄なことだ」

白坂祐史郎の手が、刀にかかった。だが、手下たちの余裕は崩れなかった。

「おれたちを斬れば、大変なことになる。旦那じゃあなく、白坂のお家がね」

「……何を、するつもりだ」

「おれたちが戻らねえと、こいつを江戸中にばらまく手筈《てはず》になっている」

与助が懐《ふところ》からたたんだ紙切れを出し、侍に向かって広げて見せた。お縫からは見えないが、祐史郎の目が大きく広がる。読売に流すための話種《はなしだね》だと、与助は言った。

「死んだはずの八丁堀同心が、閻魔組だった。この読売なら、きっといくらでも売れる。旦那の人相書も、白坂の名も、ちゃあんと書いてありやすからね」

ただの脅しかもしれないが、夜叉坊主ならやりかねない。進退きわまった侍が、刀の柄《つか》を握り締めたまま、ぎりぎりと歯噛みする。

「旦那には、ここであの世に行ってもらう。仏になっても、今度こそこの寺に、ねんごろに葬《ほうむ》ってもらえやすぜ」

刃物を当てている男を除いて、三人がお縫の傍を離れた。次々に刃物を抜き、前にいた与助もそれに倣《なら》う。

「こんなものが世に出回れば、同心株を返すだけじゃあすまない。一族郎党咎《とが》めを受けて、お父上は切腹すら許されやせんぜ。旦那、刀を捨てておくんなさい」

ひとたび睨み返した瞳《ひとみ》が、ゆっくりと閉じられた。祐史郎は、腰から二本の刀を抜いた。言われるままに、相手の足許《あしもと》に刀を放る。

武器を奪ったことで安心したのだろう。お縫の頬に当てられていた刃物が離れた。

「心配すんな、あっちが片付いたら、ちゃあんと後を追わせてやるよ」

背後の男の息がかかり、その気味の悪さが、お縫を震え上がらせた。大嫌いなみみずを、首筋からいくつも落とされたように、一瞬、頭が混乱した。死にたくないと、ただそれだけだったのかもしれない。男の腕は、お縫の首を抱えたままだ。目の前にあるその腕に、お縫は思いきり嚙みついていた。

わっ、と悲鳴があがり、男の腕がゆるんだ。何を考える間もなく、お縫は墓地に背を向けて走った。いくらも行かぬうちに追いつかれ、地面に引き倒される。

「この小娘が！」

刃物を持った、男の右腕がふり上がる。尻《しり》をついた格好で、お縫はぎゅっと目を瞑《つむ》った。

閉じた瞼《まぶた》の裏に、両親と白坂長門の顔が浮かび、終《しま》いに何故《なぜ》か、もうひとつ別の顔が浮かんだ。その幻に名を呼ばれた気がしたが、空耳だと思った。

けれど、また同じ声がして、今度ははっきりと耳にとび込んできた。

「お縫！」

はっと我に返ったときは、お縫のからだはしっかりと抱え込まれていた。相手の胸しか見えないが、馴染《なじ》んだにおいですぐにわかる。

「文さん……」

そっと頭を上げると、見慣れたはずの顔が、違ってみえた。

「怪我、ねえか」

うなずくと、文吉は目だけで笑った。

文吉の肩の向こうに、さっきの男が立ちはだかっていた。思わずからだがこわばったが、男は刃物を握った手をだらりとたらし、ぽっかりと目と口をあけている。

男のからだが音を立て、仰向《あおむ》けに倒れた。喉仏《のどぼとけ》の下に、小柄《こづか》が刺さっていた。

何がどうなったのか、よくわからない。

「狭腹野郎《さわら》に助けられるなんて、ざまあねえ……」

文吉が忌々《いまいま》しそうに舌打ちした。

軽い足音が、ふたりの脇を駆け抜けた。

白坂長門だった。

通り過ぎるときこちらを一瞥《いちべつ》したが、お縫たちではなく、男を仕留めたかどうか確かめただけのようだ。倒れた男はびくびくと痙攣《けいれん》し、やがて動かなくなった。

人が間近で、こんなふうに死ぬのを見るのは初めてだ。

その恐怖より、表情ひとつ変えず人を殺せる長門が、何よりも怖かった。

武士とは、そういうものなのか――。

墓地の奥、祐史郎の足許にも、男がひとりころがっていた。あの与助という手下だ。

祐史郎の手には、匕首が握られていた。

刀などなくとも、相手から奪った得物で、十分用が足りるのだろう。祐史郎の右手がひらめいて、またひとり男が倒れた。腰の物を捨てたのは、ただ相手を油断させるためだった。

「あれが、閻魔組なのか……」

文吉が、呆然《ぼうぜん》と呟いた。違うと言おうとしたが、声が出ない。

血にまみれた匕首を捨てて、祐史郎は刀を拾い上げた。鞘《さや》から抜くと、残ったふたりに切っ先を向けた。

「言え！　円淋はどこにいる！」

そればかりは勘弁してほしいというように、ふたりがふるふると首をふる。

祐史郎は無表情で、見せしめのように片方の男を斬った。最後に残ったひとりが恐怖にかられ、悲鳴をあげながら走り出した。しかし駆けつけた長門の刀が、男を斬り捨てた。

夜叉坊主の居所を確かめる術《すべ》を失ったからだろう、祐史郎の顔がかすかに曇る。

長門は決して、旧友の加勢に来たわけではなかった。

「祐史郎、覚悟！」

ぴたりと相手に刀を向ける。

「おれを斬りに来たか、長門」

「父上の、命だからな」

あ、とお縫が、声をあげそうになった。白坂源太夫が長門に託した大事な用とは、このことだったのだ。

「おまえをずっと探していた。まさかここで会えるとは、思いもしなかったが」

「いまは、おまえに斬られるわけにはいかない。おれにはまだ、すべきことがある」

いつか長門が言っていた、同じ台詞を、祐史郎は口にした。しかし長門は、じり、と間合いを詰めた。

「すべては白坂の、家のためだ」

ふたりの殺気が、大きくふくらんだ。瞬時に間合いが詰まり、互いの刀が硬い音を立てた。

位置を入れ替えるようにふたりがとび退《すさ》り、またにらみ合う。一瞬、早く動いた祐史郎の剣が、長門の脇を襲い、まさに紙一重で交わした長門の剣は、祐史郎の首の横をかすめる。

「やめて……お願い、もうやめて……どうして、ふたりがこんなことに……」

お縫は胸の前で、両手を握りしめた。声を張り上げたいのに、あまりの怖さに掠《かす》れた呟きにしかならない。

たったひとり、その声をすくいとってくれたのは、文吉だった。かるいため息をついて、傍らの小石を拾う。

右手からとんだ小石は、どちらかの刀に当たり、濃く立ち込めていた殺気が散った。

「邪魔をするな！」

目は祐史郎に据えたまま、長門が怒鳴りつけた。

「殺《や》る相手が違うだろうが！　てめえらが死ぬのは勝手だが、夜叉坊主の思う壺《つぼ》だ」

「奴《やつ》はどこにいる！」

やはり長門から視線を外さず、祐史郎が声を張り上げた。

「増上寺寺町、方寿院。古川に面した庵《いおり》だ」

「方寿院か……あの辺りだと見当はつけていたが」

夜叉坊主の居場所を、ずっと探していたのかもしれない。文吉がこたえると、祐史郎は悔しそうな顔をした。

「長門、おれを行かせろ。最後の始末は、己でつけねばならない」

しばし祐史郎を見詰め、緊張を解かぬまま、構えていた刀の切っ先だけをゆっくりと落とした。祐史郎がそれを受け、身をひるがえした。

「父上を、頼む」

そのひと言だけを残し、白坂祐史郎は墓地の奥に消えた。

「どうすんだ、この仏の山」

墓地の惨状を見渡して、文吉が文句をつける。

長門は拭《ぬぐ》った刀を鞘に納めると、お縫と文吉のところに戻ってきた。

「仲間割れの果てに、殺し合いになった。悪党にはよくある話だ」

「ふん、どうせ口封じに殺したんだろうが。御家を守るためにな」

「そうだ。おまえたちも、死にたくなければここでのことは忘れろ」

「おれたちを、脅そうっていうのか！」

「おまえたちには、他にも脅しの種がいくらでもあるだろう」

と、じっと文吉の顔に目を当てる。

「何だよ」

「よく、化けたな」

にこりともせずに言った。何の話だと空とぼけながら、文吉は急に居心地が悪くなったらしい。

急いで立ち上がろうとしたが、痛そうに顔をしかめ、すぐに膝《ひざ》をついた。

「よけいな首を突っ込むから、怪我をする。早く手当しろ」

そのとき初めて、文吉の背中の傷に気がついた。お縫をかばったときに、背中で匕首を受けたのだ。

「文さんたら、どうして早く言わないのよ！」

「たいした傷じゃねえ」

強がってみせ、痛みが走ったのか小さく呻《うめ》いた。背中を確かめると、着物が縦に裂かれ、その隙間《すきま》から赤い傷口が見える。けっこうな長さだが、幸い、深い傷ではなかった。

「来い。本堂で、手当てしてやる」

「てめえの手なんざ借りるかよ。このくらい、何でもねえ」

「こんなときに、意地を張らないでちょうだい！　浅くとも、刀傷なのよ」

たちまちお縫の説教を食らい、口を尖らせながら承知した。

「おれはこれから行くところがある。おまえたちのことは、住職に頼んでおく」

肩を貸そうという申し出を断られると、長門は黙って立ち上がり、背中を向けた。

「あの、どこへ……」

不安になってたずねたが、墓地にある仏の始末を寺に頼み、奉行所に報《しら》せに走ると長門はこたえた。

「ひとつきくが、おまえたちは閻魔組に関わっていたのか？」

「違います！　閻魔組をどうにか止めたいと……ただ、それだけで……」

「連中を操っていたのは、夜叉坊主という盗賊だ。おれたちはあいつを探っていただけだ。あんたも同じじゃねえのかよ。だからあの晩、増上寺の界隈《かいわい》を……」

ちらりとにらまれて、失言に気づいた文吉が、あわてて己の口をふさぐ。

「おれはただ、祐史郎を探していただけだ。あの辺りで、よく似た男を見たという者がいてな」

祐史郎はおそらく、夜叉坊主の手下を追って、増上寺界隈までは辿り着いていたのだろう。

ではな、と短く告げて、長門は先に墓地を出ていった。

文吉の傷を気遣い、ゆっくりと本堂へと向かいながら、お縫が思い出したようにたずねた。

「そういえば、文さんと白坂さまは、どうしてここへ？」

「別に一緒に来たわけじゃねえよ。新橋の先で、庄のおっさんと耕坊に会ってよ」

文吉は日に三度、方寿院から長屋へと繫《つな》ぎに走る。異状はないと、朝の報告をしに行く途中で庄治親子に出会い、お縫の無茶を知ったのである。庄治はそのまま方寿院へ行き、長屋への繫ぎは耕治が引き受けて、文吉は神谷町へと走った。

「この寺の山門の下で、あいつの姿を見つけた……それだけだ」

文吉は言葉をにごしたが、真相はまもなくお縫の耳に入った。寺の小坊主が、山門から一部始終を目にしていたからだ。文吉は問答無用で長門につかみかかり、お縫をどこにやったと喚《わめ》き立てたようだ。

「では、よしなに」

寺男が文吉の手当てをはじめたころ、外から長門の声がした。

奥で話をしていたらしく、本堂の前で住職に丁寧に頭を下げて、山門へと向かう。

その後ろ姿はふり返ることもなく、境内の木々にはばまれて、やがて見えなくなった。

＊

ぱちん、と庄治が、己の頬をたたいた。

「このやぶ蚊の多さだけは、何とかなりやせんかね」

「そう言うな。見張り場所としては格好の藪《やぶ》だ。ここからなら庵のようすが丸見えだからな」

庄治の隣の梶新九郎は、すでに馴れてしまったようで、いまは枝葉だけが勢いのいい、ひときわ大きな山茶花《さざんか》の隙間から庵を覗く。

「せっかくの男前が、台無しになりやせんかい」

「おれはどうも、蚊には好かれぬたちのようでな」

木の根に尻を乗せた格好で、胡坐《あぐら》をかく新九郎は、常と変らぬ涼しい顔のままだ。

なるほどと納得顔をした庄治が、今度は逆の頬をたたいた。

古川から方寿院の敷地に入ると、雑木林に囲まれた庵がある。言わずと知れた夜叉坊主の隠れ家で、襲撃の当日たる今日は、長屋の者たちは総出で見張っていた。

そこへ庄治が現れて、衣笠の死と儀右衛門の依頼を伝えた。

安太郎は言いつけどおり、岡崎こと山崎伴内のようすをたしかめに行ったが、唐吉は弟とお縫の行先をきいて、ひとまず神谷町へと駆けた。庄治はふたりの代わりに、梶新九郎とともに見張りの役目についたのである。

唐吉は、白坂長門と入れ違いに雲学寺へと辿り着き、弟とお縫を駕籠に乗せ、長屋へと連れ帰ったが、ちょうど同じ頃、この方寿院にも動きがあった。

庄治が三度、蚊を潰《つぶ》そうとしたとき、顔の前に上げたその手を、新九郎が素早くつかんだ。

「誰か来る」

ひそやかに告げて、手を放す。庄治の耳にも、雑草を踏み分ける足音が届いた。

夜叉坊主と手下三人は、庵の中にいる。確かめてはいたが、他の仲間かもしれない。不規則な足音は、明らかに長屋の者たちとは違う。重い何かを引きずるような妙な音が混じり、ひどくゆっくりと近づいてくる。

「庄治、ひとまずおまえは離れていろ」

「いや、ちょっと待ってくれ、新さん。あれは……」

新九郎が脇に置いていた刀をとり上げたとき、灌木《かんぼく》の葉叢《はむら》の陰から三人の男の姿が垣間見《かいまみ》えた。向こうもふたりを認めたようで、前にいたひときわ背の高い男が笑顔を向ける。

「驚かしたなら、すまねえな。儀右衛門さんから、ここだときいてな」

「野州屋の旦那じゃねえですかい」

庄治が思わず声をあげ、辺りをはばかるように口をつぐむ。野州屋喜八朗とは、この前長屋を訪ねてきた折に、庄治も顔を合わせている。だが、背の高い喜八朗の背後から現れた男に、今度はぽっかりと口をあけた。

「月天《がってん》のお頭《かしら》……」

庄治がたちまち、ぼろぼろと涙をこぼす。隣の梶新九郎は、その姿に息を呑《の》んだ。

左目は布で覆《おお》われて、その下から顎《あご》にかけて、頬が縦に裂けたように、生々しい傷が走っている。右の腕と足もやられたらしく、左手に杖《つえ》を持ち、手下らしい若い者に右半身を支えられ、どうにか歩いているようなありさまだ。

だが、凄惨《せいさん》な姿をはねのけるほどの凄味《すごみ》が、この小柄な盗賊からあふれんばかりにみなぎっていた。

「おれの顔を知ってるたあ、おまえさんも盗人《ぬすっと》かい」

ぐずぐずと鼻をすすりながら、へい、と庄治が首をふる。庄治も若いころは、さる盗人一味に加わっていた。親分の供をした折に、一度だけ月天の丁兵衛《ちょうべえ》を拝んだことがあると告げる。

「よく、生きていてくだせえやした……あっしら盗人仲間にとっちゃ、それだけで恩の字でさ」

すっかり感極まっている庄治の横から、梶新九郎が手短に挨拶し、たずねた。

「おふた方は、何故《なにゆえ》、ここに？」

「代之吉が閻魔組の始末にかかっていると、儀右衛門さんから報せを受けたんだが……これ以上、野郎の思惑どおりにさせるものかと、こいつがいきり立っちまってな」

喜八朗が、苦笑を浮かべて丁兵衛を見やる。しばらくようすを見た方が、と儀右衛門は止めたが、丁兵衛はどうしてもきかず、今夜半に決行するはずだった予定を早め、方寿院へやってきたと仔細《しさい》を語る。

「代之吉の野郎は、あの中かい」

藪の隙間から、丁兵衛が庵をにらみつける。新九郎がそうだとこたえると、よし、と鼻息を荒くした。

「どうなさるおつもりなんで？」庄治が心配そうな顔を向けた。

「夜まで待つなぞ、まどろっこしいことはやめだ。いますぐ野郎の腹に、匕首をぶっ刺してやるのよ」

「腹立ちはわかりやすが、そのからだじゃあ……」

丁兵衛は言うにおよばず、野州屋喜八朗も足が悪い。どう考えても夜叉坊主に太刀打ちできまいと、庄治は眉尻を落とし、どうしたものかと新九郎を見やった。

「むろん、おれも助太刀するぞ」

「新の旦那、やっとうの腕は……」

「江戸へ出て以来、手入れより他に抜いたことはない」

新九郎がすましてこたえ、がっくりと庄治が首を折る。

「仕方ねえ、あっしも腹を括《くく》りまさ」

腕まくりする庄治を、喜八朗が止めた。

「おまえさんには、もしものときの繋ぎを頼む。お侍さんにも、ひとつ頼みがあるんだが」

抗《あらが》う庄治を説き伏せて、喜八朗と梶新九郎が短いやりとりを交わす。うなずいた新九郎の姿は、すぐに雑木林の中に消えた。

「本当に三人きりで、仕掛けるつもりですかい」

やはり不安げな面持ちの庄治に、喜八朗は男くさい笑顔を向けた。

「案ずるには及ばねえ、おれたちも無駄死にするつもりはねえよ」

「月天の丁兵衛の、最後の仕事だ。しっかりと見ていろよ」

男三人は目顔でうなずき合い、藪を出た。後ろ姿を見送る庄治が、胸の前で拝み手をする。

「神様、仏様、どうか頭の本懐を遂げさせて……いや、夜叉坊主なんぞ、このさいどうでもようございます。後生ですから、頭たちの命だけはお守りくだせえ」

丁兵衛がきいたら、たちまちどやしつけられそうだが、庄治はただ、それだけを一心に祈った。

「夜叉坊主の代之吉、出てきやがれ！　月天の丁兵衛が、この前の礼に来た！」

庵の前で、丁兵衛が声を張り上げた。手負いのからだ故、庵まではゆっくりとした足取りだったが、発した声は堂々としていた。

庵の内から外を覗《のぞ》く気配があって、しばしの沈黙の後、三人の手下に守られながら代之吉が姿を現した。墨染の衣に身を包んだ姿は、どこから見てもひとかどの僧侶《そうりょ》だ。

だが、その顔が、ふいにぐにゃりと曲がった。

「ふ、ふふ……なんて姿だ、丁松《ちょうまつ》」

その歪《いびつ》な笑みは、みるみる顔いっぱいに広がっていく。

「まさか生きていたとは思いもしなかったが、月天の丁兵衛の、こんな哀れな姿が見られるなら、木戸銭くれえ払っても惜しくはねえな」

頭の右を支える若い手下が、悔しそうに唇を噛《か》んだが、丁兵衛と喜八朗は顔色ひとつ変えない。なまじ坊主姿なだけに、下劣な中身を剥《む》き出しにした姿は、妖怪《ようかい》が人に化けているような空恐ろしさを想起させる。

「せっかく拾った命を、ごていねいに捨てに来るとは。丁松、おめえはまったく目出《めで》度《て》え野郎だ」

「おれたちが、空手で来るはずがなかろうが」

庄治の潜む藪とは反対側、古川に面した雑木林が大きな音を立てた。幾人もの男たちが、次々と姿を現す。襲撃の刻限を早めたために、すべての手下を集めることはかなわなかったが、それでも十四、五人はいる。

しかし代之吉は、顔色ひとつ変えなかった。

「丁松、てめえの腹なぞお見通しよ。たとえ手下が何人束になろうと、こっちには切札がある」

「切札だと？」

初めて丁兵衛が、表情を変えた。

「そうよ、おれの切札は、丁松、おめえ自身だ！」

あ、と思う間もなく、夜叉坊主の背後にいた手下三人が動いた。左にいた喜八朗を匕首が襲い、辛うじてかわしたものの、喜八朗は杖を握ったまま地面に倒れ込んだ。丁兵衛を支えていた若い手下は、腹を蹴《け》られて地面にうずくまる。その隙に、別のひとりが丁兵衛の後ろにまわり込み、喉元に匕首を構えた。

「頭！」

月天の手下のかたまりが、ざわりと騒ぎ、藪の中で、思わず庄治が立ち上がる。

頭を人質にとられては、何もできない。たちまち形勢は逆転した。

「どうだ、丁松、てめえ自身が足かせになる心持ちはよ」

代之吉が、ゆっくりと歩み寄り、これみよがしに顔を近づけた。

「なに、心配はいらねえ、大事な質だ。おれたちが逃げ果せるまで、ていねいにあつかってやるよ……だが、そのときが、今度こそてめえの最後だ。おれの手で、地獄に送ってやるからな」

顔面が解けてくずれてしまいそうな、にやにや笑いを止めようとしない。

だが、その鼻先で、ふっと丁兵衛が笑った。

「目出度えのはおめえの方だ、代之吉。てめえの卑《いや》しいやり口は、知り尽くしているからな。おれを質にとるくれえ、勘定のうちよ」

「いまさら強がりか」

「いいや、おれの後ろを見てみな」

ことばどおり、丁兵衛の背後の藪から、ふたりの男が姿を見せた。ひとりは梶新九郎、もうひとりは町人姿だが、妙なものを手にしている。男がそれを構えたとき、代之吉の歪な笑みが霧散した。

「あいつは、おれの手下だが、もと侍でな。弓の腕なら誰にも負けねえ」

構えた弓が、きりきりと絞られる。梶新九郎は、射手《いて》をこの場所に潜ませるよう、案内を頼まれたのだ。

「いったい、何を射るつもりだ」

「決まってらあな、おれのからだ越しに、てめえの腹を射抜くのよ」

間髪いれず合図がとんで、矢が放たれた。丁兵衛から身を剝《は》がすように、夜叉坊主がとび退り、はずみで地面に尻もちをつく。ぎゃっ、と淀《よど》んだ悲鳴があがり、丁兵衛の喉元にあった匕首がぽとりと地に落ちた。背後にいた手下の背中が、見事に射抜かれていた。重みに耐えきれず、手下に押し潰されるように、丁兵衛が前のめりに倒れた。

「は、はは、馬鹿《ばか》め……てめえも一緒に串刺《くしざ》しになりやがって」

地面に尻を落としたまま、代之吉が乾いた笑いをもらす。

「……そんな迂闊《うかつ》な真似《まね》を、この月天の丁兵衛がするものかい」

手下の腹の下から、丁兵衛のくぐもった声がした。梶新九郎がすぐさま駆けつける。すでに次の矢が狙っているために、代之吉の残った手下ふたりは、石のようにかたまっている。

「大事ないか」

気を失ったのか、背中に矢を受けた手下はぐったりと動かない。そのからだをどかし、新九郎が助け起こす。がしゃりと大きな音がして、丁兵衛は背を叩《たた》かれたように、げほ、と大きな咳《せき》をした。

「ああ、ちょいと重たくて難儀したがな」

うっとうしそうに諸肌《もろはだ》を脱ぐ。胸と腹を覆うように一枚、そして背中にも一枚、大《おお》瓦《がわら》が縄で括りつけられていた。矢が傷つけた背中の瓦から、欠片《かけら》がぼろりとこぼれ落ちる。

「丁松、てめえ、姑息《こそく》な手を使いやがって」

「てめえだけには言われたかねえ。おっと、動くんじゃねえぞ、地べたから一寸《いっすん》でも尻を浮かしてみろ、額に穴があくぜ」

丁兵衛に制されて、尻もちをついた格好の代之吉が歯噛みする。

それまでじっと堪《こら》えていた月天の手下たちが、頭のもとに駆け寄ろうとしたが、

「待て、誰か来る」

丁兵衛の声に、動きを止めた。

本堂へと続く小道の先に、たしかに人影が見える。寺の者ではない、ひとりの侍だった。

見極めた夜叉坊主が、くるりと表情を一変させた。

「助けてくだされ、黒田殿。こやつは月天の丁兵衛、あなたさまに斬《き》られた意趣返しに来たのです」

「てめえ、ふざけた芝居しやがって」

丁兵衛はひとたび代之吉をにらみつけ、すぐに侍に視線を戻した。たとえひとりでも、閻魔組となれば油断はできない。ちらりと肩越しに、弓を構える手下に合図する。射手は方向を変え、絞った右手を離した。

ひゅん、と風を切ってとんだ矢は、だが、侍の手前でふたつに折れた。抜き打ちざま、とんできた矢を払うように斬ったのだ。その場の誰もが、思わず息を呑んだ。それでも月天の手下たちは、怖気《おじけ》づくまいとするように、次々と匕首を構えた。

「てめえらは、手を出すんじゃねえ！」

仲間を危険にさらしたくないのだろう、月天が一喝した。その傍らで代之吉は、哀れな坊主を演じ続ける。

「黒田殿、早《はよ》う、早う盗賊どもを、成敗してくだされ」

「加勢しやすぜ、黒田の旦那」

急に勢いづいた代之吉の手下のひとりが、黒田に駆け寄った。侍の右手がひらめいて、問答無用で斬り捨てる。血しぶきが、辺りにとび散った。

「黒田殿……いったい何を……」

「おまえもまた、盗賊であろう」

「どこでそのような世迷言を……黒田殿は、だまされているのです」

「芝居はそこまでにしてもらおう。円淋……いや、夜叉坊主の代之吉か」

一瞬、迷うように表情が揺れたが、代之吉の動きは敏捷《びんしょう》だった。侍が間合いを詰めるより早く、ぱっと立ち上がり、身をひるがえす。丁兵衛と梶新九郎、喜八朗と腹を蹴られた手下は、弓矢の邪魔にならぬよう、いずれも地に膝をついた格好でいた。残った夜叉坊主の手下ひとりだけが、まるで目印のように立ちすくんでいる。代之吉は、すばやくその後ろにまわった。

袈裟《けさ》に斬られた手下が、声さえ発することもなく倒れ伏す。

代之吉は一目散に手近な林を目指したが、月天の手下が素早く前をふさいだ。たたらを踏んだ代之吉の背に、刀がふり下ろされた。

低い叫び声がしたが、倒れることもなくよろよろとからだは前に向かう。蛭《ひる》のように執念深い男の、最後のあがきだったのかもしれない。

「そいつは、おれの獲物だ！」

丁兵衛が叫んだときにはすでに、刀は代之吉の首の裏から入り、喉へと抜けていた。

深々と刺さった刀が抜かれると、重い人形のように、夜叉坊主のからだが崩れ落ちた。

壮絶な光景に、誰も声も出ない。侍は刀を拭い鞘に納めると、向きを変えた。

「おい、待ちやがれ！」

梶新九郎の手を借りて、月天がよろりと立ち上がった。

「月天の丁兵衛といったか……よく、生きていたな」

瓦を外した丁兵衛のからだには、無残な傷跡が深く穿《うが》たれている。それでも黒田の表情には、生きていてよかったと言いたげな、かすかな安堵《あんど》の色があった。

「てめえをこのまま、見逃すわけにはいかねえ。若い仲間を、十人も殺しやがって」

「詫《わ》びるつもりはない。おまえたちは、相応の悪事を働いていたのだからな」

「こんな稼業《かぎよう》についた上は、畳の上で死ねるわけがねえ。そのくらいは覚悟していたさ。だがな……」

丁兵衛が、血走った目を黒田に据えた。

「どうしておれだけにしなかった！　子分どもを楯《たて》にして、おめおめと生き恥をさらす……いや、おれの思いなぞどうでもいい。つい一刻《いっとき》前まで飯を食い、笑っていた連中が、いきなり命をもぎとられたんだぞ！　まだたっぷりあった生い先を、根こそぎ潰されちまったんだぞ！」

同じ無念を嚙みしめるように、手下たちが辛《つら》そうにうつむいた。いっとき訪れた静寂に、丁兵衛の荒い息だけがきこえる。

「おまえたちの気が済むのなら、命をくれてやってもよいが……おれはすでに、この世にいない者。滅多な場所に、骸《むくろ》をさらすわけにはいかぬのだ」

「いったい、何の話だ」

眉《まゆ》をひそめたのは、喜八朗だった。この場の誰も、黒田と名乗る侍の正体をまだ知らない。

「ここは、行かせてくれ。己の始末は己でつける」

「ふざけるな！　てめえの都合なんざ、どうでも……」

なおも食い下がる丁兵衛を、喜八朗が止めた。

「しっ、誰か来る……ひとりふたりじゃなさそうだ」

喜八朗のことばどおり、いくつもの足音が、本堂の方角から近づいてくる。騒ぎに気づいた寺の者が、寺侍を呼んだのかもしれない。

「ずらかるぞ、誰か頭を頼む」

月天の代わりに喜八朗が命じ、うなずいた手下たちが迅速に動き出す。ひときわ大きな男が頭の前にひざまずき、ふたりがかりで丁兵衛を背中に乗せる。

「けりはまだついてねえ！　おい、てめえら、さっさとおろしやがれ！」

吠《ほ》える丁兵衛を背に、手下が立ち上がったときだった。黒田の刀が、ふたたび鞘から抜かれた。

「頭！」

梶新九郎が、とっさに丁兵衛をかばい、だが、黒田の刀はその後ろにいた男の胸を貫いていた。手に匕首を握ったまま、男が倒れる。背中には、矢が刺さったままだった。

「おっと、これを忘れてはいかんな……嘘《うそ》が真《まこと》になった格好だが」

新九郎が、懐から一枚の紙をとり出した。儀右衛門の指示で、あらかじめ用意したもので、代書屋らしく筆跡は鮮やかだ。

『この者たち、盗賊夜叉坊主の一味也《なり》　闇魔《えんま》組推参』と書かれていた。

方寿院の者たちが駆けつけたときには、無残な遺骸《いがい》が四つ残されていただけだった。

「いやもう、まるでつむじ風みてえだった」

方寿院で、一部始終を見届ける羽目になった庄治は、興奮が冷めやらぬようすだ。

あくる日の千鳥屋の座敷には、庄治と唐吉、そして半造が、儀右衛門の前に顔をそろえていた。

「あの冷めた面《つら》には、こっちの方がぶるっちまったが」

白坂祐史郎は、顔色ひとつ変えず夜叉坊主《やしゃぼうず》と手下三人を斬り捨てた。ひとかけらの迷いも躊躇《ちゅうちょ》もなかったと、庄治は怪談でもするように恐ろしげに語った。

「人を殺すことに、慣れてしまってはもう駄目だ。閻魔組の連中は、すでにどこかおかしくなっていたんだろう」

たとえ戦《いくさ》だろうが武士だろうが、その理《ことわり》は変わらない。

儀右衛門の口ぶりには、厳しいながらも憐《あわ》れみが込められていた。

「おれも閻魔組の面は、一度拝んでおきたかったな」と、半造は残念そうだ。「閻魔組も、そいつで最後になっちまったしな」

山崎伴内の遺骸は、浜町堀に浮かんだが、旗本の山崎家なら病死として届け出ることだろう。

「それで、残ったひとりはどうするんで？　結局、逃しちまいましたからね」

「肝心の居場所がわからねえことにはな。おれにもさっぱりつかめねえ」

唐吉に向かって、情けなさそうに半造がこたえる。

「それにあいつは、終いのところで月天の頭を助けてくれた」

水に小石を投じるように、ぽつりと庄治が言った。そうだな、と儀右衛門が静かに応じる。

「あいつは放っておけと、喜八朗さんも言ってなさった。別に恩を感じる義理はないが、始末は己でつけると、そのことばに嘘はなかろうとな」

ふう、と長い息を吐く。これでようやく、終わったのかもしれない。儀右衛門のため息には、悲しみと安堵が混じり合っていた。

「野州屋の旦那《だんな》は納得しても、月天の頭はそうもいきやせんがね」

湿った空気に風を入れるように、唐吉が調子を変えた。

「たいそう頭にきていたからな」

つられたように儀右衛門は、おかしそうに思い出し笑いをした。

「あのときの頭の言い草ときたら、おれも笑いを堪えるのに苦労しやした」

新九郎と庄治からあらましをきいて、儀右衛門は昨晩、ふたたび野州屋に足を運んだ。月天や喜八朗を案じていた唐吉も、弟をお縫に任せて同行した。

「『何が許せねえって、おれの目の前で代之吉を始末したことだ。おれの獲物を横取りするたあ、どうあっても勘弁ならねえ』と、そりゃたいそうな怒りようで」

「野州屋の喜八朗さんが、呆《あき》れた顔をなさるのが、またおかしくてね」

その話で、座敷にひとしきり笑い声が響く。

「だが、月天の頭の怒りももっともでさ。手下の弔い合戦のつもりが、当の仇《かたき》に水をさされた格好だ。おれも正直、気が抜けちまいやした」

参戦する気満々だった唐吉は、がっかりだと言わんばかりに肩を落とす。

そうでもないさ、と儀右衛門は言った。夜叉坊主が声をかけ、江戸に入り込んだ余《よ》所者《そもの》は、いまだに御府内にのさばっている。月天の丁兵衛と喜八朗は、まずはその連中を一掃すると息巻いていた。

「結局、今度のことで当たりを引いたのは、文さんだけかもしれねえな」

庄治が、急ににこにこし出す。

「すいやせん、文の野郎がまた勝手なことを」

唐吉は、弟の勝手を詫びたが、儀右衛門とお俊は口々にいった。

「勝手をしたのはお縫の方だ。文さんのおかげで、事なきを得たが」

「文さんがいなけりゃ、お縫はいまごろ生きてなかったかもしれない。いくら礼を言っても足りないくらいだよ。おまけにあんな怪我《けが》までさせて」

傷がすっかり癒《い》えたら、改めて席を設けて、ねんごろに礼をさせてもらうと儀右衛門が申し出た。

「いや、旦那、そんなお気遣いは無用でさ。あいつが命拾いしたのは、白坂長門のおかげですからね。それこそ不甲斐《ふがい》なくてならないと、布団《ふとん》の中でしょげてまさ」

「そういえば、おもんの正体が、あの同心に知られたそうじゃないか」

厄介な話だと、半造が狸面《たぬきづら》をしかめ、唐吉も申し訳なさそうな顔をする。

「まあ、脛《すね》に傷を持つのは向こうも同じだ。滅多な真似はしないと思いますが」

巳助には、気をつけてようすを窺《うかが》うよう言いつけると半造は請け合ったが、白坂長門の名が出ると、とたんに儀右衛門は不機嫌になった。

「だいたいおまえが、隠し事なんてするから厄介なことになったんだ」

お俊は殊勝にあやまったが、こういう話に男親が絡《から》めば、悪くなることはあっても良くなることは決してないと、よく承知してもいた。

「お縫が八丁堀に嫁に行くとでも言い出したら、どうするつもりだ」

「いや、旦那、悪くはねえかもしれやせんぜ。巳助なぞより、よほどましな話種をつかんでくれそうだ」

冗談でもよしてくれと、儀右衛門が半造に向かって顔をしかめる。

「そんなことにはならねえと、あっしには思えますがね」

「庄さんの言うとおりだ。うちのお縫に限って、そんな真似をするはずがない」

儀右衛門は、親馬鹿ぶりを発揮したが、庄治はふふっと笑った。

「さっき文さんの見舞いに行ったんだが、お縫ちゃんがつききりで世話をしていた。何だかあのふたりが小さい時分に戻ったような、そんな気がしやしてね」

座敷に和やかな空気が満ちて、唐吉が日に焼けた顔をほころばせた。

「やっぱり当たりを引いたのは、文の野郎かもしれやせんね」

十一

長い梅雨がようやく明けて、六月もそろそろ終いという頃だった。

巳助がやってきて、長屋にその報せをもたらした。

「白坂家が、同心株を手放しただと？」

「はい。同じ南町の、与力の縁者が買ったそうです」

同心株は、質屋や髪結床の権利と同様、売り買いができる。だが、滅多にある話ではないから、儀右衛門も驚いている。

「わざわざ後継ぎの養子をとりながら、何でまた……」

「町方役人には向かないと言って、養子の長門が勝手を通したと、そういうことになっていますが……源太夫の旦那の、遺言だったのかもしれません」

「やはり卒中というのは……」

「内々で葬式をすませたところから、自害ではないかと、八丁堀では囁《ささや》かれています」

白坂源太夫が死んだのは、祐史郎が方寿院を襲撃した、その翌日のことだった。

源太夫は、祐史郎が閻魔組だと知らされていた。父親として、白坂家の当主として、責めをとろうとしたのかもしれない。

「同心株を返上すると、三日のうちに組屋敷を出なければなりません。さっき覗いてみたら、引越しの最中《さなか》でした」

引越しとは言っても、家財はすべて親類知人に分け、長門は身ひとつで屋敷を出るという。同心株を売った金も、やはり縁者と奉公人に分配したが、それでも勝手を通した養子への風当たりは強かったようだ。

「長門は遠江に帰るのか？」

「そのようですね」

巳助がこたえ、はっと儀右衛門が気がついた。

「おい、お縫はどこだ？」

「いましがた、出ていきましたよ」とお俊がこたえる。

「何だと！　どうして止めなかったんだ。遠州に駆け落ちでもされたら、どうするつもりだ」

「その心配は、要らないように思うけどね」

お俊は前と違って落ち着き払っているが、儀右衛門は滑稽《こっけい》なほどのあわてぶりだ。

どうせ同じ方向に帰るから、自分が見てこようと巳助は言ったが、せめて茶の一杯も飲んでからにしろと、お俊は引き止めた。

「帰りにおまえさんの煙草《たばこ》を買ってくるよう頼んだら、わかったと言ってたからね、きっと大丈夫ですよ」

「まったく、おまえは呑気《のんき》だな」

当てつけのように儀右衛門は、手にあった煙管《きせる》の灰を落とし、またすぐに刻みを詰めた。

組屋敷の玄関前には、大八車が置かれ、人足が荷を積んでいた。

入ると邪魔になりそうで、門の外で躊躇していると、気づいた橋五郎が中から手招きした。

「わざわざ、来てくれたのかい？」

「話をきいて、びっくりして……急なことでしたね」

「まあな、源太夫の旦那も、あんなことになっちまって……まったく一寸先は、わからねえもんだな」

　そのときだけは、寂しそうな顔をした。

「長門の旦那なら、奥にいるよ。呼んできてやるから、ちょいと待ってな」

「あ、いえ、今日はお忙しいでしょうし……お手伝いに来ただけですから」

　もじもじしながらうつむくと、橋五郎は目尻《めじり》にしわを寄せた。

「もう、あらかたすんじまってるし、人手も足りているからな」

　気遣いは無用だと橋五郎は言って、庭に通じる枝折戸《しおりど》をあけた。

　庭伝いに奥へ進むと、長門は縁側に腰掛けて、外をながめていた。お縫の姿を認めても、常のとおり表情は変わらなかったが、座るよう促して、橋五郎に麦湯を頼んだ。

　やがて橋五郎が麦湯をはこび、行きがけに縁にならぶふたりを、ちらりとふり返った。

「江戸に来て、いいことなぞ何もねえように思えていたが、そうでもなかったのかもしれねえな」

盛りの夾竹桃《きょうちくとう》の茂みは、白い花をいっぱいにつけていた。

源太夫への悔みを、長門は通りいっぺんに受けただけだった。

それ以上、話の接《つ》ぎ穂《ほ》が見つけられず、お縫は己の膝先をただ見つめていた。

一匹だけ鳴いていた、走りの蟬《せみ》の声が途切れ、静けさが押し寄せた。

自分がただ、独り相撲をしていたような、ふいにそんな虚《むな》しさに襲われた。このまま帰ろうかと腰を浮かしかけたとき、長門が言った。

「来てくれて、よかった」

「え?」

「黙って行くつもりもあったが、ひと言礼が言いたくてな、深川に足を運ぶか否《いな》か迷っていた」

加助に背負われて、長屋にかつぎ込まれたときのことかと思ったが、そうではないと長門は告げた。

「おまえのおかげで、閻魔組にならずにすんだ。祐史郎と、同じ過《あや》ちを犯さずに過ごせた」

「どういう、ことですか?」

「おれも祐史郎に、誘われていたんだ。子供のころに描いた夢を一緒に叶《かな》えようと。江戸から悪人どもを一掃しようとな」

月天の丁兵衛が襲われた直後、読売に初めて閻魔組の名が載ったころだった。それまで長門は、祐史郎が生きていたことさえ知らされていなかった。その事実にも、辻《つじ》斬りまがいの悪事を働いていることにも仰天し、やめるようにと懸命に説いた。

しかし走り出した祐史郎は、止まろうとはしなかった。

閻魔組の名が読売に載るたびに暗澹《あんたん》たる思いがしたが、日を経るにつれ、祐史郎が何故こんな子供じみた真似をはじめたのか、だんだんとわかってきた。

「あいつは、愛想を尽かしたんだ。奉行所にも、御上にもな」

まるで滑りやすい竹筒の中を、必死で登ろうとしているような――。役人の狭い縦社会を、祐史郎はそうたとえた。竹には節があり、その節を越えるためにはまず金が要り用になる。町方役人も同様で、限られた奉行所の中で、少しでも上に行こうと金集めに奔走する。生真面目《きまじめ》な祐史郎には、ただ阿漕《あこぎ》で薄汚ない世界に見えたのだろう。

「それで祐史郎さまは、家をお出になったんですか」

「ああ、三年我慢して、ついに堪忍袋《かんにんぶくろ》の緒が切れたんだ……おれも人のことは言えんがな」

長門もまた、慣例と序列が支配する、奉行所の内情を知るにつれ嫌気がさしてきた。いっそ閻魔組として得意の剣をふるえば、どれほど爽快《そうかい》だろうかと、そう夢想したことも一度や二度ではなかった。

「だが、そのたびに、おまえの顔が浮かんだ」

「え」

「悪党なら殺してもいいのかと、涙をこぼした。あの顔が思い出されてな……おれは踏み留まることができた」

あらためて口にされると恥ずかしくてならないが、同時に、空にある夏の雲のように、嬉《うれ》しさがむくむくと込み上げる。

「だからこそ祐史郎を止めたかった。何とか居場所をつきとめようと、盛り場や色町などを探してみたが無駄足だった」

ひとりでたびたび出歩いていたのも、そのためのようだ。だが、今月の初めになって、祐史郎はふたたび長門に会いにきた。

「文で呼び出され、貸座敷で一緒に呑んだが、ようすがおかしくてな。何やら荒れていて、酒量も多かった」

祐史郎は四半刻ほど横になり、寝入りばな、初めて不用意なことを口にした。

「明日の晩は深川だと、そう言った」

目覚めてからは、祐史郎はいつもと変わらぬ足取りで闇《やみ》に紛れてしまったが、長門は次の夜、深川に行ってみた。

「もしや、長門さまが怪我をなすったときですか」

「そうだ。永代寺門前の恵比寿屋とわかっていれば、防ぐこともできたのだが」

深川といっても広い。さんざんうろついた揚句、長門は永代寺の裏手、油堀の堀端で言い争うような声をきいた。小舟がつけられて、その脇《わき》に三つの人影があった。恵比寿屋の内で仲間割れを起こし、それを引き摺《ず》っていたのだろう。声のひとつが祐史郎だと、長門はすぐに察した。

長門が堀端に駆けると、三人はあわてて舟に乗り込んだ。後先考えず、岸を離れていた舟にとび乗ったが、中のひとりが斬りかかってきた。

「咄嗟《とっさ》に祐史郎がその男にとびついて、おかげで浅手ですんだが、からだが傾いて堀に落ちた。おれを斬ったのは岡崎という男だ。祐史郎が、そう叫んでいた」

止《とど》めを刺さず、そのまま行ってしまったのは、祐史郎の配慮だろう。しかしこんな機会は二度と望めない。長門は泳ぎながら舟を追った。

「だが、すぐに力尽きてしまってな。岸に上がることすらできず、気を失った」

傷を負った上に、それまで深川中をうろついて、その疲れもあったのだろう。千鳥橋の下で、半分水に浸《つ》かって倒れていたのはそのためかと、お縫にもようやく呑み込めた。

「でも、よかった……」

ぽつりと、口に出していた。

長門は閻魔組ではなかった――。何よりもそれが、ありがたく思えた。

ふと、顔を上げると、こちらを見詰める長門の視線とぶつかった。

最初に会ったとき怖いと感じた、あの目ではなく、違う色を含んでいた。

「祐史郎にも、同じような何かがあれば良かったのだが」

長門はまた、庭に顔を向けた。

「……祐史郎さまは、いまどちらに」

「祐史郎は死んだ。まるで申し合わせたように、白坂の父と同じ日にな」

源太夫が白坂家の仏壇の前で、腹を切ったのと同じころ、祐史郎も雲学寺の己の墓の前で、喉《のど》を突いて息絶えていた。切腹しなかったのは、己の罪を戒めてのことだろうと、長門は言った。

「雲学寺には面倒ばかりかけてしまったが、父上と昵懇《じっこん》だった住職は、ねんごろに葬《ほうむ》ってくれた」

いまは親子ふたりで、隣り合わせて静かに眠っているという。

「祐史郎がしたことは、許されることではない。白坂の家の面目を保つために、手を汚したおれも同罪だ」

あのとき感じた冷たいものが、ふっと胸の中を駆け抜けた。

「おれを怖いと、そう思ったろう」

長門にも、見透かされているようだ。お縫は正直に、こくりとうなずいた。

そうだろうな、とため息のような呟《つぶや》きが返る。

「でも、長門さまは、あたしと文さんを助けてくれました」

「なぐさめているつもりか？」

「いいえ、あたしがこうしていられるのは、長門さまのおかげです……それだけじゃ、いけませんか？」

しばし考えて、長門はこたえた。

「そうだな……それで十分なのかもしれないな」

長門が見上げた先には、濃い水色を刷《は》いた夏空が広がっていた。

「おまえの長屋のことだがな」

ぎくりと、お縫は身を固くした。膝《ひざ》の上で握った両手が、急に汗ばんでくる。

「探る暇がなかった。祐史郎のことで、手一杯でな」

白坂長門の前では、お縫の勘はさっぱり働かない。

本音なのか、それとも情けをかけてくれたのか、お縫にはやはりわからなかった。

＊

八丁堀を出て永代橋を渡り、深川の寺町にかかったところで声をかけられた。

「お縫ちゃん、いま帰りかい？」

「加助さん」

菩薩《ぼさつ》めいたにこやかな顔に、思わずほっと息をつく。川向こうに用事があったとお縫はこたえた。

「加助さんは？」

「おれは、お参りだよ。昨日がおふじさんの四十九日でね」

「まあ、そうだったの……もう、そんなになるのね」

加助の見合い相手だったおふじは、若狭屋に押し入った盗賊に命を奪われた。もとを正せば、やはり閻魔組のせいと言える。

あの世へ行った祐史郎を、おふじは許してくれるだろうか。ふと、そんなことを考えた。

「四十九日のことは覚えていたんだが、昨日は行けなくてね」

「昨日は加助さん、千手観音さながらだったものね」

多少呆れ加減にお縫が応じる。ぎっくり腰の老婆《ろうば》だの、往来で産気づいた女だの、昨日だけで加助は、三件も人助けの種を拾ってきたのだ。もちろん長屋中の者が駆り出され、右往左往する羽目になった。

「お寺はこの近くだから、お参りしてきたんだ」

「あたしも一緒に、行けばよかったわ」

「傷が癒えたら、文さんとふたりで行ったらどうだい」

「そうね、そうするわ」

笑顔を向けたのに、おや、という顔をする。

「お縫ちゃん、何かあったのかい？」

「どうして？」

「うん……どうしてかな、何だか悲しそうにも見えてね」

日頃は、目の前の大樽《おおだる》にも気づかぬような鈍感さだが、ごくたまに勘のいいときがある。

「そうね、やっぱり悲しいのかもしれないわ」

長門は遠江に帰るという。田舎に嫌気がさしていたが、離れてみると、そう悪いところでもないと、そんなふうに言っていた。

雲学寺へ走ったときのお縫なら、一緒に連れていってほしいと、願ったかもしれない。だが、お縫はそうしなかったし、長門も何も告げなかった。

いつのまにか、そういう分別がつくようになった自分が、ひどく悲しかった。

「大人になるって、あんまり楽しいことじゃなさそうね」

「そうかもしれないが、悪いことばかりでもないさ」

のんびりと、加助が言った。途中で煙草屋に寄って、家路をたどる。

やがて千鳥屋と狸髪結が見えてきたが、店の前には儀右衛門の姿があった。

「旦那は、何をしてるんだろうね」

加助が、首をかしげた。儀右衛門は、店の中と外を行き来して、出たり入ったりをくり返している。お縫が、ぷっと吹き出した。

「おとっつぁん! いま帰ったわよ」

大きな声をかけると、儀右衛門はきまり悪そうに片手を上げた。

解説

末國善己

朝鮮出兵や城普請《ふしん》などで庶民を苦しめた豊臣秀吉の命を狙《ねら》った石川五右衛門《ごえもん》。金持ちから金を奪い、貧しい人々に与えた鼠小僧次郎吉《ねずみこぞうじろきち》。松江侯に奉公にあがった上州屋の娘を救うため、茶坊主《ちゃぼうず》の河内山《こうちやま》宗俊、御家人くずれの片岡直次郎らが計略をめぐらす天保六花撰《てんぽうろっかせん》。日本駄右衛門、弁天小僧菊之助、忠信利平、赤星十三郎、南郷力丸の五人の盗賊が活躍する白浪五人男《しらなみごにんおとこ》。義理人情で結ばれた渡世人を描く清水次郎長、国定忠治——など、日本のエンターテインメントの世界には、義賊や気のいいアウトローを主人公にした作品が数多く存在している。アニメ化され、世代を越えて愛されているモンキー・パンチ原作の『ルパン三世』も、義賊ものの系譜といえるだろう。

いつの時代も庶民は、税金を搾《しぼ》り取るのに、下々の生活など顧みない官僚にも、党利党略に走る政治家にも不満を持っている。このような社会では、富裕層から金を奪う義賊、法を破り自由奔放に生きるアウトローは、無力な庶民に代わって権力者へ復《ふく》讐《しゅう》してくれるヒーローに映る。これが義賊ものが人気の理由であり、幕末維新などの混乱期に、盗賊を主人公にした白浪ものが流行したのも、そのためである。

善人ばかりが住んでいることから善人長屋の異名があるが、その実態は、悪事がバレないよう善人のふりをしている悪人だけが住んでいる深川の千七《せんしち》長屋の住人が巨悪に挑む西條奈加の『善人長屋』も、義賊ものの伝統を継承した作品となっている。

善人長屋に住んでいるのは、質屋を営み、長屋の差配《さはい》をしながら、裏で盗品を買い取る故買屋をしているリーダーの儀右衛門《ぎえもん》。善人か悪人かを見抜くことができる儀右衛門の娘お縫《ぬい》。町の噂《うわさ》が入ってきやすい髪結い床を表看板に情報屋をしている半造。文書の偽造を得意とする浪人の梶《かじ》新九郎。普段は季節物の振り売りだが実は美人局《つつもたせ》の唐吉《とうきち》、文吉《ぶんきち》の兄弟。騙《かた》りが得意な菊松、お竹夫妻――など、凄腕《すごうで》の悪人ばかり。

文吉は飛び切りの美女に化け、言い寄ってきた男に唐吉が難癖をつけて金を巻き上げる。この兄弟の手口は、「さて其《そ》の次は江の島の、岩本院の児《ちご》上がり、平生《ふだん》着慣れし振袖《ふりそで》から、髷《まげ》も島田に由比ヶ浜、打ち込む浪にしっぽりと、女に化けて美人局」の名台詞《ぜりふ》で有名な、二代目河竹新七の狂言『青砥稿花紅彩画《あおとぞうしはなのにしきえ》』（通称『白波五人男』）のキャラクター、弁天小僧菊之助へのオマージュだろう。

『善人長屋』では、火事で女房が行方不明になった錠前《じょうまえ》職人で、困っている人を見ると手を差し伸べずにはいられない本物の善人の加助《かすけ》が、どんな鍵《かぎ》でもあける「錠前破り」と間違えられ善人長屋に引っ越してきたため、長屋の住人たちが、加助が次々と持ち込んでくるトラブルの解決を助けることになっていった。

待望の続編となる本書『閻魔《えんま》の世直し　善人長屋』は、連作形式だった前作とは一転、長編になっており、長屋の住人が巻き込まれる事件もスケールアップしている。

独立した物語なので、本書から読み始めても戸惑うことはないはずだが、個性的な住人たちの犯罪テクニックや、宿敵・夜叉坊主《やしゃぼうず》の代之吉《よのきち》との因縁《いんねん》などを知っておくと物語がより楽しめるので、前作から読み始めることをお勧めしたい。

加助が、商売に出たきり帰ってこない父親を探すうち迷子になった六人兄弟を、善人長屋に連れ帰った。その直後、「善人を気取る者ほど、胡散《うさん》くさい」と言い放つ南町奉行所の定廻同心見習い《じょうまわりどうしん》の白坂長門《しらさかながと》が、長屋に現れる。しかも長門は、お縫が善人か悪人か見分けられなかったのだ。その矢先、江戸の裏社会では異変が相次ぐ。

まず、縄張り争いから血なまぐさい抗争を繰り広げていた江戸市中の香具師《やし》を押さえていた大物の辻屋《つじや》の親分が、料亭「竹むら」で食事中に襲撃され、三人の手下とともに惨殺《ざんさつ》された。長屋に現れた六人兄弟の父親・角兵衛《かくべえ》は、偶然、男たちが「竹むら」で奴《やつ》の息の根を止める、これは「いわば事はじめ」と話すのを聞いたという。

この言葉を裏付けるように、大店《おおだな》しか狙わず、大金を盗まれた店は評判をあげ繁盛《はんじょう》するとの噂もある大泥棒の月天《がってん》の丁兵衛《ちょうべえ》が配下といるところを襲われ、十人が殺され、何とか逃げ出した月天は生死不明になる。他にも巾着切り（掏摸《すり》）の元締め石火《いしび》の伝造が妾宅《しょうたく》で襲われ、愛人と下男下女、護衛を含む全員が殺されたことが判明する。犯人は、裏社会の人間すら行方が摑《つか》めないほど用心している大物三人の居場所を、どのようにして突き止めたのか？　修羅場をくぐってきた手だれの配下がいる場所で襲撃を行い、全員を惨殺するという無謀な手段に打って出たのはなぜか？

善人長屋の住人が悩んでいたところへ、犯人の声明を載せた読売が売り出される。犯人は「閻魔の僕《しもべ》、『閻魔組』」を名乗り、「江戸の悪党どもは、すべて閻魔組が始末する。首を洗って待っていろ」と宣言するのである。ちなみに、読売は、江戸時代に不定期に刊行されていた木版刷りの新聞のことで、現代人には瓦版《かわらばん》の方が通りがよいかもしれない。ただ瓦版という言葉が使われるようになるのは幕末に入ってから。語源には諸説あるが、木版より劣る瓦（粘土版）を使って印刷したような粗末な読売という蔑称《べっしょう》だったともいわれている。瓦版が、新聞の代名詞のように使われるようになったのは、明治に入ってからである。

それはさておき。江戸の庶民は、悪党を退治する「閻魔組」に喝采《かっさい》を送るが、悪人であるがゆえに、儀右衛門が語る「どうせ人の善悪なんて、頼りないものさ」が身にしみている善人長屋の面々は、〝正義〟を声高に叫び、悪党は切り捨てても構わないと断じる「閻魔組」のやり方に胡散臭さを覚え、その行方を追うことになる。

善人長屋の実態が露見すると、住人が「閻魔組」に狙われる危険があるため、さすがの悪人たちも下手に動くことができない。さらに、裏社会の事情に精通する情報屋の半造が、大物の居場所を教えた「閻魔組」の仲間という疑惑をかけられたり、「閻魔組」の背後に、宿敵の夜叉坊主の影が見え隠れしたりするので、海千山千の長屋の住人たちも苦戦を強いられる。それだけに、最後まで先の展開が読めないスリリングな物語を堪能《たんのう》することができるのである。

おそらく多くの読者も、お縫たちと同様、悪党を問答無用で切り捨てる「閻魔組」に違和感を覚えるだろう。それは「閻魔組」が実行している〝正義〟が、社会常識や倫理観にのっとったものではなく、相当に歪《ゆが》んでいるからにほかならない。

近年、凶悪な犯罪が起きると、犯人が逮捕された瞬間から、経歴、職場、家族構成までがネットに晒《さら》されるようになった。特に未成年が加害者の事件だと、少年法によって名前や顔写真が公開されない不満もあって、すぐに犯人の名前が特定され、本人はもとより、家族や友人の顔写真から、電話での抗議をうながすよう自宅、学校、両親の職場の電話番号までがネット上にアップされるようになった。しかも、ネットに流れる情報は、真偽不明のものも、別人を犯人と名指しする明らかな間違いも多いのだ。ただ、誤りが正されることはほとんどなく、犯人呼ばわりされた被害者は、誰が誤報を発信したかを特定するのが難しいだけに、情報を削除することも、名誉を回復することもできず、泣き寝入りするしかない状況も生まれている。

いわゆる〝ネット私刑〟は、悪人はどんな酷《ひど》い仕打ちをされても構わないという感情論で行われる単なる誹謗《ひぼう》中傷であり、誰よりも早く犯人を特定したいというねじ曲がったヒロイズムによって生まれる。しかも、ネットで犯人探しをしたり、犯人の個人情報を広めたりしている人たちは、自分たちは公権力の代わりに犯人を処罰しているという〝正義〟を実行したつもりになっている。これは、名前も職業も隠して匿名《とくめい》で活動し、江戸の先端メディアの読売で〝正義〟を誇り、悪人と一緒なら下男下女といった犯罪とは無関係の人間を殺して構わないとする「閻魔組」と驚くほど似ている。その意味で本書は、暴走する〝正義〟の恐怖という現代の〝闇《やみ》〟にも迫っているのである。

中盤以降は、「閻魔組」のメンバーか否《いな》か判然としない白坂長門の怪しい動きに加え、なぜか長門を気にかけるお縫の複雑な心境もからみ、事態が渾沌《こんとん》としていく。

お縫が、長門についている岡ッ引きの橋五郎から聞いた話によると、長門の父は南町の定廻で、後に義父となる白坂源太夫《げんだゆう》とも親しかった。しかし実父を亡《な》くした長門は、遠江《とおとうみ》のある藩に仕える母の実家へ行く。やがて母は再婚するが、新しい婚家には既に跡継ぎがおり、長門は家督が継げない。そこに嫡男《ちゃくなん》の祐史郎《ゆうしろう》を亡くしたという源太夫から養子に迎えたいとの話があり、長門は白坂家へ入る。源太夫が、長門を養子に迎える決め手になったのは、十九で道場の免許皆伝になった祐史郎に匹敵する剣の腕だというのだ。

本書は、どうしても善人長屋の住人VS閻魔組の戦いに目が行きがちだが、白坂長門へ想《おも》いを寄せるお縫の恋心、長門が白坂家の養子になるまでの複雑な家庭環境などを伏線にして、終盤に意表をつくどんでん返しを用意している。これは謎《なぞ》解きを重視する本格ミステリーとしても秀逸で、衝撃を受けるのではないだろうか。

凶悪な事件が連日のように報じられている現代では、犯罪を抑止するために厳罰化が必要との論調が強くなっている。このロジックは、悪党を一人残らず殺せば、江戸が清くなるとする「閻魔組」の考え方に近い。だが、娑婆《しゃば》で生活するより刑務所に入った方が食うに困らないと考えるような格差や貧困、あるいは犯罪に手を染めても構わないといった人を自暴自棄にする虚無を生み出す孤立感など、社会の病理を無視して厳罰化を進めても、果たして効果はあるのだろうか。

社会には、美しい面もあれば、口にするのもはばかられるダークな面もあると熟知している善人長屋の住人は、香具師や巾着切りが、江戸に流れ着いたものの、居場所も頼る人もなく犯罪に走るしかなかった弱者に手を差し伸べ、さらにひどい状況に陥るのを防ぐ役割を担《にな》っていた現実を目の当《ま》《あ》たりにしている。厳密に適用すれば、香具師も巾着切りも法に触れるが、弱者を人情で包み、非道はしないなどの義理を教え込むことで、社会からドロップアウトした人間のセーフティーネットになり、結果的に犯罪を減らしていた事実も否定できない。これは「閻魔組」の語る〝正義〟に、義も情もないと確信したがゆえに、戦いを挑む善人長屋の住人も同じである。

冷酷な方法で悪人に私的制裁を加える「閻魔組」と、義理と人情で結ばれた長屋の住人の対決から見えてくるのは、弱者をいたわる余裕を失っている現代人に、犯罪抑止に本当に必要なのは、厳罰化なのか、それとも犯罪者を出さないようにする社会制度を構築することなのかを考えて欲しいというメッセージになっているのである。

〝正義〟という言葉は美しい。だからこそ〝正義〟には酔いやすいが、戦国時代と江戸時代、明治時代と現代では価値観や常識が異なることからも分かるように、何が正しく、何が間違っているかは時代によって異なる。また、戦前の翼賛体制のように、

〝正義〟は国民を操る手段として利用されることもあれば、〝正義〟の名のもとにネットで誹謗中傷を行っていた人間が、名誉棄損の犯人に転じることもある。

歪んだ〝正義〟、暴走する〝正義〟の顚末《てんまつ》を描いた本書は、〝正義〟を唯一《ゆいいつ》絶対の真実として思考停止するのではなく、一歩引いて、本当に正しいのかを考える重要性も教えてくれるのである。

（平成二十七年八月、文芸評論家）